Best Russian Short Stories
Various including A. Chekhov, A. Pushkin
and N. Gogol

Best Russian Short Stories
Copyright © JiaHu Books 2015
First Published in Great Britain in 2015 by Jiahu Books – part of
Richardson-Prachai Solutions Ltd, 34 Egerton Gate, Milton Keynes,
MK5 7HH
ISBN: 978-1-78435-122-9
A CIP catalogue record for this book is available from the British
Library
Visit us at: jiahubooks.co.uk

Пиковая дама

Пиковая дама означает тайную недоброжелательность.
Новейшая гадательная книга

I

> А в ненастные дни
> Собирались они
> Часто;
> Гнули — бог их прости! —
> От пятидесяти
> На сто,
> И выигрывали,
> И отписывали
> Мелом,
> Так, в ненастные дни,
> Занимались они
> Делом.

Однажды играли в карты у конногвардейца Нарумова.
Долгая зимняя ночь прошла незаметно; сели ужинать в пятом
часу утра. Те, которые остались в выигрыше, ели с большим
аппетитом; прочие, в рассеянности, сидели перед пустыми
своими приборами. Но шампанское явилось, разговор
оживился, и все приняли в нем участие.

— Что ты сделал, Сурин? — спросил хозяин.

— Проиграл, по обыкновению. Надобно признаться, что я
несчастлив: играю мирандолем, никогда не горячусь, ничем
меня с толку не собьешь, а всё проигрываюсь!

— И ты ни разу не соблазнился? ни разу не поставил
на руте?.. Твердость твоя для меня удивительна.

— А каков Германн! — сказал один из гостей, указывая на
молодого инженера,— отроду не брал он карты в руки, отроду
не загнул ни одного пароли, а до пяти часов сидит с нами и
смотрит на нашу игру!

— Игра занимает меня сильно,— сказал Германн,— но я не в
состоянии жертвовать необходимым в надежде приобрести
излишнее.

— Германн немец: он расчетлив, вот и всё! — заметил

Томский.— А если кто для меня непонятен, так это моя бабушка, графиня Анна Федотовна.

— Как? что? — закричали гости.

— Не могу постигнуть,— продолжал Томский,— каким образом бабушка моя не понтирует!

— Да что ж тут удивительного,— сказал Нарумов,— что осьмидесятилетняя старуха не понтирует?

— Так вы ничего про нее не знаете?

— Нет! право, ничего!

— О, так послушайте:

Надобно знать, что бабушка моя, лет шестьдесят тому назад, ездила в Париж и была там в большой моде. Народ бегал за нею, чтоб увидеть la Vénus moscovite; Ришелье за нею волочился, и бабушка уверяет, что он чуть было не застрелился от ее жестокости.

В то время дамы играли в фараон. Однажды при дворе она проиграла на слово герцогу Орлеанскому что-то очень много. Приехав домой, бабушка, отлепливая мушки с лица и отвязывая фижмы, объявила дедушке о своем проигрыше и приказала заплатить.

Покойный дедушка, сколько я помню, был род бабушкина дворецкого. Он ее боялся, как огня; однако, услышав о таком ужасном проигрыше, он вышел из себя, принес счеты, доказал ей, что в полгода они издержали полмиллиона, что под Парижем нет у них ни подмосковной, ни саратовской деревни, и начисто отказался от платежа. Бабушка дала ему пощечину и легла спать одна, в знак своей немилости.

На другой день она велела позвать мужа, надеясь, что домашнее наказание над ним подействовало, но нашла его непоколебимым. В первый раз в жизни она дошла с ним до рассуждений и объяснений; думала усовестить его, снисходительно доказывая, что долг долгу рознь и что есть разница между принцем и каретником.— Куда! дедушка бунтовал. Нет, да и только! Бабушка не знала, что делать.

С нею был коротко знаком человек очень замечательный. Вы слышали о графе Сен-Жермене, о котором рассказывают так много чудесного. Вы знаете, что он выдавал себя за Вечного Жида, за изобретателя жизненного эликсира и философского камня, и прочая. Над ним смеялись, как над шарлатаном, а Казанова в своих Записках говорит, что он был шпион; впрочем, Сен-Жермен, несмотря на свою таинственность, имел очень почтенную наружность и был в обществе человек очень любезный. Бабушка до сих пор любит его без памяти и сердится, если говорят об нем с неуважением. Бабушка знала, что Сен-Жермен мог располагать большими деньгами. Она решилась к нему прибегнуть. Написала ему записку и просила немедленно к ней приехать.

Старый чудак явился тотчас и застал в ужасном горе. Она описала ему самыми черными красками варварство мужа и сказала наконец, что всю свою надежду полагает на его дружбу и любезность.

Сен-Жермен задумался.

«Я могу вам услужить этой суммою,— сказал он,— но знаю, что вы не будете спокойны, пока со мною не расплатитесь, а я бы не желал вводить вас в новые хлопоты. Есть другое средство: вы можете отыграться».— «Но, любезный граф,— отвечала бабушка,— я говорю вам, что у нас денег вовсе нет». — «Деньги тут не нужны,— возразил Сен-Жермен: — извольте меня выслушать». Тут он открыл ей тайну, за которую всякий из нас дорого бы дал...

Молодые игроки удвоили внимание. Томский закурил трубку, затянулся и продолжал.

В тот же самый вечер бабушка явилась в Версале, au jeu de la Reine. Герцог Орлеанский метал; бабушка слегка извинилась, что не привезла своего долга, в оправдание сплела маленькую историю и стала против него понтировать. Она выбрала три карты, поставила их одну за другою: все три выиграли ей соника, и бабушка отыгралась совершенно.

— Случай! — сказал один из гостей.

— Сказка! — заметил Германн.

— Может статься, порошковые карты? — подхватил третий.

— Не думаю,— отвечал важно Томский.

— Как! — сказал Нарумов,— у тебя есть бабушка, которая угадывает три карты сряду, а ты до сих пор не перенял у ней ее кабалистики?

— Да, черта с два! — отвечал Томский — у ней было четверо сыновей, в том числе и мой отец: все четыре отчаянные игроки, и ни одному не открыла она своей тайны; хоть это было бы не худо для них и даже для меня.

Но вот что мне рассказывал дядя, граф Иван Ильич, и в чем он меня уверял честью. Покойный Чаплицкий, тот самый, который умер в нищете, промотав миллионы, однажды в молодости своей проиграл — помнится Зоричу — около трехсот тысяч. Он был в отчаянии. Бабушка, которая всегда была строга к шалостям молодых людей, как-то сжалилась над Чаплицким. Она дала ему три карты, с тем, чтоб он поставил их одну за другою, и взяла с него честное слово впредь уже никогда не играть. Чаплицкий явился к своему победителю: они сели играть. Чаплицкий поставил на первую карту пятьдесят тысяч и выиграл соника; загнул пароли, пароли-пе,— отыгрался и остался еще в выигрыше...

Однако пора спать: уже без четверти шесть.

В самом деле, уже рассветало: молодые люди допили свои рюмки и разъехались.

II

— Il paraît que monsieur est décidément pour les suivantes.
— Que voulez-vous, madame? Elles sont plus fraîches.
Светский разговор.

Старая графиня *** сидела в своей уборной перед зеркалом. Три девушки окружали ее. Одна держала банку румян, другая коробку со шпильками, третья высокий чепец с лентами огненного цвета. Графиня не имела ни малейшего притязания на красоту давно увядшую, но сохраняла все привычки своей молодости, строго следовала модам семидесятых годов, и одевалась так же долго, так же старательно, как и шестьдесят лет тому назад. У окошка сидела за пяльцами барышня, ее воспитанница.

— Здравствуйте, grand' maman,- сказал, вошедши, молодой офицер. — Bon jour, mademoiselle Lise. Grand'maman, я к вам с просьбою.

— Что такое, Paul?

— Позвольте вам представить одного из моих приятелей, и привезти его к вам в пятницу на бал.

— Привези мне его прямо на бал, и тут мне его и представишь. Был ты вчерась у ***?

— Как же! очень было весело; танцевали до пяти часов. Как хороша была Елецкая!

— И, мой милый! Что в ней хорошего? Такова ли была ее бабушка, княгиня Дарья Петровна?.. Кстати: я чай она уж очень постарела, княгиня Дарья Петровна?

— Как, постарела? — отвечал рассеянно Томский: — она лет

семь как умерла.

Барышня подняла голову, и сделала знак молодому человеку. Он вспомнил, что от старой графини таили смерть ее ровесниц, и закусил себе губу. Но графиня услышала весть, для нее новую, с большим равнодушием.

— Умерла! — сказала она: — а я и не знала! Мы вместе были пожалованы во фрейлины, и когда мы представились, то государыня...

И графиня в сотый раз рассказала внуку свой анекдот.

— Ну, Paul, — сказала она потом: — теперь помоги мне встать. Лизанька, где моя табакерка?

И графиня со своими девушками пошла за ширмами оканчивать свой туалет. Томский остался с барышнею.

— Кого это вы хотите представить? — тихо спросила Лизавета Ивановна.

— Нарумова. Вы его знаете?

— Нет! Он военный, или статский?

— Военный.

— Инженер?

— Нет! кавалерист. А почему вы думали, что он инженер?

Барышня засмеялась, и не отвечала ни слова.

— Paul! — закричала графиня из-за ширмов: — пришли мне какой-нибудь новый роман, только, пожалуйста, не из нынешних.

— Как это, grand'maman?

— То есть, такой роман, где бы герой не давил ни отца, ни матери, и где бы не было утопленных тел. Я ужасно боюсь утопленников!

— Таких романов нынче нет. Не хотите ли разве русских?

— А разве есть русские романы?.. Пришли, батюшка, пожалуйста пришли!

— Простите, grand'maman: я спешу... Простите, Лизавета Ивановна! Почему же вы думали, что Нарумов инженер?

И Томский вышел из уборной.

Лизавета Ивановна осталась одна: она оставила работу и стала глядеть в окно. Вскоре на одной стороне улицы из-за угольного дома показался молодой офицер. Румянец покрыл ее щеки: она принялась опять за работу, и наклонила голову над самой канвою. В это время вошла графиня, совсем одетая.

— Прикажи, Лизанька, — сказала она, — карету закладывать, и поедем прогуляться.

Лизанька встала из-за пяльцев и стала убирать свою работу.

— Что ты, мать моя! глуха, что ли! — закричала графиня. — Вели скорей закладывать карету.

— Сейчас! — отвечала тихо барышня, и побежала в переднюю.

Слуга вошел, и подал графине книги от князя Павла Александровича.

— Хорошо! Благодарить, — сказала графиня. — Лизанька, Лизанька! да куда ж ты бежишь?

— Одеваться.

— Успеешь, матушка. Сиди здесь. Раскрой-ка первый том; читай вслух...

Барышня взяла книгу, и прочла несколько строк.

— Громче! — сказала графиня. — Что с тобою, мать моя? с голосу спала, что ли?.. Погоди: подвинь мне скамеечку, ближе... ну! -

Лизавета Ивановна прочла еще две страницы. Графиня зевнула.

— Брось эту книгу, — сказала она: — что за вздор! Отошли это князю Павлу, и вели благодарить... Да что ж карета?

— Карета готова, — сказала Лизавета Ивановна, взглянув на улицу.

— Что ж ты не одета? — сказала графиня: — всегда надобно тебя ждать! Это, матушка, несносно.

Лиза побежала в свою комнату. Не прошло двух минут, графиня начала звонить изо всей мочи. Три девушки вбежали в одну дверь, а камердинер в другую.

— Что это вас не докличешься? — сказала им графиня. — Сказать Лизавете Ивановне, что я ее жду.

Лизавета Ивановна вошла в капоте и в шляпке.

— Наконец, мать моя! — сказала графиня. — Что за наряды! Зачем это?.. кого прельщать?.. А какова погода? — кажется, ветер.

— Никак нет-с, ваше сиятельство! очень тихо-с! — отвечал камердинер.

— Вы всегда говорите наобум! Отворите форточку. Так и есть: ветер! и прехолодный! Отложить карету! Лизанька, мы не поедем — нечего было наряжаться.

— И вот моя жизнь! — подумала Лизавета Ивановна.

В самом деле, Лизавета Ивановна была пренесчастное создание. Горек чужой хлеб, говорит Данте, и тяжелы ступени чужого крыльца, а кому и знать горечь зависимости, как не бедной воспитаннице знатной старухи? Графиня ***, конечно, не имела злой души; но была своенравна, как женщина, избалованная светом, скупа и погружена в холодный эгоизм, как и все старые люди, отлюбившие в свой век и чуждые настоящему. Она участвовала во всех суетностях большого света, таскалась на балы, где сидела в углу, разрумяненная и одетая по старинной моде, как уродливое и необходимое украшение бальной залы; к ней с низкими поклонами подходили приезжающие гости, как по установленному обряду, и потом уже никто ею не занимался. У себя принимала она весь город, наблюдая строгий этикет и не узнавая никого в лицо. Многочисленная челядь ее, разжирев и поседев в ее передней и девичьей, делала, что хотела, наперерыв обкрадывая умирающую старуху. Лизавета Ивановна была домашней мученицею. Она разливала чай, и получала выговоры за лишний расход сахара; она вслух читала романы, и виновата была во всех ошибках автора; она сопровождала графиню в ее прогулках, и отвечала за погоду и за мостовую. Ей было назначено жалованье, которое никогда не доплачивали; а между тем требовали от нее, чтоб она одета была, как и все, то есть как очень немногие. В свете играла она самую жалкую роль. Все ее знали, и никто не замечал; на балах она танцевала только тогда, как не доставало vis-à-vis, и дамы брали ее под руку всякой раз, как им нужно было идти в уборную поправить что-нибудь в своем наряде. Она была самолюбива, живо чувствовала свое положение, и глядела кругом себя, — с нетерпением ожидая избавителя; но молодые люди, расчетливые в ветреном своем тщеславии, не удостоивали ее внимания, хотя Лизавета Ивановна была сто раз милее наглых и холодных невест, около которых они увивались. Сколько раз, оставя тихонько скучную и пышную гостиную, она уходила плакать в бедной своей комнате, где стояли ширмы, оклеенные обоями, комод, зеркальце и крашеная кровать, и где сальная свеча темно горела в медном шандале!

Однажды, — это случилось два дня после вечера, описанного в начале этой повести, и за неделю перед той сценой, на которой мы остановились, — однажды Лизавета Ивановна, сидя под окошком за пяльцами, нечаянно взглянула на улицу, и увидела молодого инженера, стоящего неподвижно и устремившего глаза к ее окошку. Она опустила голову и снова занялась работой; через пять минут взглянула опять, — молодой офицер стоял на том же месте. Не имея привычки кокетничать с прохожими офицерами, она перестала глядеть на улицу, и шила около двух часов, не приподнимая головы. Подали обедать. Она встала, начала убирать свои пяльцы, и, взглянув нечаянно на улицу, опять увидела офицера. Это показалось ей довольно странным. После обеда она подошла к окошку с чувством некоторого беспокойства, но уже офицера не было, — и она про него забыла...

Дня через два, выходя с графиней садиться в карету, она опять его увидела. Он стоял у самого подъезда, закрыв лицо бобровым воротником: черные глаза его сверкали из-под шляпы. Лизавета Ивановна испугалась, сама не зная чего, и села в карету с трепетом неизъяснимым.

Возвратясь домой, она подбежала к окошку, — офицер стоял на прежнем месте, устремив на нее глаза: она отошла, мучась любопытством и волнуемая чувством, для нее совершенно новым.

С того времени не проходило дня, чтоб молодой человек, в известный час, не являлся под окнами их дома. Между им и ею учредились неусловленные сношения. Сидя на своем месте за работой, она чувствовала его приближение, — подымала голову, смотрела на него с каждым днем долее и долее. Молодой человек, казалось, был за то ей благодарен: она видела острым взором молодости, как быстрый румянец покрывал его бледные щеки всякой раз, когда взоры их встречались. Через неделю она ему улыбнулась...

Когда Томский спросил позволения представить графине своего приятеля, сердце бедной девушки забилось. Но узнав, что Нарумов не инженер, а конногвардеец, она сожалела, что нескромным вопросом высказала свою тайну ветреному Томскому.

Германн был сын обрусевшего немца, оставившего ему маленький капитал. Будучи твердо убежден в необходимости упрочить свою независимость, Германн не касался и процентов, жил одним жалованьем, не позволял себе малейшей прихоти. Впрочем, он был скрытен и честолюбив, и товарищи его редко имели случай посмеяться над его излишней бережливостью. Он имел сильные страсти и огненное воображение, но твердость спасла его от обыкновенных заблуждений молодости. Так, например, будучи в душе игрок, никогда не брал он карты в руки, ибо расчитал, что его состояние не позволяло ему (как сказывал он) жертвовать необходимым в надежде приобрести излишнее, — а между тем, целые ночи просиживал за карточными столами, и следовал с лихорадочным трепетом за различными оборотами игры.

Анекдот о трех картах сильно подействовал на его воображение, и целую ночь не выходил из его головы. — Что, если, думал он на другой день вечером, бродя по Петербургу: что, если старая графиня откроет мне свою тайну! — или назначит мне эти три верные карты! Почему ж не попробовать своего счастия?.. Представиться ей, подбиться в ее милость, — пожалуй, сделаться ее любовником, — но на это всё требуется время — а ей восемьдесят семь лет, — она может умереть через неделю, — через два дня!.. Да и самый анекдот?.. Можно ли ему верить?.. Нет! расчет, умеренность и трудолюбие: вот мои три верные карты, вот что утроит, усемерит мой капитал, и доставит мне покой и независимость! -

Рассуждая таким образом, очутился он в одной из главных улиц Петербурга, перед домом старинной архитектуры. Улица была заставлена экипажами, кареты одна за другою катились к освещенному подъезду. Из карет поминутно вытягивались то стройная нога молодой красавицы, то гремучая ботфорта, то полосатый чулок и дипломатический башмак. Шубы и плащи мелькали мимо величавого швейцара. Германн остановился.

— Чей это дом? — спросил он у углового будочника.

— Графини ***, — отвечал будочник.

Германн затрепетал. Удивительный анекдот снова представился его воображению. Он стал ходить около дома, думая об его хозяйке и о чудной ее способности. Поздно воротился он в смиренный свой уголок; долго не мог заснуть, и, когда сон им овладел, ему пригрезились карты, зеленый стол, кипы ассигнаций и груды червонцев. Он ставил карту за картой, гнул углы решительно, выигрывал беспрестанно, и загребал к себе золото, и клал ассигнации в карман. Проснувшись уже поздно, он вздохнул о потере своего фантастического богатства, пошел опять бродить по городу, и опять очутился перед домом графини ***. Неведомая сила, казалось, привлекала его к нему. Он остановился, и стал смотреть на окна. В одном увидел он черноволосую головку, наклоненную, вероятно, над книгой или над работой. Головка приподнялась. Германн увидел свежее личико и черные глаза. Эта минута решила его участь.

III

> Vous m'écrivez, mon ange, des lettres de quatre
> pages plus vite que je ne puis les lire.
> Переписка.

Только Лизавета Ивановна успела снять капот и шляпу, как уже графиня послала за нею, и велела опять подавать карету. Они пошли садиться. В то самое время, как два лакея приподняли старуху и просунули в дверцы, Лизавета Ивановна у самого колеса увидела своего инженера; он схватил ее руку; она не могла опомниться от испугу, молодой человек исчез: письмо осталось в ее руке. Она спрятала его за перчатку, и во всю дорогу ничего не слыхала и не видала. Графиня имела обыкновение поминутно делать в карете вопросы: кто это с нами встретился? — как зовут этот мост? — что там написано на вывеске? Лизавета Ивановна на сей раз отвечала наобум и не в попад, и рассердила графиню.

— Что с тобою сделалось, мать моя! Столбняк ли на тебя нашел, что ли? Ты меня или не слышишь или не понимаешь?.. Слава богу, я не картавлю, и из ума еще не выжила!

Лизавета Ивановна ее не слушала. Возвратясь домой, она побежала в свою комнату, вынула из-за перчатки письмо: оно было незапечатано. Лизавета Ивановна его прочитала. Письмо содержало в себе признание в любви: оно было нежно, почтительно и слово-в-слово взято из немецкого романа. Но Лизавета Ивановна по-немецки не умела и была очень им довольна.

Однако принятое ею письмо беспокоило ее чрезвычайно. Впервые входила она в тайные, тесные сношения с молодым мужчиною. Его дерзость ужасала ее. Она упрекала себя в неосторожном поведении, и не знала, что делать: перестать ли сидеть у окошка, и невниманием охладить в молодом офицере охоту к дальнейшим преследованиям? — отослать ли ему письмо? — отвечать ли холодно и решительно? Ей не с кем было посоветоваться, у ней не было ни подруги, ни наставницы. Лизавета Ивановна решилась отвечать.

Она села за письменный столик, взяла перо, бумагу, — и задумалась. Несколько раз начинала она свое письмо, — и рвала его: то выражения казались ей слишком снисходительными, то слишком жестокими. Наконец ей удалось написать несколько строк, которыми она осталась довольна. «Я уверена», писала она, «что вы имеете честные намерения, и что вы не хотели оскорбить меня необдуманным поступком; но знакомство наше не должно бы начаться таким образом. Возвращаю вам письмо ваше, и надеюсь, что не буду впредь иметь причины жаловаться на незаслуженное неуважение».

На другой день, увидя идущего Германна, Лизавета Ивановна встала из-за пяльцев, вышла в залу, отворила форточку, и бросила письмо на улицу, надеясь на проворство молодого офицера. Германн подбежал, поднял его, и вошел в кандитерскую лавку. Сорвав печать, он нашел свое письмо, и ответ Лизаветы Ивановны. Он того и ожидал, и возвратился домой, очень занятый своей интригою.

Три дня после того, Лизавете Ивановне молоденькая, быстроглазая мамзель принесла записочку из модной лавки. Лизавета Ивановна открыла ее с беспокойством, предвидя денежные требования, и вдруг узнала руку Германна.

— Вы, душенька, ошиблись, — сказала она: — эта записка не ко мне.

— Нет, точно к вам! — отвечала смелая девушка, не скрывая лукавой улыбки. — Извольте прочитать!

Лизавета Ивановна пробежала записку. Германн требовал свидания.

— Не может быть! — сказала Лизавета Ивановна, испугавшись и поспешности требований, и способу, им употребленному. — Это писано верно не ко мне! — И разорвала письмо в мелкие кусочки.

— Коли письмо не к вам, зачем же вы его разорвали? — сказала мамзель: — я бы возвратила его тому, кто его послал.

— Пожалуйста, душенька! — сказала Лизавета Ивановна, вспыхнув от ее замечания: — вперед ко мне записок не носите. А тому, кто вас послал, скажите, что ему должно быть стыдно...

Но Германн не унялся. Лизавета Ивановна каждый день получала от него письма, то тем, то другим образом. Они уже не были переведены с немецкого. Германн их писал, вдохновенный страстию, и говорил языком, ему свойственным: в них выражались и непреклонность его желаний, и беспорядок необузданного воображения. Лизавета Ивановна уже не думала их отсылать: она упивалась ими; стала на них отвечать, — и ее записки час от часу становились длиннее и нежнее. Наконец, она бросила ему в окошко следующее письмо:

— «Сегодня бал у ***ского посланника. Графиня там будет. Мы останемся часов до двух. Вот вам случай увидеть меня наедине. Как скоро графиня уедет, ее люди, вероятно, разойдутся, в сенях останется швейцар, но и он обыкновенно уходит в свою каморку. Приходите в половине двенадцатого. Ступайте прямо на лестницу. Коли вы найдете кого в передней, то вы спросите, дома ли графиня. Вам скажут нет, — и делать нечего. Вы должны будете воротиться. Но вероятно вы не встретите никого. Девушки сидят у себя, все в одной комнате. Из передней ступайте налево, идите всё прямо до графининой спальни. В спальне за ширмами увидите две маленькие двери: справа в кабинет, куда графиня никогда не входит: слева в коридор, и тут же узенькая витая лестница: она ведет в мою комнату».

Германн трепетал, как тигр, ожидая назначенного времени. В десять часов вечера он уж стоял перед домом графини. Погода была ужасная: ветер выл, мокрый снег падал хлопьями; фонари светились тускло; улицы были пусты. Изредка тянулся Ванька на тощей кляче своей, высматривая запоздалого седока. — Германн стоял в одном сюртуке, не чувствуя ни ветра, ни снега. Наконец графинину карету подали. Германн видел, как лакеи вынесли под руки сгорбленную старуху, укутанную в соболью шубу, и как вослед за нею, в холодном плаще, с головой, убранною свежими цветами мелькнула ее воспитанница. Дверцы захлопнулись. Карета тяжело покатилась по рыхлому снегу. Швейцар запер двери. Окна померкли. Германн стал ходить около опустевшего дома: он подошел к фонарю, взглянул на часы, — было двадцать минут двенадцатого. Он остался под фонарем, устремив глаза на часовую стрелку и выжидая остальные минуты. Ровно в половине двенадцатого Германн ступил на графинино крыльцо и взошел в ярко освещенные сени. Швейцара не было. Германн взбежал по лестнице, отворил двери в переднюю, и увидел слугу, спящего под лампой, в старинных, запачканных креслах. Легким и твердым шагом Германн прошел мимо его. Зала и гостиная были темны. Лампа слабо освещала их из передней. Германн вошел в спальню. Перед кивотом, наполненным старинными образами, теплилась золотая лампада. Полинялые штофные кресла и диваны с пуховыми подушками, с сошедшей позолотою, стояли в печальной симметрии около стен, обитых китайскими обоями. На стене висели два портрета, писанные в Париже m-me Lebrun. Один из них изображал мужчину лет сорока, румяного и полного, в светлозеленом мундире и со звездою; другой — молодую красавицу с орлиным носом, с зачесанными висками и с розою в пудренных волосах. По всем углам торчали фарфоровые пастушки, столовые часы работы славного Leroy, коробочки, рулетки, веера и разные дамские игрушки, изобретенные в конце минувшего столетия вместе с Монгольфьеровым шаром и Месмеровым магнетизмом. Германн пошел за ширмы. За ними стояла маленькая железная кровать; справа находилась дверь, ведущая в кабинет; слева, другая в коридор. Германн ее отворил, увидел узкую, витую лестницу, которая вела в комнату бедной воспитанницы… Но он воротился и вошел в темный кабинет.

Время шло медленно. Все было тихо. В гостиной пробило двенадцать; по всем комнатам часы одни за другими прозвонили двенадцать — все умолкло опять. Германн стоял, прислонясь к холодной печке. Он был спокоен; сердце его билось ровно, как у человека, решившегося на что-нибудь опасное, но необходимое. Часы пробили первый и второй час утра, — и он услышал дальний стук кареты. Невольное волнение овладело им. Карета подъехала и остановилась. Он услышал стук опускаемой подножки. В доме засуетились. Люди побежали, раздались голоса и дом осветился. В спальню вбежали три старые горничные, и графиня, чуть живая, вошла, и опустилась в вольтеровы кресла. Германн глядел в щёлку: Лизавета Ивановна прошла мимо его. Германн услышал ее торопливые шаги по ступеням ее лестницы. В сердце его отозвалось нечто похожее на угрызение совести, и снова умолкло. Он окаменел.

Графиня стала раздеваться перед зеркалом. Откололи с нее чепец, украшенный розами; сняли напудренный парик с ее седой и плотно остриженной головы. Булавки дождем сыпались около нее. Желтое платье, шитое серебром, упало к ее распухлым ногам. Германн был свидетелем отвратительных таинств ее туалета: наконец, графиня осталась в спальной кофте и ночном чепце: в этом наряде, более свойственном ее старости, она казалась менее ужасна и безобразна.

Как и все старые люди вообще, графиня страдала бессонницею. Раздевшись, она села у окна в вольтеровы кресла, и отослала горничных. Свечи вынесли, комната опять осветилась одною лампадою. Графиня сидела вся желтая, шевеля отвислыми губами, качаясь направо и налево. В мутных глазах ее изображалось совершенное отсутствие мысли; смотря на нее, можно было бы подумать, что качание страшной старухи происходило не от ее воли, но по действию скрытого гальванизма.

Вдруг это мертвое лицо изменилось неизъяснимо. Губы перестали шевелиться, глаза оживились: перед графинею стоял незнакомый мужчина.

— Не пугайтесь, ради бога, не пугайтесь! — сказал он внятным и тихим голосом. — Я не имею намерения вредить вам; я пришел умолять вас об одной милости.

Старуха молча смотрела на него и, казалось, его не слыхала. Германн вообразил, что она глуха, и наклонясь над самым ее ухом, повторил ей то же самое. Старуха молчала по-прежнему.

— Вы можете, — продолжал Германн, — составить счастье моей жизни, и оно ничего не будет вам стоить: я знаю, что вы можете угадать три карты сряду...

Германн остановился. Графиня, казалось, поняла, чего от нее требовали; казалось, она искала слов для своего ответа.

— Это была шутка, — сказала она наконец: — клянусь вам! это была шутка!

— Этим нечего шутить, — возразил сердито Германн. — Вспомните Чаплицкого, которому помогли вы отыграться.

Графиня видимо смутилась. Черты ее изобразили сильное движение души, но она скоро впала в прежнюю бесчувственность.

— Можете ли вы, — продолжал Германн, — назначить мне эти три верные карты?

Графиня молчала; Германн продолжал:

— Для кого вам беречь вашу тайну? Для внуков? Они богаты

и без того; они же не знают и цены деньгам. Моту не помогут ваши три карты. Кто не умеет беречь отцовское наследство, тот всё-таки умрет в нищете, несмотря ни на какие демонские усилия. Я не мот; я знаю цену деньгам. Ваши три карты для меня не пропадут. Ну!..

Он остановился, и с трепетом ожидал ее ответа. Графиня молчала; Германн стал на колени.

— Если когда-нибудь, — сказал он, — сердце ваше знало чувство любви, если вы помните ее восторги, если вы хоть раз улыбнулись при плаче новорожденного сына, если что-нибудь человеческое билось когда-нибудь в груди вашей, то умоляю вас чувствами супруги, любовницы, матери, — всем, что ни есть святого в жизни — не откажите мне в моей просьбе! — откройте мне вашу тайну! — что вам в ней?.. Может быть, она сопряжена с ужасным грехом, с пагубою вечного блаженства, с дьявольским договором... Подумайте: вы стары; жить вам уже недолго, — я готов взять грех ваш на свою душу. Откройте мне только вашу тайну. Подумайте, что счастие человека находится в ваших руках; что не только я, но дети мои, внуки и правнуки благословят вашу память и будут ее чтить как святыню...

Старуха не отвечала ни слова.

Германн встал.

— Старая ведьма! — сказал он, стиснув зубы: — так я ж заставлю тебя отвечать...

С этим словом он вынул из кармана пистолет.

При виде пистолета графиня во второй раз оказала сильное чувство. Она закивала головою, и подняла руку, как бы заслоняясь от выстрела... Потом покатилась навзничь... и осталась недвижима.

— Перестаньте ребячиться, — сказал Германн, взяв ее руку. — Спрашиваю последний раз: хотите ли назначить мне ваши три карты? — да или нет?

Графиня не отвечала. Германн увидел, что она умерла.

IV

7 Mai 18**
Homme sans mœurs et sans religion!
Переписка.

Лизавета Ивановна сидела в своей комнате, еще в бальном

своем наряде, погруженная в глубокие размышления. Приехав домой, она спешила отослать заспанную девку, нехотя предлагавшую ей свою услугу, — сказала, что разденется сама, и с трепетом вошла к себе, надеясь найти там Германна, и желая не найти его. С первого взгляда она удостоверилась в его отсутствии, и благодарила судьбу за препятствие, помешавшее их свиданию. Она села, не раздеваясь, и стала припоминать все обстоятельства, в такое короткое время и так далеко ее завлекшие. Не прошло трех недель с той поры, как она в первый раз увидела в окошко молодого человека, — и уже она была с ним в переписке, — и он успел вытребовать от нее ночное свидание! Она знала имя его, потому только, что некоторые из его писем были им подписаны; никогда с ним не говорила, не слыхала его голоса, никогда о нем не слыхала... до самого сего вечера. Странное дело! В самый тот вечер, на бале, Томский, дуясь на молодую княжну Полину ***, которая, против обыкновения, кокетничала не с ним, желал отомстить, оказывая равнодушие: он позвал Лизавету Ивановну, и танцевал с нею бесконечную мазурку. Во все время шутил он над ее пристрастием к инженерным офицерам, уверял, что он знает гораздо более, нежели можно было ей предполагать, и некоторые из его шуток были так удачно направлены, что Лизавета Ивановна думала несколько раз, что ее тайна была ему известна.

— От кого вы всё это знаете? — спросила она, смеясь.

— От приятеля известной вам особы, — отвечал Томский: — человека очень замечательного!

— Кто ж этот замечательный человек?

— Его зовут Германном.

Лизавета Ивановна не отвечала ничего, но ее руки и ноги поледенели...

— Этот Германн, — продолжал Томский, — лицо истинно романическое: у него профиль Наполеона, а душа Мефистофеля. Я думаю, что на его совести по крайней мере три злодейства. Как вы побледнели!.

— У меня голова болит... Что же говорил вам Германн, — или как бишь его?..

— Германн очень недоволен своим приятелем: он говорит, что на его месте он поступил бы совсем иначе... Я даже полагаю, что Германн сам имеет на вас виды, по крайней мере он очень неравнодушно слушает влюбленные восклицания своего приятеля.

— Да где ж он меня видел?

— В церкви, может быть, — на гулянье!.. Бог его знает! может быть в вашей комнате, во время вашего сна: от него станет...

Подошедшие к ним три дамы с вопросами — oubli ou regret — прервали разговор, который становился мучительно любопытен для Лизаветы Ивановны.

Дама, выбранная Томским, была сама княжна ***. Она успела с ним изъясниться, обежав лишний круг и лишний раз повертевшись перед своим стулом. — Томский, возвратясь на свое место, уже не думал ни о Германне, ни о Лизавете Ивановне. Она непременно хотела возобновить прерванный разговор; но мазурка кончилась, и вскоре после старая графиня уехала.

Слова Томского были не что иное, как мазурочная болтовня, но они глубоко заронились в душу молодой мечтательницы. Портрет, набросанный Томским, сходствовал с изображением, составленным ею самою, и, благодаря новейшим романам, это, уже пошлое лицо, пугало и пленяло ее воображение. Она сидела, сложа крестом голые руки, наклонив на открытую грудь голову, еще убранную цветами... Вдруг дверь отворилась, и Германн вошел. Она затрепетала...

— Где же вы были? — спросила она испуганным шёпотом.

— В спальне у старой графини, — отвечал Германн: — я сейчас от нее. Графиня умерла.

— Боже мой!.. что вы говорите?..

— И кажется, — продолжал Германн, — я причиною ее смерти.

Лизавета Ивановна взглянула на него, и слова Томского раздались в ее душе: у этого человека по крайней мере три злодейства на душе! Германн сел на окошко подле нее, и всё рассказал. Лизавета Ивановна выслушала его с ужасом. Итак эти страстные письма, эти пламенные требования, это дерзкое, упорное преследование, всё это было не любовь! Деньги, — вот чего алкала его душа! Не она могла утолить его желания и осчастливить его! Бедная воспитанница была не что иное, как слепая помощница разбойника, убийцы старой ее благодетельницы!.. Горько заплакала она, в позднем, мучительном своем раскаянии. Германн смотрел на нее, молча: сердце его также терзалось, но ни слезы бедной девушки, ни удивительная прелесть ее горести не тревожили суровой души его. Он не чувствовал угрызения совести при мысли о мертвой старухе. Одно его ужасало: невозвратная потеря тайны, от которой ожидал обогащения.

— Вы чудовище! — сказала наконец Лизавета Ивановна.

— Я не хотел ее смерти, — отвечал Германн: — пистолет мой не заряжен.

Они замолчали.

Утро наступало. Лизавета Ивановна погасила догорающую свечу: бледный свет озарил ее комнату. Она отерла заплаканные глаза, и подняла их на Германна: он сидел на окошке, сложа руки и грозно нахмурясь. В этом положении удивительно напоминал он портрет Наполеона. Это сходство поразило даже Лизавету Ивановну.

— Как вам выйти из дому? — сказала наконец Лизавета Ивановна. — Я думала провести вас по потаенной лестнице, но надобно идти мимо спальни, а я боюсь.

— Расскажите мне, как найти эту потаенную лестницу; я выйду.

Лизавета Ивановна встала, вынула из комода ключ, вручила его Германну и дала ему подробное наставление. Германн пожал ее холодную, безответную руку, поцеловал ее наклоненную голову, и вышел.

Он спустился вниз по витой лестнице, и вошел опять в спальню графини. Мертвая старуха сидела, окаменев; лицо ее выражало глубокое спокойствие. Германн остановился перед нею, долго смотрел на нее, как бы желая удостовериться в ужасной истине; наконец вошел в кабинет ощупал за обоями дверь, и стал сходить по темной лестнице, волнуемый странными чувствованиями. По этой самой лестнице, думал он, может быть лет шестьдесят назад, в эту самую спальню, в такой же час, в шитом кафтане, причесанный à l'oiseau royal, прижимая к сердцу треугольную свою шляпу, прокрадывался молодой счастливец, давно уже истлевший в могиле, а сердце престарелой его любовницы сегодня перестало биться...

Под лестницею Германн нашел дверь, которую отпер тем же ключом, и очутился в сквозном коридоре, выведшем его на улицу.

V

В эту ночь явилась ко мне
покойница баронесса фон-В***.
Она была вся в белом, и
сказала мне: «Здравствуйте,
господин советник!»
Шведенборг.

Три дня после роковой ночи, в девять часов утра, Германн
отправился в *** монастырь, где должны были отпевать тело
усопшей графини. Не чувствуя раскаяния, он не мог однако
совершенно заглушить голос совести, твердивший ему: ты
убийца старухи! Имея мало истинной веры, он имел
множество предрассудков. Он верил, что мертвая графиня
могла иметь вредное влияние на его жизнь, — и решился
явиться на ее похороны, чтобы испросить у ней прощения.

Церковь была полна. Германн насилу мог пробраться сквозь
толпу народа. Гроб стоял на богатом катафалке под
бархатным балдахином. Усопшая лежала в нем с руками,
сложенными на груди, в кружевном чепце и в белом атласном
платье. Кругом стояли ее домашние: слуги в черных кафтанах
с гербовыми лентами на плече, и со свечами в руках;
родственники в глубоком трауре, — дети, внуки и правнуки.
Никто не плакал; слезы были бы — une affectation. Графиня
так была стара, что смерть ее никого не могла поразить, и что
ее родственники давно смотрели на нее, как на отжившую.
Молодой архиерей произнес надгробное слово. В простых и
трогательных выражениях представил он мирное успение
праведницы, которой долгие годы были тихим,
умилительным приготовлением к христианской кончине.
«Ангел смерти обрел ее, — сказал оратор, — бодрствующую в
помышлениях благих и в ожидании жениха полунощного».
Служба совершилась с печальным приличием. Родственники
первые пошли прощаться с телом. Потом двинулись и
многочисленные гости, приехавшие поклониться той,
которая так давно была участницею в их суетных
увеселениях. После них и все домашние. Наконец
приблизилась старая барская барыня, ровесница покойницы.
Две молодые девушки вели ее под руки. Она не в силах была
поклониться до земли, — и одна пролила несколько слез,
поцеловав холодную руку госпожи своей. После нее Германн

решился подойти ко гробу. Он поклонился в землю, и несколько минут лежал на холодном полу, усыпанном ельником. Наконец приподнялся, бледен как сама покойница, взошел на ступени катафалка и наклонился... В эту минуту показалось ему, что мертвая насмешливо взглянула на него, прищуривая одним глазом. Германн, поспешно подавшись назад, оступился, и навзничь грянулся об земь. Его подняли. В то же самое время Лизавету Ивановну вынесли в обмороке на паперть. Этот эпизод возмутил на несколько минут торжественность мрачного обряда. Между посетителями поднялся глухой ропот, а худощавый камергер, близкий родственник покойницы, шепнул на ухо стоящему подле него англичанину, что молодой офицер ее побочный сын, на что англичанин отвечал холодно: Oh?

Целый день Германн был чрезвычайно расстроен. Обедая в уединенном трактире, он, против обыкновения своего, пил очень много, в надежде заглушить внутреннее волнение. Но вино еще более горячило его воображение. Возвратясь домой, он бросился, не раздеваясь, на кровать, и крепко заснул.

Он проснулся уже ночью: луна озаряла его комнату. Он взглянул на часы: было без четверти три. Сон у него прошел; он сел на кровать, и думал о похоронах старой графини.

В это время кто-то с улицы взглянул к нему в окошко, — и тотчас отошел. Германн не обратил на то никакого внимания. Чрез минуту услышал он, что отпирали дверь в передней комнате. Германн думал, что денщик его, пьяный по своему обыкновению, возвращался с ночной прогулки. Но он услышал незнакомую походку: кто-то ходил, тихо шаркая туфлями. Дверь отворилась, вошла женщина в белом платье. Германн принял ее за свою старую кормилицу, и удивился, что могло привести ее в такую пору. Но белая женщина, скользнув, очутилась вдруг перед ним, — и Германн узнал графиню!

— Я пришла к тебе против своей воли, — сказала она твердым голосом: — но мне велено исполнить твою просьбу. Тройка, семерка и туз выиграют тебе сряду, — но с тем, чтобы ты в сутки более одной карты не ставил, и чтоб во всю жизнь уже после не играл. Прощаю тебе мою смерть, с тем, чтоб ты женился на моей воспитаннице Лизавете Ивановне...

С этим словом она тихо повернулась, пошла к дверям, и скрылась, шаркая туфлями. Германн слышал, как хлопнула дверь в сенях, и увидел, что кто-то опять поглядел к нему в окошко.

Германн долго не мог опомниться. Он вышел в другую комнату. Денщик его спал на полу; Германн насилу его добудился. Денщик был пьян по обыкновению: от него нельзя было добиться никакого толку. Дверь в сени была заперта. Германн возвратился в свою комнату, засветил свечку, и записал свое видение.

VI

— Ата́нде!
— Как вы смели мне сказать ата́нде?
— Ваше превосходительство, я сказал ата́нде-с!

Две неподвижные идеи не могут вместе существовать в нравственной природе, так же, как два тела не могут в физическом мире занимать одно и то же место. Тройка, семерка, туз — скоро заслонили в воображении Германна образ мертвой старухи. Тройка, семерка, туз — не выходили из его головы и шевелились на его губах. Увидев молодую девушку, он говорил: — Как она стройна!.. Настоящая тройка червонная. У него спрашивали: который час, он отвечал: — без пяти минут семерка. — Всякий пузастый мужчина напоминал ему туза. Тройка, семерка, туз — преследовали его во сне, принимая все возможные виды: тройка цвела перед ним в образе пышного грандифлора, семерка представлялась готическими воротами, туз огромным пауком. Все мысли его слились в одну, — воспользоваться тайной, которая дорого ему стоила. Он стал думать об отставке и о путешествии. Он хотел в открытых игрецких домах Парижа вынудить клад у очарованной фортуны. Случай избавил его от хлопот.

В Москве составилось общество богатых игроков, под председательством славного Чекалинского, проведшего весь век за картами и нажившего некогда миллионы, выигрывая векселя и проигрывая чистые деньги. Долговременная опытность заслужила ему доверенность товарищей, а открытый дом, славный повар, ласковость и веселость приобрели уважение публики. Он приехал в Петербург. Молодежь к нему нахлынула, забывая балы для карт и предпочитая соблазны фараона обольщениям волокитства. Нарумов привез к нему Германна.

Они прошли ряд великолепных комнат, наполненных учтивыми официантами. Несколько генералов и тайных советников играли в вист; молодые люди сидели, развалясь на штофных диванах, ели мороженое и курили трубки. В гостиной за длинным столом, около которого теснилось человек двадцать игроков, сидел хозяин и метал банк. Он был человек лет шестидесяти, самой почтенной наружности; голова покрыта была серебряной сединою; полное и свежее лицо изображало добродушие; глаза блистали, оживленные всегдашнею улыбкою. Нарумов представил ему Германна. Чекалинский дружески пожал ему руку, просил не церемониться, и продолжал метать.

Талья длилась долго. На столе стояло более тридцати карт. Чекалинский останавливался после каждой прокидки, чтобы дать играющим время распорядиться, записывал проигрыш, учтиво вслушивался в их требования, еще учтивее отгибал лишний угол, загибаемый рассеянною рукою. Наконец талья кончилась. Чекалинский стасовал карты, и приготовился метать другую.

— Позвольте поставить карту, — сказал Германн, протягивая руку из-за толстого господина, тут же понтировавшего. Чекалинский улыбнулся и поклонился, молча, в знак покорного согласия. Нарумов, смеясь поздравил Германна с разрешением долговременного поста, и пожелал ему счастливого начала.

— Идет! — сказал Германн, надписав мелом куш над своею картою.

— Сколько-с? — спросил, прищуриваясь, банкомет: — извините-с, я не разгляжу.

— Сорок семь тысяч, — отвечал Германн.

При этих словах, все головы обратились мгновенно, и все глаза устремились на Германна. — Он с ума сошел! — подумал Нарумов.

— Позвольте заметить вам, — сказал Чекалинский с неизменной своею улыбкою, что игра ваша сильна: — никто более двух сот семидесяти пяти семпелем здесь еще не ставил.

— Что ж? — возразил Германн: — бьете вы мою карту или нет?

Чекалинский поклонился с видом того же смиренного согласия.

— Я хотел только вам доложить, — сказал он, — что, будучи удостоен доверенности товарищей, я не могу метать иначе, как на чистые деньги. С моей стороны я конечно уверен, что довольно вашего слова, но для порядка игры и счетов, прошу вас поставить деньги на карту.

Германн вынул из кармана банковый билет, и подал его Чекалинскому, который, бегло посмотрев его, положил на Германнову карту.

Он стал метать. Направо легла девятка, налево тройка.

— Выиграла! — сказал Германн, показывая свою карту.

Между игроками поднялся шёпот. Чекалинский нахмурился, но улыбка тотчас возвратилась на его лицо.

— Изволите получить? — спросил он Германна.

— Сделайте одолжение.

Чекалинский вынул из кармана несколько банковых билетов, и тотчас расчелся. Германн принял свои деньги и отошел от стола. Нарумов не мог опомниться. Германн выпил стакан лимонаду и отправился домой.

На другой день вечером, он опять явился у Чекалинского. Хозяин метал. Германн подошел к столу; понтеры тотчас дали ему место. Чекалинский ласково ему поклонился.

Германн дождался новой тальи, поставил карту, положив на нее свои сорок семь тысяч и вчерашний выигрыш.

Чекалинский стал метать. Валет выпал направо, семерка налево.

Германн открыл семерку.

Все ахнули. Чекалинский видимо смутился. Он отсчитал девяноста четыре тысячи и передал Германну. Германн принял их с хладнокровием, и в ту же минуту удалился.

В следующий вечер Германн явился опять у стола. Все его ожидали. Генералы и тайные советники оставили свой вист, чтоб видеть игру столь необыкновенную. Молодые офицеры соскочили с диванов; все официанты собрались в гостиной. Все обступили Германна. Прочие игроки не поставили своих карт, с нетерпением ожидая, чем он кончит. Германн стоял у стола, готовясь один понтировать противу бледного, но всё улыбающегося, Чекалинского. Каждый распечатал колоду карт. Чекалинский стасовал. Германн снял, и поставил свою карту, покрыв ее кипой банковых билетов. Это похоже было на поединок. Глубокое молчание царствовало кругом.

Чекалинский стал метать, руки его тряслись. Направо легла

дама, налево туз.

— Туз выиграл! — сказал Германн, и открыл свою карту.

— Дама ваша убита, — сказал ласково Чекалинский.

Германн вздрогнул: в самом деле, вместо туза у него стояла пиковая дама. Он не верил своим глазам, не понимая, как мог он обдернуться.

В эту минуту ему показалось, что пиковая дама прищурилась и усмехнулась. Необыкновенное сходство поразило его...

— Старуха! — закричал он в ужасе.

Чекалинский потянул к себе проигранные билеты. Германн стоял неподвижно. Когда отошел он от стола, поднялся шумный говор. — Славно спонтировал! говорили игроки. — Чекалинский снова стасовал карты: игра пошла своим чередом.

Заключение

Германн сошел с ума. Он сидит в Обуховской больнице в 17 нумере, не отвечает ни на какие вопросы, и бормочет необыкновенно скоро: — Тройка, семерка, туз! Тройка, семерка, дама!..

Лизавета Ивановна вышла замуж за очень любезного молодого человека; он где-то служит и имеет порядочное состояние: он сын бывшего управителя у старой графини. У Лизаветы Ивановны воспитывается бедная родственница.

Томский произведен в ротмистры и женится на княжне Полине.

Шинель

В департаменте... но лучше не называть в каком департаменте. Ничего нет сердитее всякого рода департаментов, полков, канцелярий и, словом, всякого рода должностных сословий. Теперь уже всякой частный человек считает в лице своем оскорбленным всё общество. Говорят, весьма недавно поступила просьба от одного капитана-исправника, не помню какого-то города, в которой он излагает ясно, что гибнут государственные постановления и что священное имя его произносится решительно всуе. А в доказательство приложил к просьбе преогромнейший том какого-то романтического сочинения, где, чрез каждые десять страниц, является капитан-исправник, местами даже совершенно в пьяном виде. Итак, во избежание всяких неприятностей, лучше департамент, о котором идет дело, мы назовем одним департаментом. Итак, в одном департаменте служил один чиновник, чиновник нельзя сказать чтобы очень замечательный, низенького роста, несколько рябоват, несколько рыжеват, несколько даже на-вид подслеповат, с небольшой лысиной на лбу, с морщинами по обеим сторонам щек и цветом лица что̀ называется геморроидальным... Что̀ ж делать! виноват петербургский климат. Что̀ касается до чина (ибо у нас прежде всего нужно объявить чин), то он был то̀, что̀ называют вечный титулярный советник, над которым, как известно, натрунились и наострились вдоволь разные писатели, имеющие похвальное обыкновенье налегать на тех, которые не могут кусаться. Фамилия чиновника была Башмачкин. Уже по самому имени видно, что она когда-то произошла от башмака; но когда, в какое время и каким образом произошла она от башмака, ничего этого неизвестно. И отец, и дед, и даже шурин и все совершенно Башмачкины ходили в сапогах, переменяя только раза три в год подметки. Имя его было: Акакий Акакиевич. Может быть, читателю оно покажется несколько странным и выисканным, но можно уверить, что его никак не искали, а что сами собою случились такие обстоятельства, что никак нельзя было дать другого имени, и это произошло именно вот как: родился Акакий Акакиевич против ночи, если только не изменяет память, на 23 марта.

Покойница матушка, чиновница и очень хорошая женщина, расположилась, как следует, окрестить ребенка. Матушка еще лежала на кровати против дверей, а по правую руку стоял кум, превосходнейший человек, Иван Иванович Ерошкин, служивший столоначальником в сенате, и кума, жена квартального офицера, женщина редких добродетелей, Арина Семеновна Белобрюшкова. Родильнице предоставили на выбор любое из трех, какое она хочет выбрать: Моккия, Соссия, или назвать ребенка во имя мученика Хоздазата. «Нет, подумала покойница, имена-то всё такие.» Чтобы угодить ей, развернули календарь в другом месте; вышли опять три имени: Трифилий, Дула и Варахасий. «Вот это наказание», проговорила старуха: «какие всё имена, я право никогда и не слыхивала таких. Пусть бы еще Варадат или Варух, а то Трифилий и Варахасий.» Еще переворотили страницу — вышли: Павсикахий и Вахтисий. «Ну, уж я вижу», сказала старуха: «что, видно, его такая судьба. Уж если так, пусть лучше будет он называться как и отец его. Отец был Акакий, так пусть и сын будет Акакий.» Таким образом и произошел Акакий Акакиевич. Ребенка окрестили; при чем он заплакал и сделал такую гримасу, как будто бы предчувствовал, что будет титулярный советник. Итак, вот каким образом произошло всё это. Мы привели потому это, чтобы читатель мог сам видеть, что это случилось совершенно по необходимости и другого имени дать было никак невозможно. Когда и в какое время он поступил в департамент и кто определил его, этого никто не мог припомнить. Сколько ни переменялось директоров и всяких начальников, его видели всё на одном и том же месте, в том же положении, в той же самой должности, тем же чиновником для письма; так что потом уверились, что он, видно, так и родился на свет уже совершенно готовым, в вицмундире и с лысиной на голове. В департаменте не оказывалось к нему никакого уважения. Сторожа́ не только не вставали с мест, когда он проходил, но даже не глядели на него, как будто бы через приемную пролетела простая муха. Начальники поступали с ним как-то холодно-деспотически. Какой-нибудь помощник столоначальника прямо совал ему под нос бумаги, не сказав даже: «перепишите», или: «вот интересное, хорошенькое дельце», или что-нибудь приятное, как употребляется в благовоспитанных службах. И он брал, посмотрев только на бумагу, не глядя кто ему подложил и имел ли на то право. Он брал, и тут же пристраивался писать ее. Молодые чиновники подсмеивались и острились над ним, во сколько хватало канцелярского остроумия, рассказывали тут же пред ним разные составленные про него истории, про его хозяйку, семидесятилетнюю старуху, говорили, что она бьет его, спрашивали, когда будет их свадьба, сыпали на голову ему бумажки, называя это снегом. Но ни одного слова не отвечал на это Акакий Акакиевич, как будто бы никого и не было перед ним; это не имело даже влияния на занятия его: среди всех этих докук он не делал ни одной ошибки в письме. Только если уж слишком была невыносима шутка, когда толкали его под руку, мешая заниматься своим делом, он произносил: «оставьте меня, зачем вы меня обижаете?» И что-то странное заключалось в словах и в голосе, с каким они были произнесены. В нем слышалось что-то такое преклоняющее на жалость, что один молодой человек, недавно определившийся, который, по примеру других, позволил-было себе посмеяться над ним, вдруг остановился как будто пронзенный, и с тех пор как будто всё переменилось перед ним и показалось в другом виде. Какая-то неестественная сила оттолкнула его от товарищей, с которыми он познакомился, приняв их за приличных, светских людей. И долго потом, среди самых веселых минут, представлялся ему низенький чиновник с лысинкою на лбу, с своими проникающими словами: «оставьте меня, зачем вы меня обижаете» — и в этих проникающих словах звенели другие слова: «я брат твой.» И закрывал себя рукою бедный молодой человек, и много раз содрогался он потом на веку своем, видя, как много в человеке бесчеловечья, как много скрыто свирепой грубости в утонченной, образованной светскости, и, боже! даже в том человеке, которого свет признает благородным и честным.

 Вряд ли где можно было найти человека, который так жил бы в своей должности. Мало сказать: он служил ревностно, нет, он служил с любовью. Там, в этом переписываньи, ему виделся какой-то свой разнообразный и приятный мир. Наслаждение выражалось на лице его; некоторые буквы у него были фавориты, до которых если он добирался, то был сам не свой: и подсмеивался, и подмигивал, и помогал губами, так что в лице его, казалось, можно было прочесть всякую букву, которую выводило перо его. Если бы соразмерно его рвению давали ему награды, он, к изумлению своему, может быть, даже попал бы в статские советники; но выслужил он, как выражались остряки, его товарищи, пряжку в петлицу, да нажил геморой в поясницу. Впрочем нельзя сказать, чтобы не было к нему никакого внимания. Один директор, будучи добрый человек и желая вознаградить его за долгую службу, приказал дать ему что-нибудь поважнее, чем обыкновенное переписыванье; именно из готового уже дела велено было ему сделать какое-то отношение в другое присутственное место; дело состояло только в том, чтобы переменить заглавный титул, да переменить кое-где глаголы из первого лица в третье. Это задало ему такую работу, что он вспотел совершенно, тер лоб и наконец сказал: «нет, лучше дайте я перепишу что-нибудь.» С тех пор оставили его навсегда переписывать. Вне этого переписыванья, казалось, для него ничего не существовало. Он не думал вовсе о своем платье: вицмундир у него был не зеленый, а какого-то рыжевато-мучного цвета. Воротничек на нем был узинькой, низенькой, так что шея его, несмотря на то, что не была длинна, выходя из воротника, казалась необыкновенно длинною, как у тех гипсовых котенков, болтающих головами, которых носят на головах целыми десятками русские иностранцы. И всегда что-нибудь да прилипало к его вицмундиру: или сенца кусочек, или какая-нибудь ниточка; к тому же он имел особенное искусство, ходя по улице, поспевать под окно именно в то самое время, когда из него выбрасывали всякую дрянь, и оттого вечно уносил на своей шляпе арбузные и дынные корки и тому подобный вздор. Ни один раз в жизни не обратил он внимания на то̀, что̀ делается и происходит всякой день на улице, на что̀, как известно, всегда посмотрит его же брат, молодой чиновник, простирающий до того проницательность своего бойкого взгляда, что заметит даже, у кого на другой стороне тротуара отпоролась внизу панталон стремешка, — что̀ вызывает всегда лукавую усмешку на лице его.

Но Акакий Акакиевич если и глядел на что̀, то видел на всем свои чистые, ровным почерком выписанные строки, и только разве если, неизвестно откуда взявшись, лошадиная морда помещалась ему на плечо и напускала ноздрями целый ветер в щеку, тогда только замечал он, что он не на середине строки, а скорее на средине улицы. Приходя домой, он садился тот же час за стол, хлебал наскоро свои щи и ел кусок говядины с луком, вовсе не замечая их вкуса, ел всё это с мухами и со всем тем, что̀ ни посылал бог на ту пору. Заметивши, что желудок начинал пучиться, вставал из-за стола, вынимал баночку с чернилами и переписывал бумаги, принесенные на дом. Если же таких не случалось, он снимал нарочно, для собственного удовольствия, копию для себя, особенно, если бумага была замечательна не по красоте слога, но по адресу к какому-нибудь новому или важному лицу.

  Даже в те часы, когда совершенно потухает петербургское серое небо и весь чиновный народ наелся и отобедал, кто как мог, сообразно с получаемым жалованьем и собственной прихотью, — когда всё уже отдохнуло после департаментского скрипенья перьями, беготни, своих и чужих необходимых занятий и всего того, что̀ задает себе добровольно, больше даже чем нужно, неугомонный человек, — когда чиновники спешат предать наслаждению оставшееся время: кто побойчее, несется в театр; кто на улицу, определяя его на рассматриванье кое-каких шляпенок; кто на вечер истратить его в комплиментах какой-нибудь смазливой девушке, звезде небольшого чиновного круга; кто, и это случается чаще всего, идет, просто, к своему брату в четвертый или третий этаж, в две небольшие комнаты с передней или кухней и кое-какими модными претензиями, лампой или иной вещицей, стоившей многих пожертвований, отказов от обедов, гуляний; словом, даже в то время, когда все чиновники рассеиваются по маленьким квартиркам своих приятелей поиграть в штурмовой вист, прихлебывая чай из стаканов с копеечными сухарями, затягиваясь дымом из длинных чубуков, рассказывая во время сдачи какую-нибудь сплетню, занесшуюся из высшего общества, от которого никогда и ни в каком состоянии не может отказаться русской человек, или даже, когда не о чем говорить, пересказывая вечный анекдот о коменданте, которому пришли сказать, что подрублен хвост у лошади Фальконетова монумента, — словом, даже тогда, когда всё стремится развлечься, Акакий Акакиевич не предавался никакому развлечению. Никто не мог сказать, чтобы когда-нибудь видел его на каком-нибудь вечере. Написавшись в-сласть, он ложился спать, улыбаясь заранее при мысли о завтрашнем дне: что-то бог пошлет переписывать завтра. Так протекала мирная жизнь человека, который с четырьмя стами жалованья умел быть довольным своим жребием, и дотекла бы, может быть, до глубокой старости, если бы не было разных бедствий, рассыпанных на жизненной дороге не только титулярным, но даже тайным, действительным, надворным и всяким советникам, даже и тем, которые не дают никому советов, ни от кого не берут их сами.

Есть в Петербурге сильный враг всех, получающих четыреста рублей в год жалованья, или около того. Враг этот не кто другой, как наш северный мороз, хотя впрочем и говорят, что он очень здоров. В девятом часу утра, именно в тот час, когда улицы покрываются идущими в департамент, начинает он давать такие сильные и колючие щелчки без разбору по всем носам, что бедные чиновники решительно не знают, куда девать их. В это время, когда даже у занимающих высшие должности болит от морозу лоб, и слезы выступают в глазах, бедные титулярные советники иногда бывают беззащитны. Всё спасение состоит в том, чтобы в тощенькой шинелишке перебежать как можно скорее пять-шесть улиц и потом натопаться хорошенько ногами в швейцарской, пока не оттают таким образом все замерзнувшие на дороге способности и дарованья к должностным отправлениям. Акакий Акакиевич с некоторого времени начал чувствовать, что его как-то особенно сильно стало пропекать в спину и плечо, несмотря на то, что он старался перебежать как можно скорее законное пространство. Он подумал, наконец, не заключается ли каких грехов в его шинели. Рассмотрев ее хорошенько у себя дома, он открыл, что в двух, трех местах, именно на спине и на плечах она сделалась точная серпянка: сукно до того истерлось, что сквозило, и подкладка расползлась. Надобно знать, что шинель Акакия Акакиевича служила тоже предметом насмешек чиновникам; от нее отнимали даже благородное имя шинели и называли ее капотом. В самом деле она имела какое-то странное устройство: воротник ее уменьшался с каждым годом более и более, ибо служил на подтачивание других частей ее. Подтачиванье не показывало искусства портного и выходило точно мешковато и некрасиво. Увидевши в чем дело, Акакий Акакиевич решил, что шинель нужно будет снести к Петровичу, портному, жившему где-то в четвертом этаже по черной лестнице, который, несмотря на свой кривой глаз и рябизну по всему лицу, занимался довольно удачно починкой чиновничьих и всяких других панталон и фраков, разумеется, когда бывал в трезвом состоянии и не питал в голове какого-нибудь другого предприятия. Об этом портном, конечно, не следовало бы много говорить, но так как уже заведено, чтобы в повести характер всякого лица был совершенно означен, то нечего делать, подавайте нам и Петровича сюда. Сначала он назывался просто Григорий и был крепостным человеком у какого-то барина; Петровичем он начал называться с тех пор, как получил отпускную и стал попивать довольно сильно по всяким праздникам, сначала по большим, а потом, без разбору, по всем церковным, где только стоял в календаре крестик. С этой стороны он был верен дедовским обычаям и, споря с женой, называл ее мирскою женщиной и немкой. Так как мы уже заикнулись про жену, то нужно будет и о ней сказать слова два; но, к сожалению, о ней немного было известно, разве только то̀, что у Петровича есть жена, носит даже чепчик, а не платок; но красотою, как кажется, она не могла похвастаться; по крайней мере, при встрече с нею, одни только гвардейские солдаты заглядывали ей под чепчик, моргнувши усом и испустивши какой-то особый голос.

Взбираясь по лестнице, ведшей к Петровичу, которая, надобно отдать справедливость, была вся умащена водой, помоями и проникнута насквозь тем спиртуозным запахом, который ест глаза и, как известно, присутствует неотлучно на всех черных лестницах петербургских домов, — взбираясь по лестнице, Акакий Акакиевич уже подумывал о том, сколько запросит Петрович и мысленно положил не давать больше двух рублей. Дверь была отворена, потому что хозяйка, готовя какую-то рыбу, напустила столько дыму в кухне, что нельзя было видеть даже и самых тараканов. Акакий Акакиевич прошел через кухню, не замеченный даже самою хозяйкою, и вступил наконец в комнату, где увидел Петровича, сидевшего на широком деревянном некрашенном столе и подвернувшего под себя ноги свои как турецкий паша. Ноги, по обычаю портных, сидящих за работою, были нагишом. И прежде всего бросился в глаза большой палец, очень известный Акакию Акакиевичу, с каким-то изуродованным ногтем, толстым и крепким, как у черепахи череп. На шее у Петровича висел моток шелку и ниток, а на коленях была какая-то ветошь. Он уже минуты с три продевал нитку в иглиное ухо, не попадал, и потому очень сердился на темноту и даже на самую нитку, ворча вполголоса: «не лезет, ва́рварка; уела ты меня, шельма этакая!» Акакию Акакиевичу было неприятно, что он пришел именно в ту минуту, когда Петрович сердился: он любил что-либо заказывать Петровичу тогда, когда последний был уже несколько под куражем или, как выражалась жена его: осадился сивухой, одноглазый чорт. В таком состоянии Петрович обыкновенно очень охотно уступал и соглашался, всякой раз даже кланялся и благодарил. Потом, правда, приходила жена, плачась, что муж-де был пьян и потому дешево взялся; но гривенник, бывало, один прибавишь, и дело в шляпе. Теперь же Петрович был, казалось, в трезвом состоянии, а потому крут, несговорчив и охотник заламливать чорт знает какие цены. Акакий Акакиевич смекнул это и хотел было уже, как говорится, на попятный двор, но уж дело было начато. Петрович прищурил на него очень пристально свой единственный глаз и Акакий Акакиевич невольно выговорил: «Здравствуй, Петрович!» «Здравствовать желаю, судырь», сказал Петрович и покосил свой глаз на руки Акакия Акакиевича, желая высмотреть, какого рода добычу тот нес.

«А я вот к тебе, Петрович, того...» Нужно знать, что Акакий Акакиевич изъяснялся большею частью предлогами, наречиями и, наконец, такими частицами, которые решительно не имеют никакого значения. Если же дело было очень затруднительно, то он даже имел обыкновение совсем не оканчивать фразы, так что весьма часто начавши речь словами: «это право совершенно того...», а потом уже и ничего не было, и сам он позабывал, думая, что всё уже выговорил.

«Что́ ж такое?» — сказал Петрович, и обсмотрел в то же время своим единственным глазом весь вицмундир его, начиная с воротника до рукавов, спинки, фалд и петлей, что́ всё было ему очень знакомо, потому что было собственной его работы. Таков уж обычай у портных; это первое, что он сделает при встрече.

«А я вот того, Петрович... шинель-то, сукно... вот видишь, везде в других местах совсем крепкое, оно немножко запылилось, и кажется, как будто старое, а оно новое, да вот только в одном месте немного того... на спине, да еще вот на плече одном немного попротерлось, да вот на этом плече немножко — видишь, вот и всё. И работы немного...»

Петрович взял капот, разложил его сначала на стол, рассматривал долго, покачал головою и полез рукою на окно за круглой табакеркой с портретом какого-то генерала, какого именно, неизвестно, потому что место, где находилось лицо, было проткнуто пальцем, и потом заклеено четвероугольным лоскуточком бумажки. Понюхав табаку, Петрович растопырил капот на руках и рассмотрел его против света и опять покачал головою. Потом обратил его подкладкой вверх и вновь покачал, вновь снял крышку с генералом, заклеенным бумажкой, и натащивши в нос табаку, закрыл, спрятал табакерку и наконец сказал:

«Нет, нельзя поправить: худой гардероб!»

У Акакия Акакиевича при этих словах ёкнуло сердце. «Отчего же нельзя, Петрович?» сказал он почти умоляющим голосом ребенка: «ведь только всего что на плечах поистерлось, ведь у тебя есть же какие-нибудь кусочки...»

«Да кусочки-то можно найти, кусочки найдутся», сказал Петрович: «да нашить-то нельзя: дело совсем гнилое, тронешь иглой — а вот уж оно и ползет.»

«Пусть ползет, а ты тотчас заплаточку.»

«Да заплаточки не на чем положить, укрепиться ей нé за что, подержка больно велика. Только слава что сукно, а подуй ветер, так разлетится.»

«Ну да уж прикрепи. Как же этак право того!..»

«Нет», сказал Петрович решительно: «ничего нельзя сделать. Дело совсем плохое. Уж вы лучше, как придет зимнее холодное время, наделайте из нее себе онучек, потому что чулок не греет. Это немцы выдумали, чтобы побольше себе денег забирать (Петрович любил при случае кольнуть немцев); а шинель уж видно вам придется новую делать.»

При слове «новую» у Акакия Акакиевича затуманило в глазах, и всё, чтò ни было в комнате, так и пошло пред ним путаться. Он видел ясно одного только генерала с заклеенным бумажкой лицом, находившегося на крышке Петровичевой табакерки. «Как же новую?» сказал он, всё еще как будто находясь во сне: «ведь у меня и денег на это нет.»

«Да, новую», сказал с варварским спокойствием Петрович.

«Ну, а если бы пришлось новую, как бы она того...»

«То есть, что будет стоить?»

«Да.»

«Да три полсотни слишком надо будет приложить», сказал Петрович и сжал при этом значительно губы. Он очень любил сильные эффекты, любил вдруг как-нибудь озадачить совершенно и потом поглядеть искоса, какую озадаченный сделает рожу после таких слов.

«Полтораста рублей за шинель!», вскрикнул бедный Акакий Акакиевич, вскрикнул, может быть, в первый раз от-роду, ибо отличался всегда тихостью голоса.

«Да-с», сказал Петрович: «да еще какова шинель. Если положить на воротник куницу, да пустить капишон на шелковой подкладке, так и в двести войдет.»

«Петрович, пожалуйста», говорил Акакий Акакиевич умоляющим голосом, не слыша и не стараясь слышать сказанных Петровичем слов и всех его эффектов: «как-нибудь поправь, чтобы хоть сколько-нибудь еще послужила.»

«Да нет, это выйдет: и работу убивать и деньги попусту тратить», сказал Петрович, и Акакий Акакиевич после таких слов вышел совершенно уничтоженный. А Петрович, по уходе его, долго еще стоял, значительно сжавши губы и не принимаясь за работу, будучи доволен, что и себя не уронил, да и портного искусства тоже не выдал.

Вышед на улицу, Акакий Акакиевич был как во сне. «Этаково-то дело этакое» говорил он сам себе: «я право и не думал, чтобы оно вышло того...» а потом, после некоторого молчания, прибавил: «так вот как! наконец вот что́ вышло, а я право совсем и предполагать не мог, чтобы оно было этак.» За сим последовало опять долгое молчание, после которого он произнес: «так этак-то! вот какое уж точно никак неожиданное, того... этого бы никак... этакое-то обстоятельство!» Сказавши это, он вместо того, чтобы итти домой, пошел совершенно в противную сторону, сам того не подозревая. Дорогою задел его всем нечистым своим боком трубочист и вычернил всё плечо ему; целая шапка извести высыпалась на него с верхушки строившегося дома. Он ничего этого не заметил, и потом уже, когда натолкнулся на будочника, который, поставя около себя свою алебарду, натряхивал из рожка на мозолистый кулак табаку, тогда только немного очнулся, и то потому, что будочник сказал: «чего лезешь в самое рыло, разве нет тебе трухтуара?» Это заставило его оглянуться и поворотить домой. Здесь только он начал собирать мысли, увидел в ясном и настоящем виде свое положение, стал разговаривать с собою уже не отрывисто, но рассудительно и откровенно, как с благоразумным приятелем, с которым можно поговорить о деле самом сердечном и близком. «Ну нет», сказал Акакий Акакиевич: «теперь с Петровичем нельзя толковать: он теперь того… жена, видно, как-нибудь поколотила его. А вот я лучше приду к нему в воскресный день утром: он после канунешной субботы будет косить глазом и заспавшись, так ему нужно будет опохмелиться, а жена денег не даст, а в это время я ему гривенничек и того, в руку, он и будет сговорчивее и шинель тогда и того…» Так рассудил сам с собою Акакий Акакиевич, ободрил себя и дождался первого воскресенья, и увидев издали, что жена Петровича куда-то выходила из дому, он прямо к нему. Петрович точно после субботы сильно косил глазом, голову держал к полу и был совсем заспавшись; но при всем том, как только узнал, в чем дело, точно как будто его чорт толкнул. «Нельзя», сказал: «извольте заказать новую.» Акакий Акакиевич тут-то и всунул ему гривенничек. «Благодарствую, судырь, подкреплюсь маленечко за ваше здоровье», сказал Петрович: «а уж об шинели не извольте беспокоиться: она ни на какую годность не годится. Новую шинель уж я вам сошью на славу, уж на этом постоим.»

 Акакий Акакиевич еще-было насчет починки, но Петрович не дослышал и сказал: «уж новую я вам сошью беспременно, в этом извольте положиться, старание приложим. Можно будет даже так, как пошла мода, воротник будет застегиваться на серебряные лапки под аплике.»

 Тут-то увидел Акакий Акакиевич, что без новой шинели нельзя обойтись, и поник совершенно духом. Как же в самом деле, на чтò, на какие деньги ее сделать? Конечно, можно бы отчасти положиться на будущее награждение к празднику, но эти деньги давно уже размещены и распределены вперед. Требовалось завести новые панталоны, заплатить сапожнику старый долг за приставку новых головок к старым голенищам, да следовало заказать швее три рубахи, да штуки две того белья, которое неприлично называть в печатном слоге, словом: все деньги совершенно должны были разойтися, и если бы даже директор был так милостив, что, вместо сорока рублей наградных, определил бы сорок пять или пятьдесят, то всё-таки останется какой-нибудь самый вздор, который в шинельном капитале будет капля в море. Хотя конечно он знал, что за Петровичем водилась блажь заломить вдруг чорт знает какую непомерную цену, так что уж, бывало, сама жена не могла удержаться, чтобы не вскрикнуть: «что ты, с ума сходишь, дурак такой! В другой раз ни за что возьмет работать, а теперь разнесла его нелегкая запросить такую цену, какой и сам не стоит.» Хотя, конечно, он знал, что Петрович и за восемьдесят рублей возьмется сделать; однако всё же, откуда взять эти восемьдесят рублей? Еще половину можно бы найти: половина бы отыскалась; может быть, даже немножко и больше; но где взять другую половину?.. Но прежде читателю должно узнать, где взялась первая половина. Акакий Акакиевич имел обыкновение со всякого истрачиваемого рубля откладывать по грошу в небольшой ящичек, запертый на ключ, с прорезанною в крышке дырочкой для бросания туда денег. По истечении всякого полугода, он ревизовал накопившуюся медную сумму и заменял ее мелким серебром. Так продолжал он с давних пор, и таким образом в продолжение нескольких лет оказалось накопившейся суммы более, чем на сорок рублей. Итак половина была в руках; но где же взять другую половину? Где взять другие сорок рублей? Акакий Акакиевич думал, думал и решил, что нужно будет уменьшить обыкновенные издержки, хотя по крайней мере в продолжение одного года: изгнать употребление чаю по вечерам, не зажигать по вечерам свечи, а если что́ понадобится делать, итти в комнату к хозяйке и работать при ее свечке; ходя по улицам, ступать как можно легче и осторожнее по камням и плитам, почти на цыпочках, чтобы таким образом не истереть скоровременно подметок; как можно реже отдавать прачке мыть белье, а чтобы не занашивалось, то всякой раз, приходя домой, скидать его и оставаться в одном только демикотоновом халате, очень давнем и щадимом даже самым временем. Надобно сказать правду, что сначала ему было несколько трудно привыкать к таким ограничениям, но потом как-то привыклось и пошло на-лад; даже он совершенно приучился голодать по вечерам; но зато он питался духовно, нося в мыслях своих вечную идею будущей шинели. С этих пор как будто самое существование его сделалось как-то полнее, как будто бы он женился, как будто какой-то другой человек присутствовал с ним, как будто он был не один, а какая-то приятная подруга жизни согласилась с ним проходить вместе жизненную дорогу, — и подруга эта была не кто другая, как та же шинель на толстой вате, на крепкой подкладке без износу. Он сделался как-то живее, даже тверже характером, как человек, который уже определил и поставил себе цель. С лица и с поступков его исчезло само собою сомнение, нерешительность, словом все колеблющиеся и неопределенные черты. Огонь порою показывался в глазах его, в голове даже мелькали самые дерзкие и отважные мысли: не положить ли точно куницу на воротник. Размышления об этом чуть не навели на него рассеянности. Один раз, переписывая бумагу, он чуть-было даже не сделал ошибки, так что почти вслух вскрикнул: «ух!» и перекрестился. В продолжение каждого месяца он, хотя один раз, наведывался к Петровичу, чтобы поговорить о шинели, где лучше купить сукна, и какого цвета, и в какую цену, и хотя несколько озабоченный, но всегда довольный возвращался домой, помышляя, что наконец придет же время, когда всё это купится и когда шинель будет сделана. Дело пошло даже скорее, чем он ожидал. Противу всякого чаяния, директор назначил Акакию Акакиевичу не сорок или сорок пять, а целых шестьдесят рублей: уж предчувствовал ли он, что Акакию Акакиевичу нужна шинель или само собой так случилось, но только у него чрез это очутилось лишних двадцать рублей. Это обстоятельство ускорило ход дела. Еще каких-нибудь два-три месяца небольшого голодания — и у Акакия Акакиевича набралось точно около восьмидесяти рублей. Сердце его, вообще весьма покойное, начало биться. В первый же день он отправился вместе с Петровичем в лавки. Купили сукна очень хорошего — и не мудрено, потому что об этом думали еще за полгода прежде и редкой месяц не заходили в лавки применяться к ценам; зато сам Петрович сказал, что лучше сукна и не бывает. На подкладку выбрали коленкору, но такого добротного и плотного, который, по словам Петровича, был еще лучше шелку и даже на вид казистей и глянцевитей. Куницы не купили, потому что была точно дорога́, а вместо ее выбрали кошку лучшую, какая только нашлась в лавке, кошку, которую издали можно было всегда принять за куницу. Петрович провозился за шинелью всего две недели, потому что много было стеганья, а иначе она была бы готова раньше. За работу Петрович взял двенадцать рублей — меньше никак нельзя было: всё было решительно шито на шелку, двойным мелким швом, и по всякому шву Петрович потом проходил собственными зубами, вытесняя ими разные фигуры. Это было... трудно сказать в который именно день, но, вероятно, в день самый торжественнейший в жизни Акакия Акакиевича, когда Петрович принес наконец шинель. Он принес ее поутру, перед самым тем временем, как нужно было итти в департамент. Никогда бы в другое время не пришлась так кстати шинель, потому что начинались уже довольно крепкие морозы и, казалось, грозили еще более усилиться. Петрович явился с шинелью, как следует хорошему портному. В лице его показалось выражение такое значительное, какого Акакий Акакиевич никогда еще не видал. Казалось, он чувствовал в полной мере, что сделал немалое дело и что вдруг показал в себе бездну, разделяющую портных, которые подставляют только подкладки и переправляют, от тех, которые шьют за-ново. Он вынул шинель из носового платка, в котором ее принес; платок был только что от прачки; он уже потом свернул его и положил в карман для употребления. Вынувши шинель, он весьма гордо посмотрел и, держа в обеих руках, набросил весьма ловко на плеча Акакию Акакиевичу; потом потянул и осадил ее сзади рукой книзу; потом драпировал ею Акакия Акакиевича несколько на-распашку. Акакий Акакиевич, как человек в летах, хотел попробовать в рукава; Петрович помог надеть и в рукава — вышло, что и в рукава была хороша. Словом, оказалось, что шинель была совершенно и как-раз в пору. Петрович не упустил при сем случае сказать, что он так только, потому, что живет без вывески на небольшой улице и притом давно знает Акакия Акакиевича, потому взял так дешево; а на Невском проспекте с него бы взяли за одну только работу семьдесят пять рублей. Акакий Акакиевич об этом не хотел рассуждать с Петровичем, да и боялся всех сильных сумм, какими Петрович любил запускать пыль. Он расплатился с ним, поблагодарил и вышел тут же в новой шинели в департамент. Петрович вышел вслед за ним и, оставаясь на улице, долго еще смотрел издали на шинель, и потом пошел нарочно в сторону, чтобы, обогнувши кривым переулком, забежать вновь на улицу и посмотреть еще раз на свою шинель с другой стороны, то есть прямо в лицо. Между тем, Акакий Акакиевич шел в самом праздничном расположении всех чувств. Он чувствовал всякой миг минуты, что на плечах его новая шинель, и несколько раз даже усмехнулся от внутреннего удовольствия. В самом деле две выгоды: одно то́, что тепло, а другое, что хорошо. Дороги он не приметил вовсе и очутился вдруг в департаменте; в швейцарской он скинул шинель, осмотрел ее кругом и поручил в особенный надзор швейцару. Неизвестно, каким образом в департаменте все вдруг узнали, что у Акакия Акакиевича новая шинель и что уже капота более не существует. Все в ту же минуту выбежали в швейцарскую смотреть новую шинель Акакия Акакиевича. Начали поздравлять его, приветствовать, так что тот сначала только улыбался, а потом сделалось ему даже стыдно. Когда же все, приступив к нему, стали говорить, что нужно вспрыснуть новую шинель, и что по крайней мере он должен задать им всем вечер, Акакий Акакиевич потерялся совершенно, не знал как ему быть, что́ такое отвечать и как отговориться. Он уже минут через несколько, весь закрасневшись, начал-было уверять довольно простодушно, что это совсем не новая шинель, что это так, что это старая шинель. Наконец один из чиновников, какой-то даже помощник столоначальника, вероятно, для того, чтобы показать, что он ничуть не гордец и знается даже с низшими себя, сказал: «так и быть, я вместо Акакия Акакиевича даю вечер и прошу ко мне сегодня на чай: я же, как нарочно, сегодня именинник.» Чиновники, натурально, тут же поздравили помощника столоначальника и приняли с охотою предложение. Акакий Акакиевич начал-было отговариваться, но все стали говорить, что неучтиво, что просто стыд и срам, и он уж никак не мог отказаться. Впрочем, ему потом сделалось приятно, когда вспомнил, что он будет иметь чрез то́ случай пройтись даже и ввечеру в новой шинели. Этот весь день был для Акакия Акакиевича точно самый большой торжественный праздник. Он возвратился домой в самом счастливом расположении духа, скинул шинель и повесил ее бережно на стене, налюбовавшись еще раз сукном и подкладкой, и потом нарочно вытащил, для сравненья, прежний капот свой, совершенно расползшийся. Ой взглянул на него, и сам даже засмеялся: такая была далекая разница! И долго еще потом за обедом он всё усмехался, как только приходило ему на ум положение, в котором находился капот. Пообедал он весело и после обеда уж ничего не писал, никаких бумаг, а так немножко посибаритствовал на постели, пока не потемнело. Потом, не затягивая дела, оделся, надел на плеча шинель и вышел на улицу. Где именно жил пригласивший чиновник, к сожалению, не можем сказать: память начинает нам сильно изменять, и всё, что ни есть в Петербурге, все улицы и домы слились и смешались так в голове, что весьма трудно достать оттуда что-нибудь в порядочном виде. Как бы то ни было, но верно по крайней мере то, что чиновник жил в лучшей части города, стало быть, очень не близко от Акакия Акакиевича. Сначала надо было Акакию Акакиевичу пройти кое-какие пустынные улицы с тощим освещением, но по мере приближения к квартире чиновника, улицы становились живее, населенней и сильнее освещены. Пешеходы стали мелькать чаще, начали попадаться и дамы красиво одетые, на мужчинах попадались бобровые воротники, реже встречались ваньки с деревянными решетчатыми своими санками, утыканными позолоченными гвоздочками — напротив, всё попадались лихачи в малиновых бархатных шапках, с лакированными санками, с медвежьими одеялами, и пролетали улицу, визжа колесами по снегу, кареты с убранными козлами. Акакий Акакиевич глядел на всё это, как на новость. Он уже несколько лет не выходил по вечерам на улицу. Остановился с любопытством перед освещенным окошком магазина посмотреть на картину, где изображена была какая-то красивая женщина, которая скидала с себя башмак, обнаживши таким образом всю ногу очень недурную; а за спиной ее, из дверей другой комнаты, выставил голову какой-то мужчина с бакенбардами и красивой испаньолкой под губой. Акакий Акакиевич покачнул головой и усмехнулся, и потом пошел своею дорогою. Почему он усмехнулся, потому ли, что встретил вещь вовсе незнакомую, но о которой однакоже всё-таки у каждого сохраняется какое-то чутье, или подумал он, подобно многим другим чиновникам, следующее: «ну уж эти французы! что и говорить, уж ежели захотят что-нибудь того, так уж точно того...» А может быть, даже и этого не подумал — ведь нельзя же залезть в душу человеку и узнать всё, что он ни думает. Наконец достигнул он дома, в котором квартировал помощник столоначальника. Помощник столоначальника жил на большую ногу: на лестнице светил фонарь, квартира была во втором этаже. Вошедши в переднюю, Акакий Акакиевич увидел на полу целые ряды калош. Между ними, посреди комнаты, стоял самовар, шума и испуская клубами пар. На стенах висели всё шинели, да плащи, между которыми некоторые были даже с бобровыми воротниками или с бархатными отворотами. За стеной был слышен шум и говор, которые вдруг сделались ясными и звонкими, когда отворилась дверь и вышел лакей с подносом, уставленным опорожненными стаканами, сливочником и корзиною сухарей. Видно, что уж чиновники давно собрались и выпили по первому стакану чаю. Акакий Акакиевич, повесивши сам шинель свою, вошел в комнату, и перед ним мелькнули в одно время свечи, чиновники, трубки, столы для карт, и смутно поразили слух его: беглый, со всех сторон подымавшийся разговор и шум передвигаемых стульев. Он остановился весьма неловко среди комнаты, ища и стараясь придумать, что̀ ему сделать. Но его уже заметили, приняли с криком и все пошли тот же час в переднюю и вновь осмотрели его шинель. Акакий Акакиевич хотя было отчасти и сконфузился, но будучи человеком чистосердечным, не мог не порадоваться, видя, как все похвалили шинель. Потом, разумеется, все бросили и его и шинель, и обратились, как водится, к столам, назначенным для виста. Всё это: шум, говор и толпа людей, всё это было как-то чудно Акакию Акакиевичу. Он, просто, не знал, как ему быть, куда деть руки, ноги и всю фигуру свою; наконец подсел он к игравшим, смотрел в карты, засматривал тому и другому в лица и чрез несколько времени начал зевать, чувствовать, что скучно, тем более, что уж давно наступило то время, в которое он, по обыкновению, ложился спать. Он хотел проститься с хозяином, но его не пустили, говоря, что непременно надо выпить, в честь обновки, по бокалу шампанского. Через час подали ужин, состоявший из винегрета, холодной телятины, паштета, кондитерских пирожков и шампанского. Акакия Акакиевича заставили выпить два бокала, после которых он почувствовал, что в комнате сделалось веселее, однакож никак не мог позабыть, что уже двенадцать часов и что давно пора домой. Чтобы как-нибудь не вздумал удерживать хозяин, он вышел потихоньку из комнаты, отыскал в передней шинель, которую не без сожаления увидел лежавшею на полу, стряхнул ее, снял с нее всякую пушинку, надел на плеча и опустился по лестнице на улицу. На улице всё еще было светло. Кое-какие мелочные лавчонки, эти бессменные клубы дворовых и всяких людей, были отперты, другие же, которые были заперты, показывали однакож длинную струю света во всю дверную щель, означавшую, что они не лишены еще общества и, вероятно, дворовые служанки или слуги еще доканчивают свои толки и разговоры, повергая своих господ в совершенное недоумение насчет своего местопребывания. Акакий Акакиевич шел в веселом расположении духа, даже подбежал-было вдруг, неизвестно почему, за какою-то дамою, которая, как молния, прошла мимо и у которой всякая часть тела была исполнена необыкновенного движения. Но однакож он тут же остановился и пошел опять по-прежнему очень тихо, подивясь даже сам неизвестно откуда взявшейся рыси. Скоро потянулись перед ним те пустынные улицы, которые даже и днем не так веселы, а тем более вечером. Теперь они сделались еще глуше и уединеннее: фонари стали мелькать реже — масла, как видно, уже меньше отпускалось; пошли деревянные домы, заборы; нигде ни души; сверкал только один снег по улицам, да печально чернели с закрытыми ставнями заснувшие низенькие лачужки. Он приблизился к тому месту, где перерезывалась улица бесконечною площадью с едва видными на другой стороне ее домами, которая глядела страшною пустынею.

Вдали, бог знает где, мелькал огонек в какой-то будке, которая казалась стоявшею на краю света. Веселость Акакия Акакиевича как-то здесь значительно уменьшилась. Он вступил на площадь не без какой-то невольной боязни, точно как будто сердце его предчувствовало что-то недоброе. Он оглянулся назад и по сторонам: точное море вокруг него. «Нет, лучше и не глядеть», подумал и шел, закрыв глаза, и когда открыл их, чтобы узнать, близко ли конец площади, увидел вдруг, что перед ним стоят почти перед носом какие-то люди с усами, какие именно, уж этого он не мог даже различить. У него затуманило в глазах и забилось в груди. «А ведь шинель-то моя!» сказал один из них громовым голосом, схвативши его за воротник. Акакий Акакиевич хотел-было уже закричать «караул», как другой приставил ему к самому рту кулак, величиною в чиновничью голову, примолвив: «а вот только крикни!» Акакий Акакиевич чувствовал только, как сняли с него шинель, дали ему пинка коленом, и он упал навзничь в снег и ничего уж больше не чувствовал. Чрез несколько минут он опомнился и поднялся на ноги, но уж никого не было. Он чувствовал, что в поле холодно, и шинели нет, стал кричать, но голос, казалось, и не думал долетать до концов площади. Отчаянный, не уставая кричать, пустился он бежать через площадь прямо к будке, подле которой стоял будочник и опершись на свою алебарду, глядел, кажется, с любопытством, желая знать, какого чорта бежит к нему издали и кричит человек. Акакий Акакиевич, прибежав к нему, начал задыхающимся голосом кричать, что он спит и ни за чем не смотрит, не видит, как грабят человека. Будочник отвечал, что он не видал ничего, что видел, как остановили его среди площади какие-то два человека, да думал, что то были его приятели; а что пусть он вместо того, чтобы понапрасну браниться, сходит завтра к надзирателю, так надзиратель отыщет, кто взял шинель. Акакий Акакиевич прибежал домой в совершенном беспорядке: волосы, которые еще водились у него в небольшом количестве на висках и затылке, совершенно растрепались; бок и грудь и все панталоны были в снегу. Старуха, хозяйка квартиры его, услыша страшный стук в дверь, поспешно вскочила с постели и с башмаком на одной только ноге побежала отворять дверь, придерживая на груди своей, из скромности, рукою рубашку; но, отворив, отступила назад, увидя в таком виде Акакия Акакиевича. Когда же рассказал он, в чем дело, она всплеснула руками и сказала, что нужно итти прямо к частному, что квартальный надует, пообещается и станет водить; а лучше всего итти прямо к частному, что он даже ей знаком, потому что Анна, чухонка, служившая прежде у нее в кухарках, определилась теперь к частному в няньки, что она часто видит его самого, как он проезжает мимо их дома, и что он бывает также всякое воскресенье в церкви, молится, а в то же время весело смотрит на всех и что, стало быть, по всему видно, должен быть добрый человек. Выслушав такое решение, Акакий Акакиевич печальный побрел в свою комнату, и как он провел там ночь, предоставляется судить тому, кто может сколько-нибудь представить себе положение другого. Поутру рано отправился он к частному; но сказали, что спит; он пришел в десять — сказали опять: спит; он пришел в одиннадцать часов — сказали: да нет частного дома; он в обеденное время — но писаря в прихожей никак не хотели пустить его и хотели непременно узнать, за каким делом и какая надобность привела и что такое случилось. Так-что наконец Акакий Акакиевич раз в жизни захотел показать характер и сказал на-отрез, что ему нужно лично видеть самого частного, что они не смеют его не допустить, что он пришел из департамента за казенным делом, а что вот как он на них пожалуется, так вот тогда они увидят. Против этого писаря́ ничего не посмели сказать и один из них пошел вызвать частного. Частный принял как-то чрезвычайно странно рассказ о грабительстве шинели. Вместо того, чтобы обратить внимание на главный пункт дела, он стал расспрашивать Акакия Акакиевича: да почему он так поздно возвращался, да не заходил ли он и не был ли в каком непорядочном доме, так что Акакий Акакиевич сконфузился совершенно и вышел от него, сам не зная, возымеет ли надлежащий ход дело о шинели, или нет. Весь этот день он не был в присутствии (единственный случай в его жизни). На другой день он явился весь бледный и в старом капоте своем, который сделался еще плачевнее. Повествование о грабеже шинели, несмотря на то, что нашлись такие чиновники, которые не пропустили даже и тут посмеяться над Акакием Акакиевичем, однако же многих тронуло. Решились тут же сделать для него складчину, но собрали самую безделицу, потому что чиновники и без того уже много истратились, подписавшись на директорский портрет и на одну какую-то книгу, по предложению начальника отделения, который был приятелем сочинителю, — итак сумма оказалась самая бездельная. Один кто-то, движимый состраданием, решился по крайней мере помочь Акакию Акакиевичу добрым советом, сказавши, чтоб он пошел не к квартальному, потому что хоть и может случиться, что квартальный, желая заслужить одобрение начальства, отыщет каким-нибудь образом шинель, но шинель всё-таки останется в полиции, если он не представит законных доказательств, что она принадлежит ему; а лучше всего, чтобы он обратился к одному значительному лицу, что значительное лицо списываясь и снесясь, с кем следует, может заставить успешнее итти дело. Нечего делать, Акакий Акакиевич решился итти к значительному лицу. Какая именно и в чем состояла должность значительного лица, это осталось до сих пор неизвестным. Нужно знать, что одно значительное лицо недавно сделался значительным лицом, а до того времени он был незначительным лицом. Впрочем место его и теперь не почиталось значительным в сравнении с другими еще значительнейшими. Но всегда найдется такой круг людей, для которых незначительное в глазах прочих есть уже значительное. Впрочем он старался усилить значительность многими другими средствами, именно: завел, чтобы низшие чиновники встречали его еще на лестнице, когда он приходил в должность; чтобы к нему являться прямо никто не смел, а чтоб шло всё порядком строжайшим: коллежский регистратор докладывал бы губернскому секретарю, губернский секретарь — титулярному, или какому приходилось другому, и чтобы уже таким образом доходило дело до него. Так уж на святой Руси всё заражено подражанием, всякой дразнит и корчит своего начальника. Говорят даже, какой-то титулярный советник, когда сделали его правителем какой-то отдельной небольшой канцелярии, тотчас же отгородил себе особенную комнату, назвавши ее «комнатой присутствия» и поставил у дверей каких-то капельдинеров с красными воротниками, в галунах, которые брались за ручку дверей и отворяли ее всякому приходившему, хотя в «комнате присутствия» насилу мог уставиться обыкновенный письменный стол. Приемы и обычаи значительного лица были солидны и величественны, но не многосложны. Главным основанием его системы была строгость. «Строгость, строгость и — строгость», говаривал он обыкновенно, и при последнем слове обыкновенно смотрел очень значительно в лицо тому, которому говорил. Хотя впрочем этому и не было никакой причины, потому что десяток чиновников, составлявших весь правительственный механизм канцелярии, и без того был в надлежащем страхе: завидя его издали, оставлял уже дело и ожидал стоя в вытяжку, пока начальник пройдет через комнату. Обыкновенный разговор его с низшими отзывался строгостью и состоял почти из трех фраз: «как вы смеете? знаете ли вы, с кем говорите? понимаете ли, кто стоит перед вами?» Впрочем он был в душе добрый человек, хорош с товарищами, услужлив; но генеральский чин совершенно сбил его с толку. Получивши генеральский чин, он как-то спутался, сбился с пути и совершенно не знал, как ему быть. Если ему случалось быть с ровными себе, он был еще человек, как следует, человек очень порядочный, во многих отношениях даже не глупый человек; но как только случалось ему быть в обществе, где были люди хоть одним чином пониже его, там он был просто хоть из рук вон: молчал, и положение его возбуждало жалость тем более, что он сам даже чувствовал, что мог бы провести время несравненно лучше. В глазах его иногда видно было сильное желание присоединиться к какому-нибудь интересному разговору и кружку, но останавливала его мысль: не будет ли это уж очень много с его стороны, не будет ли фамилиарно, и не уронит ли он чрез то своего значения? И вследствие таких рассуждений он оставался вечно в одном и том же молчаливом состоянии, произнося только изредка какие-то односложные звуки, и приобрел таким образом титул скучнейшего человека. К такому-то значительному лицу явился наш Акакий Акакиевич и явился во время самое неблагоприятное, весьма некстати для себя, хотя впрочем кстати для значительного лица. Значительное лицо находился в своем кабинете и разговорился очень-очень весело с одним недавно приехавшим старинным знакомым и товарищем детства, с которым несколько лет не видался. В это время доложили ему, что пришел какой-то Башмачкин. Он спросил отрывисто: «кто такой?» ему отвечали: «какой-то чиновник». — «А! может подождать, теперь не время», сказал значительный человек. Здесь надобно сказать, что значительный человек совершенно прилгнул: ему было время, они давно уже с приятелем переговорили обо всем и уже давно перекладывали разговор весьма длинными молчаньями, слегка только потрепливая друг друга по ляшке и приговаривая: «так-то, Иван Абрамович!» — «этак-то, Степан Варламович!» Но при всем том однакоже велел он чиновнику подождать, чтобы показать приятелю, человеку давно не служившему и зажившемуся дома в деревне, сколько времени чиновники дожидаются у него в передней. Наконец наговорившись, а еще более намолчавшись вдоволь и выкуривши сигарку в весьма покойных креслах с откидными спинками, он наконец как будто вдруг вспомнил и сказал секретарю, остановившемуся у дверей с бумагами для доклада: «да, ведь, там стоит, кажется, чиновник; скажите ему, что он может войти». Увидевши смиренный вид Акакия Акакиевича и его старенькой вицмундир, он оборотился к нему вдруг и сказал: «что́ вам угодно?» голосом отрывистым и твердым, которому нарочно учился заране у себя в комнате, в уединении и перед зеркалом, еще за неделю до получения нынешнего своего места и генеральского чина. Акакий Акакиевич уже заблаговременно почувствовал надлежащую робость, несколько смутился, и как мог, сколько могла позволить ему свобода языка, изъяснил с прибавлением даже чаще, чем в другое время частиц «того», что была-де шинель совершенно новая, и теперь ограблен бесчеловечным образом, и что он обращается к нему, чтоб он ходатайством своим как-нибудь того, списался бы с г. обер-полицмейстером, или другим кем, и отыскал шинель. Генералу, неизвестно почему, показалось такое обхождение фамилиарным. «Что вы, милостивый государь», продолжал он отрывисто: «не знаете порядка? куда вы зашли? не знаете, как водятся дела? Об этом вы бы должны были прежде подать просьбу в канцелярию; она пошла бы к столоначальнику, к начальнику отделения, потом передана была бы секретарю, а секретарь доставил бы ее уже мне ...»

«Но, ваше превосходительство», сказал Акакий Акакиевич, стараясь собрать всю небольшую горсть присутствия духа, какая только в нем была, и чувствуя в то же время, что он вспотел ужасным образом: «я ваше превосходительство осмелился утрудить потому, что секретари того... ненадежный народ ...»

«Что, что, что?» сказал значительное лицо: «откуда вы набрались такого духу? откуда вы мыслей таких набрались? что за буйство такое распространилось между молодыми людьми против начальников и высших!» Значительное лицо, кажется, не заметил, что Акакию Акакиевичу забралось уже за пятьдесят лет. Стало-быть, если бы он и мог назваться молодым человеком, то разве только относительно, то есть в отношении к тому, кому уже было семьдесят лет. «Знаете ли вы, кому это говорите? понимаете ли вы, кто стоит перед вами? понимаете ли вы это, понимаете ли это? я вас спрашиваю.» Тут он топнул ногою, возведя голос до такой сильной ноты, что даже и не Акакию Акакиевичу сделалось бы страшно. Акакий Акакиевич так и обмер, пошатнулся, затрясся всем телом и никак не мог стоять: если бы не подбежали тут же сторожа поддержать его, он бы шлепнулся на пол; его вынесли почти без движения. А значительное лицо, довольный тем, что эффект превзошел даже ожидание и совершенно упоенный мыслью, что слово его может лишить даже чувств человека, искоса взглянул на приятеля, чтобы узнать, как он на это смотрит, и не без удовольствия увидел, что приятель его находился в самом неопределенном состоянии и начинал даже с своей стороны сам чувствовать страх.

 Как сошел с лестницы, как вышел на улицу, ничего уж этого не помнил Акакий Акакиевич. Он не слышал ни рук, ни ног. В жизнь свою он не был еще так сильно распечен генералом, да еще и чужим. Он шел по вьюге, свистевшей в улицах, разинув рот, сбиваясь с тротуаров; ветер, по петербургскому обычаю, дул на него со всех четырех сторон, из всех переулков. Вмиг надуло ему в горло жабу, и добрался он домой, не в силах будучи сказать ни одного слова; весь распух и слег в постель. Так сильно иногда бывает надлежащее распеканье! На другой же день обнаружилась у него сильная горячка. Благодаря великодушному вспомоществованию петербургского климата, болезнь пошла быстрее, чем можно было ожидать, и когда явился доктор, то он, пощупавши пульс, ничего не нашелся сделать, как только прописать припарку, единственно уже для того чтобы больной не остался без благодетельной помощи медицины; а впрочем тут же объявил ему чрез полтора суток непременный капут. После чего обратился к хозяйке и сказал: «А вы, матушка, и времени даром не теряйте, закажите ему теперь же сосновый гроб, потому что дубовый будет для него дорог.» Слышал ли Акакий Акакиевич эти произнесенные роковые для него слова, а если и слышал, произвели ли они на него потрясающее действие, пожалел ли он о горемычной своей жизни, — ничего этого неизвестно, потому что он находился всё время в бреду и жару. Явления, одно другого страннее, представлялись ему беспрестанно: то видел он Петровича и заказывал ему сделать шинель с какими-то западнями для воров, которые чудились ему беспрестанно под кроватью, и он поминутно призывал хозяйку вытащить у него одного вора даже из-под одеяла; то спрашивал, зачем висит перед ним старый капот его, что у него есть новая шинель; то чудилось ему, что он стоит перед генералом, выслушивая надлежащее распеканье и приговаривает: виноват, ваше превосходительство; то, наконец, даже сквернохульничал, произнося самые страшные слова, так что старушка хозяйка даже крестилась, от роду не слыхав от него ничего подобного, тем более, что слова эти следовали непосредственно за словом «ваше превосходительство». Далее он говорил совершенную бессмыслицу, так что ничего нельзя было понять; можно было только видеть, что беспорядочные слова и мысли ворочались около одной и той же шинели. Наконец, бедный Акакий Акакиевич испустил дух. Ни комнаты, ни вещей его не опечатывали, потому что, во-первых, не было наследников, а во-вторых, оставалось очень немного наследства, именно: пучок гусиных перьев, десть белой казенной бумаги, три пары носков, две-три пуговицы, оторвавшиеся от панталон, и уже известный читателю капот. Кому всё это досталось, бог знает: об этом, признаюсь, даже не интересовался рассказывающий сию повесть. Акакия Акакиевича свезли и похоронили. И Петербург остался без Акакия Акакиевича, как будто бы в нем его и никогда не было. Исчезло и скрылось существо никем не защищенное, никому не дорогое, ни для кого не интересное, даже не обратившее на себя внимание и естествонаблюдателя, не пропускающего посадить на булавку обыкновенную муху и рассмотреть ее в микроскоп; — существо, переносившее покорно канцелярские насмешки и без всякого чрезвычайного дела сошедшее в могилу, но для которого всё же таки, хотя перед самым концом жизни, мелькнул светлый гость в виде шинели, ожививший на миг бедную жизнь, и на которое так же потом нестерпимо обрушилось несчастие, как обрушивалось на царей и повелителей мира… Несколько дней после его смерти послан был к нему на квартиру из департамента сторож, с приказанием немедленно явиться: начальник-де требует; но сторож должен был возвратиться ни с чем, давши отчет, что не может больше прийти, и на запрос: «почему?» выразился словами: «да так, уж он умер, четвертого дня похоронили.» Таким образом узнали в департаменте о смерти Акакия Акакиевича, и на другой день уже на его месте сидел новый чиновник, гораздо выше ростом и выставлявший буквы уже не таким прямым почерком, а гораздо наклоннее и косее.

Но кто бы мог вообразить, что здесь еще не всё об Акакии Акакиевиче, что суждено ему на несколько дней прожить шумно после своей смерти, как бы в награду за непримеченную никем жизнь? Но так случилось, и бедная история наша неожиданно принимает фантастическое окончание. По Петербургу пронеслись вдруг слухи, что у Калинкина моста и далеко подальше стал показываться по ночам мертвец в виде чиновника, ищущего какой-то утащенной шинели и под видом стащенной шинели сдирающий со всех плеч, не разбирая чина и звания, всякие шинели: на кошках, на бобрах, на вате, енотовые, лисьи, медвежьи шубы, словом, всякого рода меха и кожи, какие только придумали люди для прикрытия собственной. Один из департаментских чиновников видел своими глазами мертвеца и узнал в нем тотчас Акакия Акакиевича; но это внушило ему однакоже такой страх, что он бросился бежать со всех ног и оттого не мог хорошенько рассмотреть, а видел только, как тот издали погрозил ему пальцем. Со всех сторон поступали беспрестанно жалобы, что спины и плечи, пускай бы еще только титулярных, а то даже самих тайных советников, подвержены совершенной простуде по причине ночного сдергивания шинелей. В полиции сделано было распоряжение поймать мертвеца, во что бы то ни стало, живого или мертвого, и наказать его, в пример другим, жесточайшим образом, и в том едва было даже не успели. Именно будочник какого-то квартала в Кирюшкином переулке схватил-было уже совершенно мертвеца за ворот на самом месте злодеяния, на покушении сдернуть фризовую шинель с какого-то отставного музыканта, свиставшего в свое время на флейте. Схвативши его за ворот, он вызвал своим криком двух других товарищей, которым поручил держать его, а сам полез только на одну минуту за сапог, чтобы вытащить оттуда тавлинку с табаком, освежить на время шесть раз на веку примороженный нос свой; но табак верно был такого рода, которого не мог вынести даже и мертвец. Не успел будочник, закрывши пальцем свою правую ноздрю, потянуть левою полгорсти, как мертвец чихнул так сильно, что совершенно забрызгал им всем троим глаза. Покамест они поднесли кулаки протереть их, мертвеца и след пропал, так что они не знали даже, был ли он точно в их руках. С этих пор будочники получили такой страх к мертвецам, что даже опасались хватать и живых, и только издали покрикивали: «эй ты, ступай своею дорогою!» и мертвец-чиновник стал показываться даже за Калинкиным мостом, наводя немалый страх на всех робких людей. Но мы однакоже совершенно оставили одно значительное лицо, который по-настоящему едва ли не был причиною фантастического направления впрочем совершенно истинной истории. Прежде всего долг справедливости требует сказать, что одно значительное лицо, скоро по уходе бедного распеченного в-пух Акакия Акакиевича, почувствовал что-то вроде сожаления. Сострадание было ему не чуждо; его сердцу были доступны многие добрые движения, несмотря на то́, что чин весьма часто мешал им обнаруживаться. Как только вышел из его кабинета приезжий приятель, он даже задумался о бедном Акакии Акакиевиче. И с этих пор почти всякий день представлялся ему бледный Акакий Акакиевич, не выдержавший должностного распеканья. Мысль о нем до такой степени тревожила его, что, неделю спустя, он решился даже послать к нему чиновника узнать, что́ он и как, и нельзя ли в самом деле чем помочь ему; и когда донесли ему, что Акакий Акакиевич умер скоропостижно в горячке, он остался даже пораженным, слышал упреки совести и весь день был не в духе. Желая сколько-нибудь развлечься и позабыть неприятное впечатление, он отправился на вечер к одному из приятелей своих, у которого нашел порядочное общество, а что́ всего лучше, все там были почти одного и того же чина, так что он совершенно ничем не мог быть связан. Это имело удивительное действие на душевное его расположение. Он развернулся, сделался приятен в разговоре, любезен, словом, провел вечер очень приятно. За ужином выпил он стакана два шампанского — средство, как известно, недурно действующее в рассуждении веселости. Шампанское сообщило ему расположение к разным экстренностям, а именно: он решил не ехать еще домой, а заехать к одной знакомой даме Каролине Ивановне, даме, кажется, немецкого происхождения, к которой он чувствовал совершенно приятельские отношения. Надобно сказать, что значительное лицо был уже человек не молодой, хороший супруг, почтенный отец семейства. Два сына, из которых один служил уже в канцелярии, и миловидная шестнадцатилетняя дочь с несколько выгнутым, но хорошеньким носиком, приходили всякий день целовать его руку, приговаривая: bonjour, papa. Супруга его, еще женщина свежая и даже ничуть не дурная, давала ему прежде поцеловать свою руку, и потом переворотивши ее на другую сторону, целовала его руку. Но значительное лицо, совершенно впрочем довольный домашними семейными нежностями, нашел приличным иметь для дружеских отношений приятельницу в другой части города. Эта приятельница была ничуть не лучше и не моложе жены его; но такие уж задачи бывают на свете, и судить об них не наше дело. Итак, значительное лицо сошел с лестницы, сел в сани и сказал кучеру: «к Каролине Ивановне», а сам, закутавшись весьма роскошно в теплую шинель, оставался в том приятном положении, лучше которого и не выдумаешь для русского человека, то есть, когда сам ни о чем не думаешь, а между тем мысли сами лезут в голову, одна другой приятнее, не давая даже труда гоняться за ними и искать их. Полный удовольствия, он слегка припоминал все веселые места проведенного вечера, все словà, заставившие хохотать небольшой круг; многие из них он даже повторял вполголоса и нашел, что они всё так же смешны, как и прежде, а потому немудрено, что и сам посмеивался от души. Изредка мешал ему однако же порывистый ветер, который, выхватившись вдруг, бог знает откуда и нивесть от какой причины, так и резал в лицо, подбрасывая ему туда клочки снега, хлобуча, как парус, шинельный воротник, или вдруг с неестественною силою набрасывая ему его на голову и доставляя таким образом вечные хлопоты из него выкарабкиваться. Вдруг почувствовал значительное лицо, что его ухватил кто-то весьма крепко за воротник. Обернувшись, он заметил человека небольшого роста в старом поношенном вицмундире, и не без ужаса узнал в нем Акакия Акакиевича. Лицо чиновника было бледно, как снег, и глядело совершенным мертвецом. Но ужас значительного лица превзошел все границы, когда он увидел, что рот мертвеца покривился и, пахнувши на него страшно могилою, произнес такие речи: «А! так вот ты наконец! наконец я тебя того, поймал за воротник! твоей-то шинели мне и нужно! не похлопотал об моей, да еще и распек — отдавай же теперь свою!» Бедное значительное лицо чуть не умер. Как ни был он характерен в канцелярии и вообще перед низшими, и хотя, взглянувши на один мужественный вид его и фигуру, всякий говорил: «у, какой характер!» но здесь он, подобно весьма многим имеющим богатырскую наружность, почувствовал такой страх, что не без причины даже стал опасаться насчет какого-нибудь болезненного припадка. Он сам даже скинул поскорее с плеч шинель свою и закричал кучеру не своим голосом: «пошел во весь дух домой!» Кучер, услышавши голос, который произносится обыкновенно в решительные минуты и даже сопровождается кое-чем гораздо действительнейшим, упрятал на всякий случай голову свою в плечи, замахнулся кнутом и помчался, как стрела. Минут в шесть с небольшим, значительное лицо уже был пред подъездом своего дома. Бледный, перепуганный и без шинели, вместо того, чтобы к Каролине Ивановне, он приехал к себе, доплелся кое-как до своей комнаты и провел ночь весьма в большом беспорядке, так что на другой день поутру за чаем дочь ему сказала прямо: «ты сегодня совсем бледен, папа.» Но папа молчал и никому ни слова о том, что с ним случилось, и где он был, и куда хотел ехать. Это происшествие сделало на него сильное впечатление. Он даже гораздо реже стал говорить подчиненным: «как вы смеете, понимаете ли, кто перед вами»; если же и произносил, то уж не прежде, как выслушавши сперва, в чем дело. Но еще более замечательно то̀, что с этих пор совершенно прекратилось появление чиновника-мертвеца: видно, генеральская шинель пришлась ему совершенно по плечам; по крайней мере, уже не было нигде слышно таких случаев, чтобы сдергивали с кого шинели. Впрочем многие деятельные и заботливые люди никак не хотели успокоиться и поговаривали, что в дальних частях города всё еще показывался чиновник-мертвец. И точно, один коломенский будочник видел собственными глазами, как показалось из-за одного дома привидение; но будучи по природе своей несколько бессилен, так что один раз обыкновенный взрослый поросенок, кинувшись из какого-то частного дома, сшиб его с ног, к величайшему смеху стоявших вокруг извозчиков, с которых он вытребовал за такую издевку по грошу на табак, — итак будучи бессилен, он не посмел остановить его, а так шел за ним в темноте до тех пор, пока наконец привидение вдруг оглянулось и, остановись, спросило: «тебе чего хочется?» и показало такой кулак, какого и у живых не найдешь. Будочник сказал: «ничего», да и поворотил тот же час назад. Привидение однакоже было уже гораздо выше ростом, носило преогромные усы, и направив шаги, как казалось, к Обухову мосту, скрылось совершенно в ночной темноте.

Уездный лекарь

Однажды осенью, на возвратном пути с отъезжего поля, я простудился и занемог. К счастью, лихорадка застигла меня в уездном городе, в гостинице; я послал за доктором. Через полчаса явился уездный лекарь, человек небольшого роста, худенький и черноволосый. Он прописал мне обычное потогонное, велел приставить горчичник, весьма ловко запустил к себе под обшлаг пятирублевую бумажку, причем, однако, сухо кашлянул и глянул в сторону, и уже совсем было собрался отправиться восвояси, да как-то разговорился и остался. Жар меня томил; я предвидел бессонную ночь и рад был поболтать с добрым человеком. Подали чай. Пустился мой доктор в разговоры. Малый он был неглупый, выражался бойко и довольно забавно. Странные дела случаются на свете: с иным человеком и долго живешь вместе и в дружественных отношениях находишься, а ни разу не заговоришь с ним откровенно, от души; с другим же едва познакомиться успеешь — глядь, либо ты ему, либо он тебе, словно на исповеди, всю подноготную и проболтал. Не знаю, чем я заслужил доверенность моего нового приятеля, — только он, ни с того ни с сего, как говорится, «взял» да и рассказал мне довольно замечательный случай; а я вот и довожу теперь его рассказ до сведения благосклонного читателя. Я постараюсь выражаться словами лекаря.

— Вы не изволите знать, — начал он расслабленным и дрожащим голосом (таково действие беспримесного березовского табаку), — вы не изволите знать здешнего судью, Мылова, Павла Лукича?.. Не знаете... Ну, всё равно. (Он откашлялся и протер глаза.) Вот, изволите видеть, дело было этак, как бы вам сказать — не солгать, в великий пост, в самую ростепель. Сижу я у него, у нашего судьи, и играю в преферанс. Судья у нас хороший человек и в преферанс играть охотник. Вдруг (мой лекарь часто употреблял слово: вдруг) говорят мне: человек ваш вас спрашивает. Я говорю: что ему надобно? Говорят, записку принес, — должно быть, от больного. Подай, говорю, записку. Так и есть: от больного... Ну, хорошо, — это, понимаете, наш хлеб... Да вот в чем дело: пишет ко мне помещица, вдова; говорит, дескать, дочь умирает, приезжайте, ради самого господа бога нашего, и лошади, дескать, за вами присланы. Ну, это еще всё ничего... Да живет-то она в двадцати верстах от города, а ночь на дворе, и дороги такие, что фа! Да и сама беднеющая, больше двух целковых ожидать тоже нельзя, и то еще сумнительно, а разве холстом придется попользоваться да крупицами какими-нибудь. Однако долг, вы понимаете, прежде всего: человек умирает. Передаю вдруг карты непременному члену Каллиопину и отправляюсь домой. Гляжу: стоит тележчонка перед крыльцом; лошади крестьянские — пузатые-препузатые, шерсть на них — войлоко настоящее, и кучер, ради уваженья, без шапки сидит. Ну, думаю, видно, брат, господа-то твои не на золоте едят... Вы изволите смеяться, а я вам скажу: наш брат, бедный человек, всё в соображенье принимай... Коли кучер сидит князем, да шапки не ломает, да еще посмеивается из-под бороды, да кнутиком шевелит — смело бей на две депозитки! А тут, вижу, дело-то не тем пахнет. Однако, думаю, делать нечего: долг прежде всего. Захватываю самонужнейшие лекарства и отправляюсь. Поверите ли, едва дотащился. Дорога адская: ручьи, снег, грязь, водомоины, а там вдруг плотину прорвало — беда! Однако приезжаю. Домик маленький, соломой крыт. В окнах свет: знать, ждут. Вхожу. Навстречу мне старушка, почтенная такая, в чепце. «Спасите, говорит, умирает». Я говорю: «Не извольте беспокоиться... Где больная?» — «Вот сюда пожалуйте». Смотрю: комнатка чистенькая, в углу лампада, на постеле девица лет двадцати, в беспамятстве. Жаром от нее так и пышет, дышит тяжело — горячка. Тут же другие две девицы, сестры, — перепуганы, в слезах. «Вот, говорят, вчера была совершенно здорова и кушала с аппетитом; поутру сегодня жаловалась на голову, а к вечеру вдруг вот в каком положении...» Я опять-таки говорю: «Не извольте беспокоиться», — докторская, знаете, обязанность, — и приступил. Кровь ей пустил, горчичники поставить велел, микстурку прописал. Между тем я гляжу на нее, гляжу, знаете, — ну, ей-богу, не видал еще такого лица... красавица, одним словом! Жалость меня так и разбирает. Черты такие приятные, глаза... Вот, слава богу, успокоилась; пот выступил, словно опомнилась; кругом поглядела, улыбнулась, рукой по лицу провела... Сестры к ней нагнулись, спрашивают: «Что с тобою?» — «Ничего», — говорит, да и отворотилась... Гляжу — заснула. Ну, говорю, теперь следует больную в покое оставить.

Вот мы все на цыпочках и вышли вон; горничная одна осталась на всякий случай. А в гостиной уж самовар на столе, и ямайский тут же стоит: в нашем деле без этого нельзя. Подали мне чай, просят остаться ночевать... Я согласился: куда теперь ехать! Старушка всё охает. «Чего вы? — говорю. — Будет жива, не извольте беспокоиться, а лучше отдохните-ка сами: второй час». — «Да вы меня прикажете разбудить, коли что случится?» — «Прикажу, прикажу». Старушка отправилась, и девицы также пошли к себе в комнату; мне постель в гостиной постлали. Вот я лег, — только не могу заснуть, — что за чудеса! Уж на что, кажется, намучился. Всё моя больная у меня с ума нейдет. Наконец не вытерпел, вдруг встал; думаю, пойду посмотрю, что делает пациент? А спальня-то ее с гостиной рядом. Ну, встал, растворил тихонько дверь, а сердце так и бьется. Гляжу: горничная спит, рот раскрыла и храпит даже, бестия! а больная лицом ко мне лежит и руки разметала, бедняжка! Я подошел... Как она вдруг раскроет глаза и уставится на меня!.. «Кто это? кто это?» Я сконфузился. «Не пугайтесь, говорю, сударыня: я доктор, пришел посмотреть, как вы себя чувствуете». — «Вы доктор?» — «Доктор, доктор... Матушка ваша за мною в город посылали; мы вам кровь пустили, сударыня; теперь извольте почивать, а дня этак через два мы вас, даст бог, на ноги поставим». — «Ах, да, да, доктор, не дайте мне умереть... пожалуйста, пожалуйста». — «Что вы это, бог с вами!» А у ней опять жар, думаю я про себя; пощупал пульс: точно, жар. Она посмотрела на меня — да как возьмет меня вдруг за руку. «Я вам скажу, почему мне не хочется умереть, я вам скажу, я вам скажу... теперь мы одни; только вы, пожалуйста, никому... послушайте...» Я нагнулся; придвинула она губы к самому моему уху, волосами щеку мою трогает, — признаюсь, у меня самого кругом пошла голова, — и начала шептать... Ничего не понимаю... Ах, да это она бредит... Шептала, шептала, да так проворно и словно не по-русски, кончила, вздрогнула, уронила голову на подушку и пальцем мне погрозилась. «Смотрите же, доктор, никому...» Кое-как я ее успокоил, дал ей напиться, разбудил горничную и вышел.

Тут лекарь опять с ожесточеньем понюхал табаку и на мгновение оцепенел.

— Однако, — продолжал он, — на другой день больной, в противность моим ожиданиям, не полегчило. Я подумал,

подумал и вдруг решился остаться, хотя меня другие пациенты ожидали... А вы знаете, этим неглижировать нельзя: практика от этого страдает. Но, во-первых, больная действительно находилась в отчаянии; а во-вторых, надо правду сказать, я сам чувствовал сильное к ней расположение. Притом же и всё семейство мне нравилось. Люди они были хоть и неимущие, но образованные, можно сказать, на редкость... Отец-то у них был человек ученый, сочинитель; умер, конечно, в бедности, но воспитание детям успел сообщить отличное; книг тоже много оставил. Потому ли, что хлопотал-то я усердно около больной, по другим ли каким-либо причинам, только меня, смею сказать, полюбили в доме, как родного... Между тем распутица сделалась страшная: все сообщения, так сказать, прекратились совершенно; даже лекарство с трудом из города доставлялось... Больная не поправлялась... День за день, день за день... Но вот-с... тут-с... (Лекарь помолчал.) Право, не знаю, как бы вам изложить-с... (Он снова понюхал табаку, крякнул и хлебнул глоток чаю.) Скажу вам без обиняков, больная моя... как бы это того... ну, полюбила, что ли, меня... или нет, не то чтобы полюбила... а, впрочем... право, как это, того-с... (Лекарь потупился и покраснел.)

— Нет, — продолжал он с живостью, — какое полюбила! Надо себе, наконец, цену знать. Девица она была образованная, умная, начитанная, а я даже латынь-то свою позабыл, можно сказать, совершенно. Насчет фигуры (лекарь с улыбкой взглянул на себя) также, кажется, нечем хвастаться. Но дураком господь бог тоже меня не уродил: я белое черным не назову; я кое-что тоже смекаю. Я, например, очень хорошо понял, что Александра Андреевна — ее Александрой Андреевной звали — не любовь ко мне почувствовала, а дружеское, так сказать, расположение, уважение, что ли. Хотя она сама, может быть, в этом отношении ошибалась, да ведь положение ее было какое, вы сами рассудите... Впрочем, — прибавил лекарь, который все эти отрывистые речи произнес, не переводя духа и с явным замешательством, — я, кажется, немного зарапортовался... Этак вы ничего не поймете... а вот, позвольте, я вам всё по порядку расскажу.

Он допил стакан чаю и заговорил голосом более спокойным.

— Так, так-то-с. Моей больной всё хуже становилось, хуже, хуже. Вы не медик, милостивый государь; вы понять не можете, что происходит в душе нашего брата, особенно на первых порах, когда он начинает догадываться, что болезнь-то его одолевает. Куда денется самоуверенность! Оробеешь вдруг так, что и сказать нельзя. Так тебе и кажется, что и позабыл-то ты всё, что знал, и что больной-то тебе больше не доверяет, и что другие уже начинают замечать, что ты потерялся, и неохотно симптомы тебе сообщают, исподлобья глядят, шепчутся... э, скверно! Ведь есть же лекарство, думаешь, против этой болезни, стоит только найти. Вот не оно ли? Попробуешь — нет, не оно! Не даешь времени лекарству как следует подействовать... то за то хватишься, то за то. Возьмешь, бывало, рецептурную книгу... ведь тут оно, думаешь, тут! Право слово, иногда наобум раскроешь: авось, думаешь, судьба... А человек меж тем умирает; а другой бы его лекарь спас. Консилиум, говоришь, нужен; я на себя ответственности не беру. А уж каким дураком в таких случаях глядишь! Ну, со временем обтерпишься, ничего. Умер человек — не твоя вина: ты по правилам поступал. А то вот что еще мучительно бывает: видишь доверие к тебе слепое, а сам чувствуешь, что не в состоянии помочь. Вот именно такое доверие всё семейство Александры Андреевны ко мне возымело: и думать позабыли, что у них дочь в опасности. Я их тоже, с своей стороны, уверяю, что ничего, дескать, а у самого душа в пятки уходит. К довершению несчастия, такая подошла распутица, что за лекарством по целым дням, бывало, кучер ездит. А я из комнаты больной не выхожу, оторваться не могу, разные, знаете, смешные анекдотцы рассказываю, в карты с ней играю. Ночи просиживаю. Старушка меня со слезами благодарит; а я про себя думаю: «Не стою я твоей благодарности». Признаюсь вам откровенно — теперь не для чего скрываться — влюбился я в мою больную. И Александра Андреевна ко мне привязалась: никого, бывало, к себе в комнату, кроме меня, не пускает. Начнет со мной разговаривать, — расспрашивает меня, где я учился, как живу, кто мои родные, к кому я езжу? И чувствую я, что не след ей разговаривать; а запретить ей, решительно этак, знаете, запретить — не могу. Схвачу, бывало, себя за голову: «Что ты делаешь, разбойник?..» А то возьмет меня за руку и держит, глядит на меня, долго, долго глядит, отвернется, вздохнет и скажет: «Какой вы добрый!» Руки у ней такие горячие, глаза большие, томные. «Да, говорит, вы добрый, вы хороший человек, вы не то, что наши соседи... нет, вы не такой, вы не такой... Как это я до сих пор вас не знала!» — «Александра Андреевна, успокойтесь, говорю... я, поверьте, чувствую, я не знаю, чем заслужил... только вы успокойтесь, ради бога, успокойтесь... всё хорошо будет, вы будете здоровы». А между тем, должен я вам сказать, — прибавил лекарь, нагнувшись вперед и подняв кверху брови, — что с соседями они мало водились оттого, что мелкие им не под стать приходились, а с богатыми гордость запрещала знаться. Я вам говорю: чрезвычайно образованное было семейство, — так мне, знаете, и лестно было. Из одних моих рук лекарство принимала... приподнимется, бедняжка, с моею помощью, примет и взглянет на меня... сердце у меня так и покатится. А между тем ей всё хуже становилось, всё хуже: умрет, думаю, непременно умрет. Поверите ли, хоть самому в гроб ложиться; а тут мать, сестры наблюдают, в глаза мне смотрят... и доверие проходит. «Что? Как?» — «Ничего-с, ничего-с!» А какое ничего-с, ум мешается. Вот-с, сижу я однажды ночью, один опять, возле больной. Девка тут тоже сидит и храпит во всю ивановскую... Ну, с несчастной девки взыскать нельзя: затормошилась и она. Александра-то Андреевна весьма нехорошо себя весь вечер чувствовала; жар ее замучил. До самой полуночи всё металась; наконец словно заснула; по крайней мере не шевелится, лежит. Лампада в углу перед образом горит. Я сижу, знаете, потупился, дремлю тоже. Вдруг, словно меня кто под бок толкнул, обернулся я... Господи, боже мой! Александра Андреевна во все глаза на меня глядит... губы раскрыты, щеки так и горят, «Что с вами?» — «Доктор, ведь я умру?» — «Помилуй бог!» — «Нет, доктор, нет, пожалуйста, не говорите мне, что я буду жива... не говорите... если б вы знали... послушайте, ради бога не скрывайте от меня моего положения! — А сама так скоро дышит. — Если я буду знать наверное, что я умереть должна... я вам тогда всё скажу, всё!» — «Александра Андреевна, помилуйте!» — «Послушайте, ведь я не спала нисколько, я давно на вас гляжу... ради бога... я вам верю, вы человек добрый, вы честный человек, заклинаю вас всем, что есть святого на свете, — скажите мне правду! Если б вы знали, как это для меня важно... Доктор, ради бога скажите, я в опасности?» — «Что я вам скажу, Александра Андреевна, — помилуйте!» — «Ради бога, умоляю вас!» — «Не могу скрыть от вас,

Александра Андреевна, — вы точно в опасности, но бог милостив...» — «Я умру, я умру...» И она словно обрадовалась, лицо такое веселое стало; я испугался. «Да не бойтесь, не бойтесь, меня смерть нисколько не стращает». Она вдруг приподнялась и оперлась на локоть. «Теперь... ну, теперь я могу вам сказать, что я благодарна вам от всей души, что вы добрый, хороший человек, что я вас люблю...» Я гляжу на нее, как шальной; жутко мне, знаете... «Слышите ли, я люблю вас...» — «Александра Андреевна, чем же я заслужил!» — «Нет, нет, вы меня не понимаете... ты меня не понимаешь...» И вдруг она протянула руки, схватила меня за голову и поцеловала... Поверите ли, я чуть-чуть не закричал... бросился на колени и голову в подушки спрятал. Она молчит; пальцы ее у меня на волосах дрожат; слышу: плачет. Я начал ее утешать, уверять... я уж, право, не знаю, что я такое ей говорил. «Девку, говорю, разбудите, Александра Андреевна... благодарю вас... верьте... успокойтесь». — «Да полно же, полно, — твердила она. — Бог с ними со всеми; ну, проснутся, ну, придут — всё равно: ведь умру же я... Да и ты чего робеешь, чего боишься? Подними голову... Или вы, может быть, меня не любите, может быть, я обманулась... в таком случае извините меня». — «Александра Андреевна, что вы говорите?.. я люблю вас, Александра Андреевна». Она взглянула мне прямо в глаза, раскрыла руки. «Так обними же меня...» Скажу вам откровенно: я не понимаю, как я в ту ночь с ума не сошел. Чувствую я, что больная моя себя губит; вижу, что не совсем она в памяти; понимаю также и то, что не почитай она себя при смерти, — не подумала бы она обо мне; а то ведь, как хотите, жутко умирать в двадцать пять лет, никого не любивши: ведь вот что ее мучило, вот отчего она, с отчаянья, хоть за меня ухватилась, — понимаете теперь? Ну не выпускает она меня из своих рук. «Пощадите меня, Александра Андреевна, да и себя пощадите, говорю». — «К чему, говорит, чего жалеть? Ведь должна же я умереть...» Это она беспрестанно повторяла. «Вот если бы я знала, что я в живых останусь и опять в порядочные барышни попаду, мне бы стыдно было, точно стыдно... а то что?» — «Да кто вам сказал, что вы умрете?» — «Э, нет, полно, ты меня не обманешь, ты лгать не умеешь, посмотри на себя». — «Вы будете живы, Александра Андреевна, я вас вылечу; мы испросим у вашей матушки благословение... мы соединимся узами, мы будем счастливы». — «Нет, нет, я с вас слово взяла, я должна умереть… ты мне обещал… ты мне сказал…» Горько было мне, по многим причинам горько. И посудите, вот какие иногда приключаются вещицы: кажется, ничего, а больно. Вздумалось ей спросить меня, как мое имя, то есть не фамилия, а имя. Надо же несчастье такое, что меня Трифоном зовут. Да-с, да-с; Трифоном, Трифоном Иванычем. В доме-то меня все доктором звали. Я, делать нечего, говорю: «Трифон, сударыня». Она прищурилась, покачала головой и прошептала что-то по-французски, — ох, да недоброе что-то, — и засмеялась потом, нехорошо тоже. Вот этак-то я почти всю ночь провел с ней. Поутру вышел, словно угорелый; вошел к ней опять в комнату уже днем, после чаю. Боже мой, боже мой! Узнать ее нельзя: краше в гроб кладут. Честью вам клянусь, не понимаю теперь, не понимаю решительно, как я эту пытку выдержал. Три дня, три ночи еще проскрипела моя больная… и какие ночи! Что она мне говорила!.. А в последнюю-то ночь, вообразите вы себе, — сижу я подле нее и уж об одном бога прошу: прибери, дескать, ее поскорей, да и меня тут же… Вдруг старушка мать — шасть в комнату… Уж я ей накануне сказал, матери-то, что мало, дескать, надежды, плохо, и священника не худо бы. Больная, как увидела мать, и говорит: «Ну вот, хорошо, что пришла… посмотри-ка на нас, мы друг друга любим, мы друг другу слово дали». — «Что это она, доктор, что она?» Я помертвел. «Бредит-с, говорю, жар…» А она-то: «Полно, полно, ты мне сейчас совсем другое говорил, и кольцо от меня принял… что притворяешься? Мать моя добрая, она простит, она поймет, а я умираю — мне не к чему лгать; дай мне руку…» Я вскочил и вон выбежал. Старушка, разумеется, догадалась.

— Не стану я вас, однако, долее томить, да и мне самому, признаться, тяжело всё это припоминать. Моя больная на другой же день скончалась. Царство ей небесное (прибавил лекарь скороговоркой и со вздохом)! Перед смертью попросила она своих выйти и меня наедине с ней оставить. «Простите меня, говорит, я, может быть, виновата перед вами… болезнь… но, поверьте, я никого не любила более вас… не забывайте же меня… берегите мое кольцо…»

Лекарь отвернулся; я взял его за руку.

— Эх! — сказал он, — давайте-ка о чем-нибудь другом говорить, или не хотите ли в преферансик по маленькой?

Нашему брату, знаете ли, не след таким возвышенным чувствованиям предаваться. Наш брат думай об одном: как бы дети не пищали да жена не бранилась. Ведь я с тех пор в законный, как говорится, брак вступить успел... Как же... Купеческую дочь взял: семь тысяч приданого. Зовут ее Акулиной; Трифону-то под стать. Баба, должен я вам сказать, злая, да благо спит целый день... А что ж преферанс?

Мы сели в преферанс по копейке. Трифон Иваныч выиграл у меня два рубля с полтиной — и ушел поздно, весьма довольный своей победой.

Елка и свадьба
(Из записок неизвестного)

На днях я видел свадьбу... но нет! Лучше я вам расскажу про елку. Свадьба хороша; она мне очень понравилась, но другое происшествие лучше. Не знаю, каким образом, смотря на эту свадьбу, я вспомнил про эту елку. Это вот как случилось. Ровно лет пять назад, накануне Нового года, меня пригласили на детский бал. Лицо приглашавшее было одно известное деловое лицо, со связями, с знакомством, с интригами, так что можно было подумать, что детский бал этот был предлогом для родителей сойтись в кучу и потолковать об иных интересных материях невинным, случайным, нечаянным образом. Я был человек посторонний; материй у меня не было никаких, и потому я провел вечер довольно независимо. Тут был и еще один господин, у которого, кажется, не было ни роду, ни племени, но который, подобно мне, попал на семейное счастье... Он прежде всех бросился мне на глаза. Это был высокий, худощавый мужчина, весьма серьезный, весьма прилично одетый. Но видно было, что ему вовсе не до радостей и семейного счастья: когда он отходил куда-нибудь в угол, то сейчас же переставал улыбаться и хмурил свои густые черные брови. Знакомых, кроме хозяина, на всем бале у него не было ни единой души. Видно было, что ему страх скучно, но что он выдерживал храбро, до конца, роль совершенно развлеченного и счастливого человека. Я после узнал, что это один господин из провинции, у которого было какое-то решительное, головоломное дело в столице, который привез нашему хозяину рекомендательное письмо, которому хозяин наш покровительствовал вовсе не con amore и которого пригласил из учтивости на свой детский бал. В карты не играли, сигары ему не предложили, в разговоры с ним никто не пускался, может быть, издали узнав птицу по перьям, и потому мой господин принужден был, чтоб только куда-нибудь девать руки, весь вечер гладить свои бакенбарды. Бакенбарды были действительно весьма хороши. Но он гладил их до того усердно, что, глядя на него, решительно можно было подумать, что сперва произведены на свет одни бакенбарды, а потом уж приставлен к ним господин, чтобы их гладить.

Кроме этой фигуры, таким образом принимавшей участие в семейном счастии хозяина, у которого было пятеро сытеньких мальчиков, понравился мне еще один господин. Но этот уже был совершенно другого свойства. Это было Лицо. Звали его Юлиан Мастакович. С первого взгляда можно было видеть, что он был гостем почетным и находился в таких же отношениях к хозяину, в каких хозяин к господину, гладившему свои бакенбарды. Хозяин и хозяйка говорили ему бездну любезностей, ухаживали, поили его, лелеяли, подводили к нему, для рекомендации, своих гостей, а его самого ни к кому не подводили. Я заметил, что у хозяина заискрилась слеза на глазах, когда Юлиан Мастакович отнесся по вечеру, что он редко проводит таким приятным образом время. Мне как-то стало страшно в присутствии такого лица, и потому, полюбовавшись на детей, я ушел в маленькую гостиную, которая была совершенно пуста, и засел в цветочную беседку хозяйки, занимавшую почти половину всей комнаты.

Дети все были до невероятности милы и решительно не хотели походить на больших, несмотря на все увещания гувернанток и маменек. Они разобрали всю елку вмиг, до последней конфетки, и успели уже переломать половину игрушек, прежде чем узнали, кому какая назначена. Особенно хорош был один мальчик, черноглазый, в кудряшках, который всё хотел меня застрелить из своего деревянного ружья. Но всех более обратила на себя внимание его сестра, девочка лет одиннадцати, прелестная, как амурчик, тихонькая, задумчивая, бледная, с большими задумчивыми глазами навыкате. Ее как-то обидели дети, и потому она ушла в ту самую гостиную, где сидел я, и занялась в уголку -- своей куклой. Гости с уважением указывали на одного богатого откупщика, ее родителя, и кое-кто замечал шепотом, что за ней уже отложено на приданое триста тысяч рублей. Я оборотился взглянуть на любопытствующих о таком обстоятельстве, и взгляд мой упал на Юлиана Мастаковича, который, закинув руки за спину и наклонив немножечко голову набок, как-то чрезвычайно внимательно прислушивался к празднословию этих господ. Потом я не мог не подивиться мудрости хозяев при раздаче детских подарков. Девочка, уже имевшая триста тысяч рублей приданого, получила богатейшую куклу. Потом следовали подарки понижаясь, смотря по понижению рангов родителей всех этих счастливых детей. Наконец, последний ребенок, мальчик лет десяти, худенький, маленький, весноватенький, рыженький, получил только одну книжку повестей, толковавших о величии природы, о слезах умиления и прочее, без картинок и даже без виньетки. Он был сын гувернантки хозяйских детей, одной бедной вдовы, мальчик крайне забитый и запуганный. Одет он был в курточку из убогой нанки. Получив свою книжку, он долгое время ходил ока других игрушек; ему ужасно хотелось поиграть с другим детьми, но он не смел; видно было, что он уже чувствовал и понимал свое положение. Я очень люблю наблюдать за детьми. Чрезвычайно любопытно в них первое, самостоятельное проявление в жизни. Я заметил, что рыженький мальчик до того соблазнился богатыми игрушкам других детей, особенно театром, в котором ему непременно хотелось взять на себя какую-то роль, что решился поподличать. Он улыбался и заигрывал с другими детьми, он отдал свое яблоко одному одутловатому мальчишке, у которого навязан был полный платок гостинцев, и даже решился повозить одного на себе, чтоб только не отогнали его от театра. Но чрез минуту какой-то озорник препорядочно поколотил его. Ребенок не посмел заплакать Тут явилась гувернантка, его маменька, и велела ему не мешать играть другим детям. Ребенок вошел в ту же гостиную, где была девочка. Она пустила его к себе и оба весьма усердно принялись наряжать богатую куклу.

Я сидел уже с полчаса в плющевой беседке и почти задремал, прислушиваясь к маленькому говору рыженького мальчика и красавицы с тремястами тысяч приданого хлопотавших о кукле, как вдруг в комнату вошел Юлиан Мастакович. Он воспользовался скандалезною сценою ссоры детей и вышел потихоньку из залы. Я заметил, что он с минуту назад весьма горячо говорил с папенькой будущей богатой невесты, с которым только что познакомился, о преимуществе какой-то службы перед другою.

Теперь он стоял в раздумье и как будто что-то рассчитывал по пальцам.

-- Триста... триста, -- шептал он. -- Одиннадцать... двенадцать... тринадцать и так далее. Шестнадцать -- пять лет! Положим, по четыре на сто -- 12, пять раз = 60, да на эти

60... ну, положим, всего будет через пять лет -- четыреста. Да! вот... Да не по четыре со ста же держит, мошенник! Может, восемь аль десять со ста берет. Ну, пятьсот, положим, пятьсот тысяч, по крайней мере, это наверно; ну, излишек на тряпки, гм...

Он кончил раздумье, высморкался и хотел уже выйти из комнаты, как вдруг взглянул на девочку и остановился. Он меня не видал за горшками с зеленью. Мне казалось, что он был крайне взволнован. Или расчет подействовал на него, или что-нибудь другое, но он потирал себе руки и не мог постоять на месте. Это волнение увеличилось до nec plus ultra, когда он остановился и бросил другой, решительный взгляд на будущую невесту. Он было двинулся вперед, но сначала огляделся кругом. Потом, на цыпочках, как будто чувствуя себя виноватым, стал подходить к ребенку. Он подошел с улыбочкой, нагнулся и поцеловал ее в голову. Та, не ожидая нападения, вскрикнула от испуга.

-- А что вы тут делаете, милое дитя? -- спросил он шепотом, оглядываясь и трепля девочку по щеке.

-- Играем...

-- А? с ним? -- Юлиан Мастакович покосился на мальчика.

-- А ты бы, душенька, пошел в залу, -- сказал он ему. Мальчик молчал и глядел на него во все глаза. Юлиан Мастакович опять поосмотрелся кругом и опять нагнулся к девочке.

-- А что это у вас, куколка, милое дитя? -- спросил он.

-- Куколка, -- отвечала девочка, морщась и немножко робея.

-- Куколка... А знаете ли вы, милое дитя, из чего ваша куколка сделана?

-- Не знаю... -- отвечала девочка шепотом и совершенно потупив голову.

-- А из тряпочек, душенька. Ты бы пошел, мальчик, в залу, к своим сверстникам, -- сказал Юлиан Мастакович, строго посмотрев на ребенка. Девочка и мальчик поморщились и схватились друг за друга. Им не хотелось разлучаться.

-- А знаете ли вы, почему подарили вам эту куколку? -- спросил Юлиан Мастакович, понижая всё более и более голос.

-- Не знаю.

-- А оттого, что вы были милое и благонравное дитя всю неделю.

Тут Юлиан Мастакович, взволнованный донельзя, осмотрелся кругом и, понижая всё более и более голос, спросил наконец неслышным, почти совсем замирающим от волнения и нетерпения голосом:

-- А будете ли вы любить меня, милая девочка, когда я приеду в гости к вашим родителям?

Сказав это, Юлиан Мастакович хотел еще один раз поцеловать милую девочку, но рыженький мальчик, видя, что она совсем хочет заплакать, схватил ее за руки и захныкал от полнейшего сочувствия к ней. Юлиан Мастакович рассердился не в шутку.

-- Пошел, пошел отсюда, пошел! -- говорил он мальчишке. -- Пошел в залу! пошел туда, к своим сверстникам!

-- Нет, не нужно, не нужно! подите вы прочь, -- сказала девочка, -- оставьте его, оставьте его! -- говорила она, почти совсем заплакав.

Кто-то зашумел в дверях, Юлиан Мастакович тотчас же приподнял свой величественный корпус и испугался. Но рыженький мальчик испугался еще более Юлиана Мастаковича, бросил девочку и тихонько, опираясь о стенку, прошел из гостиной в столовую. Чтоб не подать подозрений, Юлиан Мастакович пошел также в столовую. Он был красен как рак и, взглянув в зеркало, как будто сконфузился себя самого. Ему, может быть, стало досадно за горячку свою и свое нетерпение. Может быть, его так поразил вначале расчет по пальцам, так соблазнил и вдохновил, что он, несмотря на всю солидность и важность, решился поступить как мальчишка и прямо абордировать свой предмет, несмотря на то что предмет мог быть настоящим предметом по крайней мере пять лет спустя. Я вышел за почтенным господином в столовую и увидел странное зрелище. Юлиан Мастакович, весь покраснев от досады и злости, пугал рыжего мальчика, который, уходя от него всё дальше и дальше, не знал -- куда забежать от страха.

-- Пошел, что здесь делаешь, пошел, негодник, пошел! Ты здесь фрукты таскаешь, а? Ты здесь фрукты таскаешь? Пошел, негодник, пошел, сопливый, пошел, пошел к своим сверстникам!

Перепуганный мальчик, решившись на отчаянное средство, попробовал было залезть под стол. Тогда его гонитель, разгоряченный донельзя, вынул свой длинный батистовый платок и начал им выхлестывать из-под стола ребенка, присмиревшего до последней степени. Нужно заметить, что

Юлиан Мастакович был немножко толстенек. Это был человек сытенький, румяненький, плотненький, с брюшком, с жирными ляжками, словом, что называется, крепняк, кругленький, как орешек. Он вспотел, пыхтел и краснел ужасно. Наконец он почти остервенился, так велико было в нем чувство негодования и, может быть (кто знает?), ревности. Я захохотал во всё горло. Юлиан Мастакович оборотился и, несмотря на всё значение свое, сконфузился в прах. В это время из противоположной двери вошел хозяин. Мальчишка вылез из-под стола и обтирал свои колени и локти. Юлиан Мастакович поспешил поднесть к носу платок, который держал, за один кончик, в руках.

Хозяин немножко с недоумением посмотрел на троих нас; но, как человек, знающий жизнь и смотрящий на нее с точки серьезной, тотчас же воспользовался тем, что поймал наедине своего гостя.

-- Вот-с тот мальчик-с, -- сказал он, указав на рыженького, -- о котором я имел честь просить...

-- А? -- отвечал Юлиан Мастакович, еще не совсем оправившись.

-- Сын гувернантки детей моих, -- продолжал хозяин просительным тоном, -- бедная женщина, вдова, жена одного честного чиновника; и потому... Юлиан Мастакович, если возможно...

-- Ах, нет, нет, -- поспешно закричал Юлиан Мастакович, -- нет, извините меня, Филипп Алексеевич, никак невозможно-с. Я справлялся: вакансии нет, а если бы и была, то на нее уже десять кандидатов, гораздо более имеющих право, чем он... Очень жаль, очень жаль...

-- Жаль-с, -- повторил хозяин, -- мальчик скромненький, тихонький...

-- Шалун большой, как я замечаю, -- отвечал Юлиан Мастакович, истерически скривив рот, -- пошел, мальчик, что ты стоишь, пойди к своим сверстникам! -- сказал он, обращаясь к ребенку.

Тут он, кажется, не мог утерпеть и взглянул на меня одним глазом. Я тоже не мог утерпеть и захохотал ему прямо в глаза. Юлиан Мастакович тотчас же отворотился и довольно явственно для меня спросил у хозяина, кто этот страшный молодой человек? Они зашептались и вышли из комнаты. Я видел потом, как Юлиан Мастакович, слушая хозяина, с недоверчивостию качал головою.

Нахохотавшись вдоволь, я воротился в залу. Там великий муж, окруженный отцами и матерями семейств, хозяйкой и хозяином, что-то с жаром толковал одной даме, к которой его только что подвели. Дама держала за руку девочку, с которою, десять минут назад, Юлиан Мастакович имел сцену в гостиной. Теперь он рассыпался в похвалах и восторгах о красоте, талантах, грации и благовоспитанности милого дитяти. Он заметно юлил перед маменькой. Мать слушала его чуть ли не со слезами восторга. Губы отца улыбались. Хозяин радовался излияниям всеобщей радости. Даже все гости сочувствовали, даже игры детей были остановлены, чтоб не мешать разговору. Весь воздух был напоен благоговением. Я слышал потом, как тронутая до глубины сердца маменька интересной девочки в отборных выражениях просила Юлиана Мастаковича сделать ей особую честь, подарить их дом своим драгоценным знакомством; слышал, с каким неподдельным восторгом Юлиан Мастакович принял приглашение и как потом гости, разойдясь все, как приличие требовало, в разные стороны, рассыпались друг перед другом в умилительных похвалах откупщику, откупщице, девочке и в особенности Юлиану Мастаковичу.

-- Женат этот господин? -- спросил я, почти вслух, одного из знакомых моих, стоявшего ближе всех к Юлиану Мастаковичу.

Юлиан Мастакович бросил на меня испытующий и злобный взгляд.

-- Нет! -- отвечал мне мой знакомый, огорченный до глубины сердца моею неловкостию, которую я сделал умышленно...

Недавно я проходил мимо ***ской церкви; толпа и съезд поразили меня. Кругом говорили о свадьбе. День был пасмурный, начиналась изморось; я пробрался за толпою в церковь и увидал жениха. Это был маленький, кругленький, сытенький человечек с брюшком, весьма разукрашенный. Он бегал, хлопотал и распоряжался. Наконец раздался говор, что привезли невесту. Я протеснился сквозь толпу и увидел чудную красавицу, для которой едва настала первая весна. Но красавица была бледна и грустна. Она смотрела рассеянно; мне показалось даже, что глаза ее были красны от недавних слез. Античная строгость каждой черты лица ее придавала какую-то важность и торжественность ее красоте. Но сквозь эту строгость и важность, сквозь эту грусть просвечивал еще первый детский, невинный облик; сказывалось что-то донельзя наивное, неустановившееся, юное и, казалось, без просьб само за себя молившее о пощаде.

Говорили, что ей едва минуло шестнадцать лет. Взглянув внимательно на жениха, я вдруг узнал в нем Юлиана Мастаковича, которого не видел ровно пять лет. Я поглядел на нее... Боже мой! Я стал протесняться скорее из церкви. В толпе толковали, что невеста богата, что у невесты пятьсот тысяч приданого... и на сколько-то тряпками...

"Однако расчет был хорош!" -- подумал я, протеснившись на улицу...

Бог правду видит, да не скоро скажет

В городе Владимире жил молодой купец Аксенов. У него были две лавки и дом.

Из себя Аксенов был русый, кудрявый, красивый и первый весельчак и песенник. Смолоду Аксенов много пил, и когда напивался — буянил, но с тех пор как женился, он бросил пить, и только изредка это случалось с ним.

Раз летом Аксенов поехал в Нижний на ярмарку. Когда он стал прощаться с семьей, жена сказала ему:

— Иван Дмитриевич, не езди ты нынче, я про тебя дурно во сне видела.

Аксенов посмеялся и сказал:

— Ты все боишься, как бы не загулял я на ярмарке?

Жена сказала:

— Не знаю сама, чего боюсь, а так дурно видела, — видела, будто ты приходишь из города, снял шапку, а я гляжу: голова у тебя вся седая.

Аксенов засмеялся.

— Ну, это к прибыли. Смотри, как расторгуюсь, дорогих гостинцев привезу.

И он простился с семьей и уехал.

На половине дороги съехался он с знакомым купцом и с ним вместе остановился ночевать. Они напились чаю вместе и легли спать в двух комнатах рядом. Аксенов не любил долго спать; он проснулся среди ночи и, чтобы легче холодком было ехать, взбудил ямщика и велел запрягать. Потом вышел в черную избу, расчелся с хозяином и уехал.

Отъехавши верст сорок, он опять остановился кормить, отдохнул в сенях на постоялом дворе и в обед вышел на крыльцо и велел поставить самовар; достал гитару и стал играть; вдруг ко двору подъезжает тройка с колокольчиком, и из повозки выходит чиновник с двумя солдатами, подходит к Аксенову и спрашивает: кто, откуда? Аксенов все рассказывает, как есть, и просит: не угодно ли чайку вместе выпить? Только чиновник все пристает с расспросами: «Где ночевал прошлую ночь? Один или с купцом? Видел ли купца поутру? Зачем рано уехал со двора?» Аксенов удивился, зачем его обо всем спрашивают: все рассказал, как было, да и говорит: «Что ж вы меня так выспрашиваете? Я не вор, не разбойник какой-нибудь. Еду по своему делу, и нечего меня спрашивать».

Тогда чиновник кликнул солдат и сказал:

— Я исправник и спрашиваю тебя затем, что купец, с каким ты ночевал прошлую ночь, зарезан. Покажи вещи, а вы обыщите его.

Взошли в избу, взяли чемодан и мешок и стали развязывать и искать. Вдруг исправник вынул из мешка ножик и закричал:

— Это чей ножик?

Аксенов поглядел, видит — ножик в крови из его мешка достали, и испугался.

— А отчего кровь на ноже?

Аксенов хотел отвечать, но не мог выговорить слова.

— Я… я не знаю… я… пож… я… не мой… Тогда исправник сказал:

— Поутру купца нашли зарезанным на постели. Кроме тебя, некому было это сделать. Изба была заперта изнутри, а в избе никого, кроме тебя, не было. Вот и ножик в крови у тебя в мешке, да и по лицу видно. Говори, как ты убил его и сколько ты ограбил денег?

Аксенов божился, что не он это сделал, что не видал купца после того, как пил чай с ним, что деньги у него свои 8000, что ножик не его. Но голос у него обрывался, лицо было бледно, и он весь трясся от страха, как виноватый.

Исправник позвал солдат, велел связать и вести его на телегу. Когда его с связанными ногами взвалили на телегу, Аксенов перекрестился и заплакал. У Аксенова обобрали вещи и деньги, отослали его в ближний город, в острог. Послали во Владимир узнать, какой человек был Аксенов, и все купцы и жители владимирские показали, что Аксенов смолоду пил и гулял, но был человек хороший. Тогда его стали судить. Судили его за то, что он убил рязанского купца и украл 20000 денег.

Жена убивалась о муже и не знала, что думать. Дети ее еще все были малы, а один был у груди. Она забрала всех с собою и поехала в тот город, где ее муж содержался в остроге. Сначала ее не пускали, но потом она упросила начальников, и ее привели к мужу. Когда она увидала его в острожном платье, в цепях, вместе с разбойниками, — она ударилась о землю и долго не могла очнуться. Потом она поставила детей вокруг себя, села с ним рядышком и стала сказывать ему про домашние дела и спрашивать его про все, что с ним случилось. Он все рассказал ей. Она сказала:

— Как же быть теперь? Он сказал:

— Надо просить царя. Нельзя же невинному погибать!

Жена сказала, что она уже подавала прошение царю, но что прошение не дошло. Аксенов ничего не сказал и только потупился. Тогда жена сказала:

— Недаром я тогда, помнишь, видела сон, что ты сед стал. Вот уж и вправду ты с горя поседел. Не ездить бы тебе тогда.

И она начала перебирать его волоса и сказала:

— Ваня, друг сердечный, жене скажи правду: не ты сделал это?

Аксенов сказал: «И ты подумала на меня!» — закрылся руками и заплакал. Потом пришел солдат и сказал, что жене с детьми надо уходить. И Аксенов в последний раз простился с семьей.

Когда жена ушла, Аксенов стал вспоминать, что говорили. Когда он вспомнил, что жена тоже подумала на него и спрашивала его, он ли убил купца, он сказал себе: «Видно, кроме бога, никто не может знать правды, и только его надо просить и от него только ждать милости». И с тех пор Аксенов перестал подавать прошения, перестал надеяться и только молился богу.

Аксенова присудили. наказать кнутом и сослать в каторжную работу. Так и сделали.

Его высекли кнутом и потом, когда от кнута раны зажили, его погнали с другими каторжниками в Сибирь.

В Сибири, на каторге, Аксенов жил 26 лет. Волоса его на голове стали белые как снег, и борода отросла длинная, узкая и седая. Вся веселость его пропала. Он сгорбился, стал ходить тихо, говорил мало, никогда не смеялся и часто молился богу.

В остроге Аксенов выучился шить сапоги и на заработанные деньги купил Четьи-Минеи и читал их, когда был свет в остроге; а по праздникам ходил в острожную церковь, читал Апостол и пел на клиросе, — голос у него все еще был хорош. Начальство любило Аксенова за его смиренство, а товарищи острожные почитали его и называли «дедушкой» и «божьим человеком». Когда бывали просьбы по острогу, товарищи всегда Аксенова посылали просить начальство, и когда промеж каторжных были ссоры, то они всегда к Аксенову приходили судиться.

Из дому никто не писал писем Аксенову, и он не знал, живы ли его жена и дети.

Привели раз на каторгу новых колодников. Вечером все старые колодники собрались вокруг новых и стали их расспрашивать, кто из какого города или деревни и кто за какие дела. Аксенов тоже подсел на нары подле новых и, потупившись, слушал, кто что рассказывал. Один из новых колодников был высокий, здоровый старик лет 60-ти, с седой стриженой бородой. Он рассказывал, за что его взяли. Он говорил:

— Так, братцы, ни за что сюда попал. У ямщика лошадь отвязал от саней. Поймали, говорят: украл. А я говорю: я только доехать скорей хотел, — я лошадь пустил. Да и ямщик мне приятель. Порядок, я говорю? — Нет, говорят, украл. А того не знают, что и где украл. Были дела, давно бы следовало сюда попасть, да не могли уличить, а теперь не по закону сюда загнали. Да врешь, — бывал в Сибири, да недолго гащивал...

— А ты откуда будешь? — спросил один из колодников.

— А мы из города Владимира, тамошние мещане. Звать Макаром, а величают Семеновичем.

Аксенов поднял голову и спросил:

— А что, не слыхал ли, Семеныч, во Владимире-городе про Аксеновых-купцов? Живы ли?

— Как не слыхать! Богатые купцы, даром что отец в Сибири. Такой же, видно, как и мы, грешные. А ты сам, дедушка, за какие дела?

Аксенов не любил говорить про свое несчастье; он вздохнул и сказал:

— По грехам своим двадцать шестой год нахожусь в каторжной работе.

Макар Семенов сказал:

— А по каким же таким грехам?

Аксенов сказал: «Стало быть, стоило того», и не хотел больше рассказывать, но другие острожные товарищи рассказали новому, как Аксенов попал в Сибирь. Они рассказали, как на дороге кто-то убил купца и подсунул Аксенову ножик и как за это его понапрасну засудили.

Когда Макар Семенов услыхал это, он взглянул на Аксенова, хлопнул себя руками по коленам и сказал:

— Ну, чудо! Вот чудо-то! Постарел же ты, дедушка!

Его стали спрашивать, чему он удивлялся и где он видел

Аксенова; но Макар Семенов не отвечал, он только сказал:

— Чудеса, ребята, где свидеться пришлось!

И с этих слов пришло Аксенову в мысли, что не знает ли этот человек про то, кто убил купца. Он сказал:

— Или ты слыхал, Семеныч, прежде про это дело, или видал меня прежде?

— Как не слыхать! Земля слухом полнится. Да давно уж дело было: что и слыхал, то забыл, — сказал Макар Семенов.

— Может, слыхал, кто купца убил? — спросил Аксенов.

Макар Семенов засмеялся и сказал:

— Да, видно, тот убил, у кого ножик в мешке нашелся. Если кто и подсунул тебе ножик, не пойман — не вор. Да и как же тебе ножик в мешок сунуть? Ведь он у тебя в головах стоял? Ты бы услыхал.

Как только Аксенов услыхал эти слова, он подумал, что этот самый человек убил купца. Он встал и отошел прочь. Всю эту ночь Аксенов не мог заснуть. Нашла на него скука, и стало ему представляться: то представлялась ему его жена такою, какою она была, когда провожала его в последний раз на ярмарку. Так и видел он ее как живую, и видел ее лицо и глаза, и слышал, как она говорила ему и смеялась. Потом представлялись ему дети, такие, какие они были тогда, — маленькие, один в шубке, другой у груди. И себя он вспоминал, каким он был тогда — веселым, молодым; вспоминал, как он сидел на крылечке на постоялом дворе, где его взяли, и играл на гитаре, и как у него на душе весело было тогда. И вспомнил лобное место, где его секли, и палача, и народ кругом, и цепи, и колодников, и всю 26-летнюю острожную жизнь, и свою старость вспомнил. И такая скука нашла на Аксенова, что хоть руки на себя наложить.

«И все от того злодея!» — думал Аксенов.

И нашла на него такая злость на Макара Семенова, что хоть самому пропасть, а хотелось отмстить ему. Он читал молитвы всю ночь, но не мог успокоиться. Днем он не подходил к Макару Семенову и не смотрел на него.

Так прошли две недели. По ночам Аксенов не мог спать, и на него находила такая скука, что он не знал, куда деваться.

Один раз, ночью, он пошел по острогу и увидал, что из-под одной нары сыплется земля. Он остановился посмотреть. Вдруг Макар Семенов выскочил из-под нары и с испуганным лицом взглянул на Аксенова. Аксенов хотел пройти, чтоб не видеть его; но Макар ухватил его за руку и рассказал, как он прокопал проход под стенами и как он землю каждый день выносит в голенищах и высыпает на улицу, когда их гоняют на работу. Он сказал:

— Только молчи, старик, я и тебя выведу. А если скажешь, — меня засекут, да и тебе не спущу — убью.

Когда Аксенов увидал своего злодея, он весь затрясся от злости, выдернул руку и сказал:

— Выходить мне незачем и убивать меня нечего, — ты меня уже давно убил. А сказывать про тебя буду или нет, — как бог на душу положит.

На другой день, когда вывели колодников на работу, солдаты приметили, что Макар Семенов высыпал землю, стали искать в остроге и нашли дыру. Начальник приехал в острог и стал всех допрашивать: кто выкопал дыру? Все отпирались. Те, которые знали, не выдавали Макара Семенова, потому что знали, что за это дело его засекут до полусмерти. Тогда начальник обратился к Аксенову. Он знал, что Аксенов был справедливый человек, и сказал:

— Старик, ты правдив; скажи мне перед богом, кто это сделал?

Макар Семенов стоял как ни в чем не бывало, и смотрел на начальника, и не оглядывался на Аксенова. У Аксенова тряслись руки и губы, и он долго не мог слова выговорить. Он думал: «Если скрыть его, за что же я его прощу, когда он меня погубил? Пускай поплатится за мое мученье. А сказать на него, точно — его засекут. А что, как я понапрасну на него думаю? Да что ж, мне легче разве будет?»

Начальник еще раз сказал: «Ну, что ж, старик, говори правду: кто подкопался?»

Аксенов поглядел на Макара Семенова и сказал:

— Я не видал и не знаю.

Так и не узнали, кто подкопался.

На другую ночь, когда Аксенов лег на свою нару и чуть задремал, он услыхал, что кто-то подошел и сел у него в ногах. Он посмотрел в темноте и узнал Макара.

Аксенов сказал:

— Что тебе еще от меня надо? Что ты тут делаешь?

Макар Семенов молчал. Аксенов приподнялся и сказал:

— Что надо? Уйди! А то я солдата кликну.

Макар Семенов нагнулся близко к Аксенову и шепотом

сказал:

— Иван Дмитриевич, прости меня!

Аксенов сказал:

— За что тебя прощать?

— Я купца убил, я и ножик тебе подсунул. Я и тебя хотел убить, да на дворе зашумели: я сунул тебе ножик в мешок и вылез в окно. — Аксенов молчал и не знал, что сказать. Макар Семенов спустился с нары, поклонился в землю и сказал:

— Иван Дмитриевич, прости меня, прости, ради бога. Я объявлюсь, что я купца убил, — тебя простят. Ты домой вернешься.

Аксенов сказал:

— Тебе говорить легко, а мне терпеть каково! Куда я пойду теперь?.. Жена померла, дети забыли; мне ходить некуда...

Макар Семенов не вставал с полу и бился головой о землю и говорил:

— Иван Дмитрич, прости! Когда меня кнутом секли, мне легче было, чем теперь на тебя смотреть... А ты еще пожалел меня — не сказал. Прости меня, ради Христа! Прости ты меня, злодея окаянного! — и он зарыдал.

Когда Аксенов услыхал, что Макар Семенов плачет, он сам заплакал и сказал:

— Бог простит тебя; может быть, я во сто раз хуже тебя! — И вдруг у него на душе легко стало. И он перестал скучать о доме, и никуда не хотел из острога, а только думал о последнем часе.

Макар Семенов не послушался Аксенова и объявился виноватым. Когда вышло Аксенову разрешение вернуться, Аксенов уже умер.

Повесть о том, как один мужик двух генералов прокормил

Жили да были два генерала, и так как оба были легкомысленны, то в скором времени, по щучьему велению, по моему хотению, очутились на необитаемом острове.

Служили генералы всю жизнь в какой-то регистратуре; там родились, воспитались и состарились, следовательно, ничего не понимали. Даже слов никаких не знали, кроме: «примите уверение в совершенном моем почтении и преданности».

Упразднили регистратуру за ненадобностью и выпустили генералов на волю. Оставшись за штатом, поселились они в Петербурге, в Подьяческой улице, на разных квартирах; имели каждый свою кухарку и получали пенсию. Только вдруг очутились на необитаемом острове, проснулись и видят: оба под одним одеялом лежат. Разумеется, сначала ничего не поняли и стали разговаривать, как будто ничего с ними и не случилось.

— Странный, ваше превосходительство, мне нынче сон снился, — сказал один генерал, — вижу, будто живу я на необитаемом острове...

Сказал это да вдруг как вскочит! Вскочил и другой генерал.

— Господи! да что ж это такое! Где мы! — вскрикнули оба не своим голосом.

И стали друг друга ощупывать, точно ли не во сне, а наяву с ними случилась такая оказия. Однако, как ни старались уверить себя, что все это не больше, как сновидение, пришлось убедиться в печальной действительности.

Перед ними с одной стороны расстилалось море, с другой стороны лежал небольшой клочок земли, за которым стлалось все то же безграничное море. Заплакали генералы в первый раз после того, как закрыли регистратуру.

Стали они друг друга рассматривать и увидели, что они в ночных рубашках, а на шеях у них висит по ордену.

— Теперь бы кофейку испить хорошо! — молвил один генерал, но вспомнил, какая с ним неслыханная штука случилась, и во второй раз заплакал.

— Что же мы будем, однако, делать? — продолжал он сквозь слезы. — Ежели теперича доклад написать — какая польза из этого выйдет?

— Вот что, — отвечал другой генерал, — подите вы, ваше превцсходительство, на восток, а я пойду на запад, а к вечеру опять на этом месте сойдемся; может быть, что-нибудь и найдем.

Стали искать, где восток и где запад. Вспомнили, как начальник однажды говорил: если хочешь сыскать восток, то встань глазами на север, и в правой руке получишь искомое. Начали искать севера, становились так и сяк, перепробовали все страны света, но так как всю жизнь служили в регистратуре, то ничего не нашли.

— Вот что, ваше превосходительство; вы пойдите направо, а я налево; этак-то лучше будет! — сказал один генерал, который, кроме регистратуры, служил еще в школе военных кантонистов учителем каллиграфии и, следовательно, был поумнее.

Сказано — сделано. Пошел один генерал направо и видит — растут деревья, а на деревьях всякие плоды. Хочет генерал достать хоть одно яблоко, да все так высоко висят, что надобно лезть. Попробовал полезть — ничего не вышло, только рубашку изорвал. Пришел генерал к ручью, видит: рыба там, словно в садке на Фонтанке, так и кишит и кишит.

«Вот кабы этакой-то рыбки да на Подьяческую!» — подумал генерал и даже в лице изменился от аппетита.

Зашел генерал в лес — а там рябчики свищут, тетерева токуют, зайцы бегают.

— Господи! еды-то! еды-то! — сказал генерал, почувствовав, что его уже начинает тошнить.

Делать нечего, пришлось возвращаться на условленное место с пустыми руками. Приходит, а другой генерал уж дожидается.

— Ну что, ваше превосходительство, промыслили что-нибудь?

— Да вот нашел старый нумер «Московских ведомостей», и больше ничего!

Легли опять спать генералы, да не спится им натощак. То беспокоит их мысль, кто за них будет пенсию получать, то припоминаются виденные днем плоды, рыбы, рябчики, тетерева, зайцы.

— Кто бы мог думать, ваше превосходительство, что человеческая пища в первоначальном виде летает, плавает и на деревьях растет? — сказал один генерал.

— Да, — отвечал другой генерал, — признаться, и я до сих пор думал, что булки в том самом виде родятся, как их утром к кофею подают.

— Стало быть, если, например, кто хочет куропатку съесть, то должен сначала ее изловить, убить, ощипать, изжарить... Только как все это сделать?

— Как все это сделать? — словно эхо повторил другой генерал.

Замолчали и стали стараться заснуть; но голод решительно отгонял сон. Рябчики, индейки, поросята так и мелькали перед глазами, сочные, слегка подрумяненные, с огурцами, пикулями и другим салатом.

— Теперь я бы, кажется, свой собственный сапог съел! — сказал один генерал.

— Хороши тоже перчатки бывают, когда долго ношены! — вздохнул другой генерал.

Вдруг оба генерала взглянули друг на друга: в глазах их светился зловещий огонь, зубы стучали, из груди вылетало глухое рычание. Они начали медленно подползать друг к другу и в одно мгновение ока остервенились. Полетели клочья, раздался визг и оханье; генерал, который был учителем каллиграфии, откусил у своего товарища орден и немедленно проглотил. Но вид текущей крови как будто образумил их.

— С нами крестная сила! — сказали они оба разом. — Ведь этак мы друг друга съедим!

— И как мы попали сюда! кто тот злодей, который над нами такую штуку сыграл!

— Надо, ваше превосходительство, каким-нибудь разговором развлечься, а то у нас тут убийство будет! — проговорил один генерал.

— Начинайте! — отвечал другой генерал.

— Как, например, думаете вы, отчего солнце прежде восходит, а потом заходит, а не наоборот?

— Странный вы человек, ваше превосходительство; но ведь и вы прежде встаете, идете в департамент, там пишете, а потом ложитесь спать?

— Но отчего же не допустить такую перестановку: сперва ложусь спать, вижу различные сновидения, а потом встаю?

— Гм... да... А я, признаться, как служил в департаменте, всегда так думал: вот теперь утро, а потом будет день, а потом подадут ужинать — и спать пора!

Но упоминание об ужине обоих повергло в уныние и пресекло разговор в самом начале.

— Слышал я от одного доктора, что человек может долгое время своими собственными соками питаться, — начал опять один генерал.

— Как так?

— Да так-с. Собственные свои соки будто бы производят другие соки, эти, в свою очередь, еще производят соки, и так далее, покуда, наконец, соки совсем не прекратятся...

— Тогда что ж?

— Тогда надобно пищу какую-нибудь принять...

— Тьфу!

Одним словом, о чем ни начинали генералы разговор, он постоянно сводился на воспоминание об еде, и это еще более раздражало аппетит. Положили: разговоры прекратить и, вспомнив о найденном нумере «Московских ведомостей», жадно принялись читать его.

— «Вчера, — читал взволнованным голосом один генерал, — у почтенного начальника нашей древней столицы был парадный обед. Стол сервирован был на сто персон с роскошью изумительною. Дары всех стран назначили себе как бы рандеву на этом волшебном празднике. Тут была и «шекснинска стерлядь золотая», и питомец лесов кавказских, фазан, и, столь редкая в нашем севере в феврале месяце, земляника...»

— Тьфу ты, господи! да неужто ж, ваше превосходительство, не можете найти другого предмета? — воскликнул в отчаянии другой генерал и, взяв у товарища газету, прочел следующее: — «Из Тулы пишут: вчерашнего числа, по случаю поимки в реке Упе осетра (происшествие, которого не запомнят даже старожилы, тем более что в осетре был опознан частный пристав Б.), был в здешнем клубе фестиваль. Виновника торжества внесли на громадном деревянном блюде, обложенного огурчиками и держащего в пасти кусок зелени. Доктор П., бывший в тот же день дежурным старшиною, заботливо наблюдал, дабы все гости получили по куску. Подливка была самая разнообразная и даже почти прихотливая...»

— Позвольте, ваше превосходительство, и вы, кажется, не слишком осторожны в выборе чтения! — прервал первый генерал и, взяв в свою очередь газету, прочел: — «Из Вятки пишут: один из здешних старожилов изобрел следующий оригинальный способ приготовления ухи: взяв живого налима, предварительно его высечь; когда же от огорчения печень его увеличится...»

Генералы поникли головами. Все, на что бы они ни обратили взоры, — все свидетельствовало об еде. Собственные их мысли злоумышляли против них, ибо как они ни старались отгонять представления о бифштексах, но представления эти пробивали себе путь насильственным образом.

И вдруг генерала, который был учителем каллиграфии, озарило вдохновение...

— А что, ваше превосходительство, — сказал он радостно, — если бы нам найти мужика?

— То есть как же... мужика?

— Ну да, простого мужика... какие обыкновенно бывают мужики! Он бы нам сейчас и булок бы подал, и рябчиков бы наловил, и рыбы!

— Гм... мужика... но где же его взять, этого мужика, когда его нет?

— Как нет мужика — мужик везде есть, стоит только поискать его! Наверное, он где-нибудь спрятался, от работы отлынивает!

Мысль эта до того ободрила генералов, что они вскочили, как встрепанные, и пустились отыскивать мужика.

Долго они бродили по острову без всякого успеха, но наконец острый запах мякинного хлеба и кислой овчины навел их на след. Под деревом, брюхом кверху и подложив под голову кулак, спал громаднейший мужичина и самым нахальным образом уклонялся от работы. Негодованию генералов предела не было:

— Спишь, лежебок! — накинулись они на него. — Небось и ухом не ведешь, что тут два генерала вторые сутки с голода умирают! сейчас марш работать!

Встал мужичина: видит, что генералы строгие. Хотел было дать от них стречка, но они так и закоченели, вцепившись в него.

И зачал он перед ними действовать.

Полез сперва-наперво на дерево и нарвал генералам по десятку самых спелых яблоков, а себе взял одно, кислое.

Потом покопался в земле — и добыл оттуда картофелю; потом взял два куска дерева, потер их друг об дружку — и извлек огонь. Потом из собственных волос сделал силок и поймал рябчика. Наконец развел огонь и напек столько разной провизии, что генералам пришло даже на мысль: не дать ли и тунеядцу частичку?

Смотрели генералы на эти мужицкие старания, и сердца у них весело играли. Они уже забыли, что вчера чуть не умерли с голоду, а думали: вот как оно хорошо быть генералами — нигде не пропадешь!

— Довольны ли вы, господа генералы? — спрашивал между тем мужичина-лежебок.

— Довольны, любезный друг, видим твое усердие! — отвечали генералы.

— Не позволите ли теперь отдохнуть?

— Отдохни, дружок, только свей прежде веревочку. Набрал сейчас мужичина, дикой конопли, размочил в воде, поколотил, помял — и к вечеру веревка была готова. Этою веревкою генералы привязали мужичину к дереву, чтоб не убег, а сами легли спать.

Прошел день, прошел другой; мужичина до того изловчился, что стал даже в пригоршне суп варить. Сделались наши генералы веселые, рыхлые, сытые, белые. Стали говорить, что вот они здесь на всем готовом живут, а в Петербурге между тем пенсии ихние все накапливаются да накапливаются.

— А как вы думаете, ваше превосходительство, в самом ли деле было вавилонское столпотворение, или это только так, одно иносказание? — говорит, бывало, один генерал другому, позавтракавши.

— Думаю, ваше превосходительство, что было в самом деле, потому что иначе как же объяснить, чго на свете существуют разные языки!

— Стало быть, и потоп был?

— И потоп был, потому что в противном случае как же было бы объяснить существование допотопных зверей? Тем более, что в «Московских ведомостях» повествуют...

— А не почитать ли нам «Московских ведомостей»? Сыщут нумер, усядутся под тенью, прочтут от доски до доски, как ели в Москве, ели в Туле, ели в Пензе, ели в Рязани, — и ничего, не тошнит!

Долго ли, коротко ли, однако генералы соскучились. Чаше и чаще стали они припоминать об оставленных ими в Петербурге кухарках и втихомолку даже поплакивали.

— Что-то теперь делается в Подьяческой, ваше превосходительство? — спрашивал один генерал другого.

— И не говорите, ваше превосходительство! все сердце изныло! — отвечал другой генерал.

— Хорошо-то оно хорошо здесь — слова нет! а все, знаете, как-то неловко барашку без ярочки! да и мундира тоже жалко!

— Еще как жалко-то! Особливо как четвертого класса, так на одно шитье посмотреть, голова закружится!

И начали они нудить мужика: представь да представь их в Подьяческую! И что ж! оказалось, что мужик знает даже Подьяческую, что он там был, мед-пиво пил, по усам текло, в рот не попало!

— А ведь мы с Подьяческой генералы! — обрадовались генералы.

— А я, коли видели: висит человек снаружи дома, в ящике на веревке, и стену краской мажет, или по крыше, словно муха, ходит — это он самый я и есть! — отвечал мужик.

И начал мужик на бобах разводить, как бы ему своих генералов порадовать за то, что они его, тунеядца, жаловали и мужицким его трудом не гнушалися! И выстроил он корабль не корабль, а такую посудину, чтоб можно было океан-море переплыть вплоть до самой Подьяческой.

— Ты смотри, однако, каналья, не утопи нас! — сказали генералы, увидев покачивавшуюся на волнах ладью.

— Будьте покойны, господа генералы, не впервой! — отвечал мужик и стал готовиться к отъезду.

Набрал мужик пуху лебяжьего мягкого и устлал им дно лодочки. Уславши, уложил на дно генералов и, перекрестившись, поплыл. Сколько набрались страху генералы во время пути от бурь да от ветров разных, сколько они ругали мужичину за его тунеядство — этого ни пером описать, ни в сказке сказать. А мужик все гребет да гребет да кормит генералов селедками.

Вот наконец и Нева-матушка, вот и Екатерининский славный канал, вот и Большая Подьяческая! Всплеснули кухарки руками, увидевши, какие у них генералы стали сытые, белые да веселые! Напились генералы кофею, наелись сдобных булок и надели мундиры. Поехали они в казначейство, и сколько тут денег загребли — того ни в сказке сказать, ни пером описать!

 Однако и об мужике не забыли; выслали ему рюмку водки да пятак серебра: веселись, мужичина!

Тени (Фантазия)

I

Это было месяц и два дня спустя после того, как, при громких криках афинского народа, судьи постановили смертный приговор философу Сократу за то, что он разрушал веру в богов. Он был для Афин то же, что овод для коня. Овод жалит коня, чтоб он не заснул и бодро шел своею дорогой. Философ говорил афинскому народу:

«Я твой овод, я больно жалю твою совесть, чтобы ты не заснул. Не спи, не спи, бодрствуй, ищи правду, афинский народ!»

И народ, в припадке жестокой досады, пожелал избавиться от своего овода. «Быть может, доносчики Мелит и Анит оба не правы, — говорили граждане, расходясь с площади после приговора. — Но что же это, наконец, такое, и куда он идет? Он плодит недоумения, он разрушает мнения, твердо установленные веками, он говорит о новых добродетелях, которые надо познавать и разыскивать, он говорит о божестве, которое нам еще неведомо. Дерзкий, он считает себя умнее богов!.. Нет, спокойнее нам вернуться к старым, хорошо знакомым божествам. Пусть они не всегда справедливы, пусть распаляются порой неправедным гневом, а другой раз и нечестивою похотью даже к женам смертных. Но не с ними ли жили наши предки в спокойствии души, не с их ли помощью совершали славные подвиги? А теперь образы олимпийцев померкли, и старая добродетель расшатана. Что же будет дальше, и не должно ли одним ударом положить конец нечестивой мудрости?»

Так говорили друг другу афинские граждане, расходясь с площади под покровом синего вечера. Они решили убить беспокойного овода, в надежде, что после этого лица богов опять просветлеют. Правда, в умах граждан порой вставал кроткий образ чудака-философа; порой они вспоминали, как мужественно делил он с ними при Потидее труды и опасности; как он один защищал их самих от позора несправедливой казни военачальников после аргинузской победы; как один он против тиранов, убивших полторы тысячи граждан, осмелился возвысить голос, спрашивая на площадях о пастырях и овцах. «Не тот ли пастырь, — говорил он, может назваться добрым, который приумножает и бережет свое стадо? Или, напротив, добрые пастыри призваны уменьшать количество овец и разгонять их, а добрые правители — делать то же с гражданами? Исследуем, афиняне, этот вопрос!» И от вопроса одинокого, безоружного философа лица тиранов бледнели, а глаза юношей загорались огнем негодования и честного гнева...

Когда афиняне, расходясь с площади после приговора, вспоминали все это, тогда их сердца сжимало смутное сомнение: «Уж не совершили ли мы над сыном Софрониска жестокую неправду?» Но тогда добрые афиняне смотрели в гавань и на море. При свете угасавшей зари на синем понте еще мелькали вдали пурпуровые паруса острогрудого корабля делосских празднеств. Корабль ушел из гавани в этот день и вернется лишь через месяц, а до тех пор в Афинах не может пролиться кровь ни виновного, ни невинного. В месяце же много дней, а часов еще больше. Кто помешает сыну Софрониска, если уж он осужден невинно, убежать из тюрьмы, а многочисленные друзья наверное даже помогут? Разве так трудно богатому Платону, Эсхину и другим подкупить тюремную стражу? Тогда беспокойный овод улетит из Афин к фессалийским варварам или в Пелопоннес, или еще дальше, в Египет... Афины не услышат более его назойливых речей, а на совести добрых граждан не будет этой смерти.

И все, таким образом, обойдется ко всеобщему благополучию...

Так многие рассуждали про себя в этот вечер, восхваляя мудрость демоса и гелиастов, а втайне питая надежду, что беспокойный философ уберется из Афин, убежит от цикуты к варварам, освобождая сограждан в одно время и от себя, и от угрызений совести за невинную смерть.

Тридцать два раза с тех пор солнце выходило из-за океана и опять погружалось в него, а до того дня, когда афиняне решили воздвигнуть Сократу памятник, — осталось тридцатью двумя днями меньше. Корабль из Делоса вернулся и, точно стыдясь за родной город, стоял в гавани с печально упавшими парусами. На небе не было луны, море колыхалось под тяжелым туманом, и огни на холмах мерцали сквозь мглу, точно прижмуренные очи людей, одержимых стыдом.

Упрямый Сократ не пожалел совести добрых афинян. «Простимся! Вы идите к своим очагам, а я пойду умирать, — сказал он судьям после приговора. — Не знаю, друзья, кто из нас выбирает себе лучший жребий». Когда срок возвращения корабля стал приближаться, многие из сограждан почувствовали беспокойство. Неужели же этот упрямец в самом деле умрет? И они принялись стыдить Эсхина, Федона и других учеников и друзей Сократа, подстрекая их усердие. «Неужто, говорили они с едкой укоризной, — вы допустите, чтоб ваш учитель умер? Или вам жаль несколько мин на подкуп сторожей?» Напрасно Критон упрашивал Сократа согласиться на побег и горько жаловался, что общая молва упрекает их в недостатке дружбы и в скупости, — упрямый философ не пожелал сделать удовольствие ни своим ученикам, ни доброму афинскому народу. «Исследуем этот вопрос, — говорил он. — Если окажется, что мне надо бежать, — я убегу; а если нужно умереть, то умру. Припомним: не говорили ли мы раньше, что не смерть должна страшить разумного человека, а неправда? Справедливо ли соблюдать нами же установленные законы, пока они нам лично приятны, а неприятные нарушать? Кажется, память мне не изменила: ведь мы действительно что-то говорили об этих предметах?»

— Да, говорили, — ответил ученик.

— И кажется, все были в этом вопросе согласны?

— Да.

— Но, может быть, правда есть правда для других, а не для нас?

— Нет, правда одинакова для всех, и для нас тоже.

— Но, может быть, когда нам, а не другим приходится умирать, то и правда превращается в. неправду?

— Нет, Сократ, правда остается правдой при всех обстоятельствах.

Когда таким образом ученик последовательно согласился со всеми посылками Сократа, философ, улыбаясь, перешел к умозаключению:

— Но если так, друг мой, то не следует ли, пожалуй, мне умереть? Или уж моя голова так ослабела, что я не в состоянии сделать верного заключения?.. Тогда поправь меня, добрый друг, и укажи правильный путь моей заблудившейся мысли.

Ученик закрыл лицо плащом и отвернулся.

— Да, — сказал он, — я вижу теперь, что ты непременно умрешь…

И в этот темный вечер, когда море металось и глухо шумело под туманом, а изменчивый ветер шевелил паруса кораблей с тихим и грустным недоумением; когда на улицах Афин граждане, встречаясь, спрашивали друг друга:

«Он умер?» — и голоса их звучали робкою надеждой, что это неправда; когда первое дыхание проснувшейся совести, как первый предвестник бури, уже шевельнуло сердце афинского народа и даже, казалось, лица домашних богов устыдились и потемнели, — в этот вечер, с закатом солнца, упрямец выпил чашу смерти…

Ветер крепчал, сильнее закутывая город пеленой морских туманов, и начинал с яростью трепать паруса, запоздавшие в гавань. И Эриннии заводили свои мрачные песни в сердцах граждан, возбуждая в них грозу, от которой впоследствии погибли обвинители Сократа… Но в тот час эти первые порывы раскаяния метались еще смутно и неясно. Граждане еще более сердились на Сократа, зачем он не доставил им облегчения своим побегом в Фессалию; злились на учеников его, которые ходили в последние дни печальные, мрачные, как живые упреки; злились на судей, у которых не. было ни благоразумия, ни мужества, чтобы воспротивиться слепой ярости возбужденного народа; злились на самых богов. «Вам, боги, принесли мы эту жертву, — говорили многие, — радуйтесь, ненасытные!»

«Не знаю, кто из нас берет лучший жребий!» — вспоминались слова Сократа, последние слова его к судьям и к народу, собранному на площади. Теперь он лежал в своей тюрьме, под плащом, спокойный и неподвижный, а над городом нависли печаль, недоумение, стыд… Он опять стал мучителем города, сам уже недоступный мучению… Овод был убит, но мертвый он жалил свой народ еще больнее… Не спи, не спи эту ночь, афинский народ! Не спи, — ты совершил жестокую, неизгладимую неправду!

II

В эти печальные дни из учеников Сократа воин Ксенофонт находился в далеком походе с десятью тысячами, пробивая себе среди опасностей путь к милой родине. Эсхин, Критом, Критовул, Федон и Аполлодор были заняты приготовлением скромных похорон, а у Платона горела вечерняя лампа, и лучший из учеников философа записывал на пергаменте его дела, слова и поучения, которыми завершилась жизнь мудреца. Ибо, как говорит великий поэт,

Листьям в дубраве подобны сыны человеков:
Ветер одни по земле расстилает, другие — дубрава,
Вновь расцветая, рождает, и с новой весной возрастают...
Так человеки: одни нарождаются, те погибают.

Однако мысль не гибнет, и истина, достигнутая великим умом, как факел в темноте, освещает пути следующих поколений.

Был и еще ученик Сократа. Пылкий Ктезипп еще недавно считался самым веселым и самым беспечным из афинских юношей; он боготворил только красоту и преклонялся перед Клиниасом, как совершеннейшим ее воплощением. Но с некоторых пор, и именно с того времени, как познакомился с Сократом, он потерял и веселье, и беспечность, а в толпе Клиниасовых друзей его заменили другие, и он смотрел на это равнодушно. Стройность мысли и гармония духа, которые он встретил у Сократа, казались ему теперь во сто крат более привлекательными, чем стройность стана и гармония в чертах Клиниаса. Всеми силами своей пылкой души он привязался к тому, кто нарушил девственное спокойствие его собственной души, раскрывшейся навстречу первым сомнениям, как почки молодого дуба раскрываются навстречу свежему весеннему ветру.

Теперь, в эти горькие минуты, он нигде не мог найти успокоения, — ни у домашнего очага, ни на улицах притихшего города, ни в обществе единомышленных друзей. Боги очага, домашние и народные боги стали ему противны: «Я не знаю, говорил он, — лучшие ли вы из тех, кому бесчисленные поколения народов сжигают благовония и приносят жертвы. Но знаю, что в угоду вам слепая толпа погасила яркий светильник истины и принесла в жертву лучшего из смертных!»

Улицы и площади, казалось Ктезиппу, еще оглашаются криками неправедного суда. Здесь некогда Сократ один воспротивился бесчеловечному приговору судей и слепой ярости черни, требовавшей смерти аргинузским вождям.

Теперь не нашлось никого, кто бы сумел защитить его с такою же силой. В этом Ктезипп винил и себя, и товарищей, и вот отчего ему хотелось в этот вечер избавиться от присутствия всех людей и даже, если возможно, от себя самого.

Он пошел к морю. Но здесь его тоска стала еще тяжелее. Казалось, под покровами из тумана опечаленные дочери Нерея метались и бились о берег, оплакивая лучшего из афинян и самый город, ослепленный безумием. Волны летели одна за другой, волны плескались о каменные скалы с непрерывным жалобным рокотом, который раздавался в ушах Ктезиппа, как траурное, намогильное пение.

Тогда он отвернулся и пошел от берега все прямо, не глядя перед собой и не заботясь даже о дороге. Мрачная скорбь затемнила его сознание и нависла над ним, как темная туча. Он забыл о времени, о пространстве, о собственном существовании и весь полон был одною гнетущею мыслью о Сократе... «Вчера он был, вчера еще раздавались его кроткие речи. Как может быть, что его нет сегодня? О ночь, о вы, великаны горы, окутанные туманными нимбами, ты, рокочущее море, обладающее собственным движением, вы, неспокойные ветры, несущие на крыльях дыхание необъятного мира, ты, звездный свод, покрытый летучими облаками, ты, тихо сверкающая зарница, раздвигающая их молчаливые гряды, — возьмите меня к себе, откройте мне тайну этой смерти, если вы ее знаете! А если не знаете, дайте моему неведению ваше бесстрастие. Возьмите у меня эти мучительные вопросы, — я не в силах более носить их в груди без ответа и без надежды на ответ... А кто же ответит, если уста Сократа смежило вечное молчание, а на его взоры налегла вечная тьма?»

Так говорил Ктезипп, обращаясь к морю, к горам и мракам ночи, которая между тем, как всегда, совершала над спящим миром свой незримый, неудержимый полет. Прошло много часов, прежде чем Ктезипп вздумал оглянуться, куда привели его шаги, не управляемые сознанием. Когда же он оглянулся, то темный ужас охватил его душу.

III

Казалось, неведомые божества вечной ночи услышали дерзкую молитву. Ктезипп глядел и не узнавал места, где он находился. Огни города давно угасли в темноте, рокот моря смолк в отдалении, и теперь самое воспоминание о нем стихало в оробевшей душе. Ни один звук: ни осторожный крик ночной птицы, ни свист ее крыла, ни шорох листьев, ни журчание никогда не засыпающих горных ручьев, — ничто не нарушало глубокого молчания... И только синие блуждающие огни тихо снимались и переносились с места на место по утесам, да молчаливые зарницы вспыхивали и угасали в туманах над вершинами, усиливая мрак своими короткими вспышками и мертвым светом открывая мертвые очертания пустыни, по которой черные расселины вились, как змеи, и скалы громоздились в диком, хаотическом беспорядке.

Казалось, все веселые боги, живущие в зеленых дубравах, в звенящих ручьях и в горных лощинах, навсегда бежали из этой пустыни; только один великий таинственный Пан притаился где-то близко в хаосе природы и зорко, насмешливым взглядом следит за ним, ничтожным муравьем, еще так недавно дерзко взывавшим к тайне мира и смерти. И слепой, не рассуждающий ужас уже разливался в душе Ктезиппа, как море заливает во время шумного прилива прибрежные скалы.

Был ли это сон, была ли это действительность, было ли это откровение неведомого божества, но только Ктезипп чувствовал, что еще одна минута — и грань жизни будет перейдена, и душа его растворится в этом океане беспредельного, бесформенного ужаса, как дождевая капля в волне седого океана в темную и бурную ночь. Но в эту минуту он услышал вдруг голоса, показавшиеся ему знакомыми, и глаза его различили при свете зарницы человеческие формы.

IV

Человек сидел на одном из каменных выступов в позе глубокого отчаяния и с плащом, накинутым на низко опущенную голову. Другой тихими шагами приближался к нему, поднимаясь с осторожностью и исследуя каждую пядь дороги. Сидевший открыл лицо и воскликнул:

— Тебя ли я видел сейчас, добрый Сократ? Ты ли идешь мимо меня в этом безрадостном, месте, где я сижу уже много часов, не зная смены дня и ночи, напрасно дожидаясь рассвета?

— Да, это я, друг! А в тебе не узнаю ли я Елпидия, умершего

за три дня передо мной?

— Да, я — Елпидий, богатейший из афинских кожевников, а ныне несчастнейший из всех рабов. Теперь только понимаю я справедливость слов, сказанных поэтом: лучше быть последним рабом на земле, чем властителем во мраке аида.

— Друг! Но если так тяжело тебе в этом месте, почему не идешь ты в другое?

— О Сократ! я удивляюсь тебе: как можешь ты идти в этом безрадостном мраке? Я же... в глубокой тоске сижу здесь и оплакиваю радости слишком скоро промелькнувшей жизни.

— Друг Елпидий, я, как и ты, очутился в этой тьме, когда в глазах моих угас свет земной жизни. Но внутренний голос сказал мне: «Сократ, иди в новый путь, не теряя времени», — и я пошел.

— Но куда же пошел ты, сын Софрониска? Здесь нет ни дороги, ни герма, ни колеи, ни даже луча света. Только хаос камней, мрака и туманов.

— Это правда. Но, друг Елпидий, убедившись в этой печальной истине, не спросишь ли ты себя: что наиболее угнетает твою душу?

— Без сомненья, эта ужасная тьма.

— Итак, надо искать света. Должно быть великий закон состоит в том, чтобы смертные сами искали во мраке пути к источнику света. Не думаешь ли ты, что это лучше, чем сидеть на месте? Я думаю именно так и потому иду. Прощай!

— О нет, добрый Сократ, не покидай меня. Ты довольно твердо ступаешь по этому адскому бездорожью. Дай мне полу твоего плаща...

— Если ты полагаешь, что и тебе это будет лучше, иди за мной, друг Елпидий.

И две тени пошли дальше, а душа Ктезиппа, исторгнутая сном из тленной оболочки, понеслась им вслед, жадно внимая звукам ясной Сократовой речи...

— Ты здесь, добрый Сократ, — послышался опять голос афинянина Елпидия. — Что же ты смолк? Разговор сокращает путь, и, клянусь Гераклом, никогда не случалось мне идти такою ужасною дорогой.

— Спрашивай, друг Елпидий. Вопрос любознательного человека вызывает ответы и родит собеседование.

Елпидий помолчал и потом спросил, собравшись с мыслями:

— Вот что. Расскажи мне, мой бедный Сократ, хорошо ли по

крайней мере тебя похоронили?

— Признаюсь тебе, друг Елпидий, я не могу удовлетворить твое любопытство.

— Понимаю тебя, бедный Сократ, — тебе нечем похвастать. Вот я — другое дело! Ах, как меня хоронили, как превосходно хоронили меня, мой бедный товарищ! Я и теперь с великим удовольствием вспоминаю об этих лучших минутах... после моей смерти! Прежде всего меня обмыли и умаслили дорогими благовониями. Потом верная моя Ларисса надела на меня лучшие ткани. Искуснейшие плакальщицы в городе рвали на себе волосы, так как им обещали очень хорошую плату. В семейную усыпальницу со мной поставили одну амфору, одну кратеру с превосходно украшенными бронзовыми ручками, один фиал, затем...

— Постой, друг Елпидий. Я уверен, что верная Ларисса разменяла свою любовь на несколько мин...
Однако...

— Ровно десять мин и четыре драхмы, не считая напитков, которые выпиты гостями. Редкий, я думаю, даже из богатейших кожевников может похвалиться перед душами предков таким вниманием со стороны живущих.

— Друг Елпидий, не думаешь ли ты, что это золото принесло бы больше пользы оставшимся в Афинах беднякам, чем тебе в настоящую минуту?

— Это ты говоришь, признайся, из зависти, — возразил Елпидий с горечью. — Мне жаль тебя, несчастный Сократ, хотя, между нами сказать, ты действительно заслужил свою участь... Не раз в кругу своей семьи я сам говаривал, что давно бы пора прекратить рассеиваемое тобою нечестие, ибо...

— Постой, друг. Кажется, ты имел в виду какое-то заключение, и я боюсь, что ты свернул с прямого пути. Скажи, добрый человек, куда клонится твоя нетвердая мысль?

— Я хотел сказать, что, по своей доброте, я все-таки тебя жалею. Месяц назад я и сам немало кричал в собрании, но поистине никто из нас, кричавших, не желал для тебя такой крупной неприятности. Теперь тем более, поверь, мне жаль тебя, несчастный философ!..

— Благодарю тебя. Однако, товарищ, скажи: в глазах твоих светло?

— О нет, передо мной такая тьма, что я спрашиваю себя: не это ли туманные области Орка?

98

— Значит, для тебя путь этот так же темен, как и для меня.

— Это верно.

— Если не ошибаюсь, ты даже держишься за полу моего плаща?

— И это правда.

— Но тогда мы оба в одинаковом положении… Ты видишь, предки не спешат насладиться рассказом о твоем похоронном, торжестве, а боги, за которых ты на меня так сердился, думают о тебе так же мало, как и обо мне. Где же разница между нами, мой добрый товарищ?

— Но, Сократ, неужели боги помрачили твой рассудок настолько, что тебе не ясна эта разница?

— Друг, если тебе твое положение яснее, тогда дай мне руку и веди меня, ибо, клянусь собакой [Обычная клятва Сократа], ты предоставляешь именно мне идти вперед в этой тьме…

— Оставь шутки, Сократ! Оставь твои шутки и не равняй себя (потому что ведь ты безбожник) с человеком, умершим на своей собственной постели…

— А, кажется, я начинаю понимать тебя… Скажи мне, однако, Елпидий: надеешься ли ты, что будешь пользоваться твоею постелью еще когда-либо?

— Увы! не думаю.

— И было такое время, когда ты не спал на ней?

— Было… до того самого дня, когда я купил ее у Агезилая за половинную цену. Вот видишь ли… Этот Агезилай, хоть и порядочный мошенник…

— Оставим Агезилая. Быть может, он торгует ее теперь у твоей вдовы за четверть цены. Не прав ли я, однако, когда говорю, что эта постель находилась лишь во временном твоем владении?

— Согласен.

— Но ведь и та постель, на которой я умер, тоже находилась в моем временном владении. Ее дал мне на время добрый Протис, тюремный сторож.

— А! если б я знал, к чему ты склоняешь речь, я не стал бы отвечать на твои коварные вопросы. Ну, слыхано ли, о Геракл, подобное нечестие: он равняет себя со мною! Но ведь я мог бы уничтожить тебя, если на то пошло, двумя словами…

— Произноси их, Елпидий, произноси без страха. Едва ли можно уничтожить меня словами больше, чем это сделала цикута…

— Ну вот! Это-то я и хотел сказать. Несчастный, ты умер по приговору суда, от цикуты!

— Друг! Я это знал с самого дня смерти и даже значительно ранее. А ты, о счастливый Елпидий, скажи мне, отчего ты умер?

— О, я совсем другое дело! У меня, видишь ли, сделалась водянка в животе. Был позван дорогой врач из Коринфа, который взялся вылечить меня за две мины и половину получил в задаток... Боюсь, что, по неопытности в этих делах, Ларисса, пожалуй, отдаст ему и другую половину...

— Судя по тому, что я вижу, врач из Коринфа не сдержал своего обещания?

— Это правда.

— И ты умер именно от водянки?

— Ах, Сократ, поверишь ли: она принималась душить меня три раза, пока не залила, наконец, огонь моей жизни!..

— Скажи же мне: смерть от водянки доставила тебе большое наслаждение?

— О, злой Сократ, не смейся надо мной! Говорю же тебе: она принималась душить меня три раза... Я кричал, как бык под ножом мясника, и молил Парку поскорее перерезать нить, связывающую меня с жизнью...

— Это меня не удивляет. Но тогда, добрый Елпидий, откуда ты заключаешь, что водянка сделала свое дело лучше, чем цикута, которая покончила со мной в один раз?

— Вижу, что опять попался в твою западню, лукавый нечестивец! Не стану больше гневить богов, разговаривая с тобою, нарушителем священных обычаев.

И оба замолчали, и было тихо. Но, спустя немного, Елпидий заговорил первый:

— Что же ты смолк, добрый Сократ?

— Друг, не ты ли сам настойчиво просил об этом?

— Я не горд и умею относиться снисходительно к людям хуже меня. Оставим ссору!

— Я не ссорился с тобою, друг Елпидий, и, поверь, не хотел сказать тебе ничего неприятного. Я привык только познавать вещи посредством сравнения. Мне неясно мое положение. Свое ты считаешь лучшим, и я был бы рад узнать — почему. В свою очередь и тебе, быть может, не лишне было бы узнать истину, какова бы она ни была.

— Ну-ну, оставим это!.. Скажи, ты не боишься?

— Не думаю, чтобы чувство, которое я теперь испытываю, следовало назвать страхом. — А я чувствую именно страх, хотя, сказать по правде, у меня меньше поводов к ссоре с богами, чем у тебя. Не кажется ли тебе, однако, что, оставляя нас здесь, на волю хаоса и собственных усилий, боги обманули наши ожидания?

— Это зависит от того, каковы были ожидания... Чего же ты ждал от богов, друг Елпидий?

— Чего ждал, чего ждал!.. Странные вопросы предлагаешь ты, Сократ!.. Если человек приносит в течение своей жизни жертвы, умирает в благочестии своею смертию, если его хоронят со всеми обрядами, то можно бы, кажется, послать кого-нибудь ему навстречу... Если уж Гермес занят чем-нибудь более важным, — то хоть какого-нибудь из незначительных богов, для указания пути... Правда, совесть указывает мне на одно обстоятельство... Видишь ли: много раз обещал я Гермесу тельцов, прося удачи в торговле кожами, и...

— Удачи тебе не было?

— Удача была, добрый Сократ, но...

— Понимаю, — не оказалось теленка.

— Ах, Сократ, ну, могло ли не быть какого-нибудь теленка у богатого кожевника?

— Теперь я понимаю: была и удача, и теленок, но ты оставлял их себе, Герму же не досталось ничего.

— Ты умный человек, я это говорил много раз... Увы, свои обеты я исполнял не более трех раз из десяти и с другими богами поступал не лучше, чем с Гермесом. Если и с тобой, как я думаю, случалось что-либо подобное, то не в этом ли причина, что мы теперь оставлены оба?.. Правда, я приказал Лариссе принести после моей смерти целую гекатомбу...

— Но ведь это уже Ларисса, друг Елпидий, а обещание дано тобою.

— Это правда, это правда... Ну, а ты, добрый Сократ? Неужели ты, безбожник, поступал в отношении богов лучше меня, богобоязненного кожевника?

— Друг! не знаю, лучше ли я поступал или хуже. Прежде я приносил жертвы, не давая обетов, а в последние годы я не давал ни тельцов, ни обещаний...

— Как, несчастный, ни одного теленка?

— Да, друг, если бы Герму пришлось питаться одними моими приношениями, боюсь, он бы сильно отощал...

— Понимаю! Ты не занимался торговлей скотом и приносил ему от предметов другого промысла. Может быть, мину, другую из платы твоих учеников?

— Друг, ты знаешь, что я не брал платы с учеников, а промысла едва хватало на собственное прокормление. Если бы боги рассчитывали на остатки от моей суровой трапезы, они сильно обманулись бы в расчетах.

— О нечестивец! Перед тобой и я могу похвалиться святостью. Посмотрите, боги, на этого человека! Правда, я иногда обманывал вас, но порой все-таки делился с вами излишками удачной торговли. Дает много дающий что-нибудь в сравнении с нечестивцем, который не дает ничего! Знаешь что: ступай себе один. Боюсь, как бы общество подобного тебе безбожника не повредило мне во мнении богов.

— Как хочешь, добрый Елпидий. Клянусь собакой, никто не должен насильно навязывать свое общество другим. Отпусти полу моего плаща и прощай. Я пойду один.

И Сократ пошел вперед, все так же твердо, хотя и исследуя на каждом шагу почву. Но Елпидий тотчас же закричал ему вслед:

— Погоди, погоди, мой добрый согражданин, и не оставляй афинянина одного в таком ужасном месте! Я только пошутил, прими мои слова в шутку и перестань торопиться. Я удивляюсь, как можешь ты видеть что-нибудь в такой кромешной тьме.

— Друг, я приучил свои глаза.

— Это хорошо. Однако я не могу похвалить тебя за то, что ты не приносил жертвы богам. Нет, не могу, бедный Сократ, не могу! Наверное, почтенный Софролиск не тому учил тебя смолоду, и ты сам, я видел это, прежде участвовал в молениях.

— Да. Но я привык исследовать разные основания и принимать только те, которые, после исследования, оказывались разумными... Итак, пришел день, в который я сказал себе: Сократ, вот ты поклоняешься олимпийцам. За что же именно ты им поклоняешься?

Елпидий засмеялся.

— Вот это так! Право, вы, философы, не находите порой ответов на самые простые вопросы. А вот я, простой кожевник, никогда в жизни не занимавшийся софистикой... и, однако, я знаю, почему следует почитать олимпийцев.

— Скажи же, друг, поскорее, пусть и я узнаю от тебя — почему?

— Почему? Ха-ха-ха! Но ведь это так просто, мудрый Сократ.

— Чем проще, тем лучше. Но только не скрывай от меня твоего знания. Итак, почему следует чтить богов?

— Почему?.. Да ведь все делают это...

— Друг! ты знаешь хорошо, что не все. Не вернее ли сказать: многие?

— Ну, пусть многие...

— Но скажи мне, не большее ли количество людей делают зло, чем добро?

— Думаю, что это правда: зло встречается чаще.

— Итак, надлежит делать зло, а не добро, следуя за большинством?

— Что ты говоришь?

— Не я, ты сам говоришь это, я же думаю, что множество преклоняющихся перед олимпийцами не есть еще основание, и нам нужно поискать другого, более разумного. Быть может, ты находишь их заслуживающими уважения?

— Это вот верно.

— Хорошо. Но тогда новый вопрос: за что же именно ты уважаешь их?

— За их величие, это ясно.

— Пожалуй... И я, может быть, скоро соглашусь с тобой. Мне остается только узнать от тебя, в чем состоит величие... Ты затрудняешься? Поищем же ответа вместе. Гомер говорит, что буйный Арей, ниспровергнутый камнем Паллады-Афины, покрыл своим телом семь десятин.

— Вот видишь, какое огромное пространство!

— Итак, в этом величие?.. Но, друг, вот опять недоумение. Не помнишь ли атлета Диофанта? Он выделялся целою головой из толпы, а Перикл был не выше тебя. Кого, однако, мы называем великим, Перикла или Диофанта?

— Я вижу, что величие действительно не в громадности.

— Да, величие — не громадность, это правда. Я рад, что мы кое в чем уже с тобой согласились. Быть может, оно в добродетели?

— Конечно!

— Я опять думаю то же. Теперь скажи, кто же перед кем должен преклониться: меньший ли перед большим или, наоборот, более великий в добродетели должен преклониться перед порочным?

— Ответ ясен.

— Думаю. Теперь пойдем дальше: скажи мне по совести, убивал ли ты стрелами чужих детей?

— Конечно, никогда! Неужели ты думаешь обо мне так дурно? Я не разбойник.

— И не соблазнял, надеюсь, чужих жен?

— Я был честный кожевник и хороший семьянин!.. Не забывай этого, Сократ, прошу тебя!

— Значит, ты не обращался в скота и своею похотливостью не давал верной Лариссе поводов мстить соблазненным тобою женщинам и ни в чем не повинным детям?

— Право, ты меня сердишь, Сократ.

— Но, быть может, ты отнял наследство у родного отца и заключил его в темницу?

— Никогда!.. Но к чему эти обидные вопросы?

— Погоди, друг. Может быть, мы как-нибудь и придем вместе к какому-либо заключению... Скажи, считал ли бы ты великим человека, который сделал все, что я сейчас перечислил?

— Ну, нет, нет! Я назвал бы такого человек негодяем и обвинил бы его публично перед судьями на площади.

— Ну, Елпидий, почему же ты не обвинял на площади Зевса и олимпийцев? Кронид воевал с родным отцом и распалялся скотскою похотью к смертным, а Гера мстила невинным девам, потерпевшим насилие от ее супруга... Не они ли вдвоем обратили несчастную дочь Инаха в жалкую корову? Не Аполлон ли убил стрелами всех детей Ниобеи, а Калленой не воровал ли быков?.. Итак, Елпидий, если правда, что менее добродетельный должен оказывать почтение большему в добродетели, то ведь не ты олимпийцам, а они тебе должны воздвигать алтари.

— Не богохульствуй, нечестивый Сократ, перестань! Тебе ли судить богов?

— Друг, их осудило нечто высшее. Исследуем вопрос: какой признак божества? Ты, кажется, сказал: величие, состоящее в добродетели. Не это ли же самое-единственная божественная искра в человеке? Но если ничтожною человеческою добродетелью мы измерили величие богов и мерило оказалось больше измеряемого, то отсюда следует, что само божественное начало осудило олимпийцев. Но тогда...

— Что тогда?

— Тогда, добрый Елпидий, они — не боги, а обманчивые призраки. Не так ли?

— Вот к чему приводит разговор с вами, босоногие философы! Я вижу теперь, что о тебе говорили правду: ты и видом, и всем другим походишь на рыбу-торпиль, которая своим взглядом околдовывает человека. Так же околдовал ты меня лишь затем, чтобы породить в душе моей, твердой в вере, недоумение и колебание. Вот уже в моем уме пошатнулось уважение к Зевесу... Ну, нет, говори же теперь один, — я не стану отвечать!

— Не сердись, Елпидий, я не желаю тебе зла. Если же ты устал следить за правильностью умозаключений, то позволь рассказать тебе притчу об одном милетском юноше. Ум отдыхает на притчах, а между тем и отдых бывает не бесплоден.

— Говори, если твой рассказ не очень длинен и имеет в виду хорошее нравоучение.

— Он имеет в виду истину, друг Елпидий, и я постараюсь его сократить:

Видишь ли. Когда-то, в древние времена, Милет подвергся нападению варваров. В числе юношей, уведенных в плен, был один отрок, сын мудрейшего и лучшего из всех граждан страны. Дорогой ребенок впал в сильную болезнь и был брошен в беспамятстве, как негодная добыча.

Глубокою ночью пришел он опять в себя. Высоко над ним мигали звезды, кругом расстилалась пустыня, а вдали раздавались хищные крики зверей. Он был один...

Он был совершенно один, и, кроме того, боги отняли у него память всех событий его предыдущей жизни. Тщетно он напрягал свой ум, — в нем было так же темно и пусто. как в этой неприветливой пустыне. И только где-то, за далью туманных и неясных образов, стояла мечта об оставленной родине. В этой светлой стране чудился ему образ лучшего из всех людей, и тогда в сердце звучало слово: «Отец!..» Не находишь ли ты, что судьба этого юноши напоминает судьбу всего человечества?

— Как это?

— Не так же ли мы просыпаемся к жизни на этой земле со смутным воспоминанием о другой родине?.. И не мелькает ли у нас в душе великий образ неведомого?..

— Продолжай, Сократ. Это, кажется, поучительно. Я слушаю.

— Ободренный юноша поднялся на ноги и пошел нетвердыми шагами, избегая опасностей. После долгого пути, когда, казалось, последние силы готовы были изменить ему, он увидел в туманной дали огонь, который освещал тьму и разгонял холод. В усталую душу вступила тогда кроткая надежда. Воспоминания об отчем крове ожили, и юноша пошел на огонь с криком: «Это ты, это ты, отец мой!»

— Это и был дом отца?

— Нет, это была стоянка диких кочевников… Много лет после того он вел жалкую жизнь пленного раба, мечтая о далекой родине, об отдыхе на родной груди отца. Порой нетвердая рука его пыталась вызвать неясный образ из мертвой глины, дерева или камня. Бывали даже минуты, когда, усталый, он обнимал собственное произведение, поклонялся ему и орошал его слезами. Однако камень оставался холодным камнем, и, вырастая, юноша разбивал свои изделия, которые казались ему уже жалким оскорблением его заветной мечты. Наконец судьба привела скитальца к доброму варвару, который спросил его о причине его всегдашней грусти. Когда юноша доверил ему тоску и надежды своей души, варвар, человек мудрый, сказал:

— Мир был бы лучше, если бы в нем была такая страна и тот, о котором ты говоришь. Но по какому же признаку узнаешь ты отца своего?

— В моей стране, — ответил юноша, — чтили мудрость и добродетель, а отца моего все признавали учителем.

— Хорошо, — ответил варвар. — Надо думать, что и в тебе есть зерно его учения. Итак, возьми же посох и иди рано в путь. Ищи совершенной мудрости и правды, и если найдешь их, сложи свой посох, — это будет твоя родина и твой отец…

И юноша рано на заре пустился в дорогу…

— Он нашел, кого искал?

— Он ищет его до сих пор. Он узнал много стран, много городов, много людей. Он изучил земные пути, переплыл бурные моря, исследовал тропы светил, указующих пути в безбрежных пустынях. И всякий раз, когда в трудном пути, в темноте ночи, глазам его являлся приветный огонь, сердце его билось сильнее, и в душе вставала надежда. «Это приют в доме отца моего!» Когда же радушный хозяин предлагал истомленному страннику привет, благословение и отдых у своего очага, то растроганный юноша припадал к его ногам и говорил: «Благодарю тебя, отец мой! Не узнаешь ли ты своего пропавшего сына?»

И многие готовы были усыновить его, потому что в те времена похищения детей были часты… Но после первых восторгов юноша начинал замечать в воображаемом отце следы несовершенства, а иногда и пороков. Тогда он начинал исследовать и искушать, приставая к нему со своими вопросами о правде и неправде… И его скоро прогоняли из-под гостеприимного крова на труд и холод нового пути. Не один раз говорил он себе: «Останусь у этого последнего очага, сохраню эту последнюю веру. Пусть будут они мне вместо отеческого крова…»

— Знаешь что: это, пожалуй, было бы всего благоразумнее, Сократ.

— Порой он думал, как и ты. Но привычка к исследованию и смутная мечта о родном отце не давали ему покоя. И опять отряхал он прах от своих ног, и опять брал страннический посох, и не всегда бурная ночь заставала его под кровлей… Не находишь ли ты, что судьба юноши опять напоминает судьбу человеческого рода?

— Почему?

— Не так же ли род людской заменяет детскую веру испытанием и сомнением? Не так же ли творит он сам образ неведомого из дерева, камня, из обряда и предания, из вдохновенной песни поэта и из догадок мудреца?..

И потом находит этот образ несовершенным и разбивает его, чтобы опять удалиться в пустыню сомнений… И все для того, чтобы искать лучшей веры, все выше и выше… И не суждено ли роду земному искать, все возвышаясь бесконечно, потому что и неведомый есть бесконечность!..

— О, лукавый мудрец, о, рыба-торпиль! Я понимаю теперь, к чему ведет твоя притча!.. Ну, так я скажу тебе прямо: пусть только мелькнет свет в этой тьме, и ты увидишь, стану ли я искушать хозяина ненужными вопросами и сомнениями?

— Друг, свет уже мелькает, — ответил Сократ.

V

Казалось, слова философа должны были оправдаться. Где-то высоко, за дымною пеленой, скользнул далекий луч и исчез в горных пределах. За ним другой, третий... Казалось, там, за пределами тьмы, реют какие-то светлые гении, свершается великая тайна, чье-то чудится живое дыхание, готовится какое-то великое торжество.

Но это было далеко. А над землей тени сгущались, клубились дымные тучи, свиваясь и развиваясь, перегоняя друг друга без конца и перерыва...

Синий огонь упал с отдаленной вершины в глубокую пропасть, и тучи поднялись выше, покрывая небо до самого зенита.

А лучи уходили все дальше и дальше, как будто им не было дела до этой мрачной и затененной равнины.

Сократ стоял, следя за ними грустным взглядом. Елпидий со страхом! смотрел на вершину.

— Посмотри, Сократ, что видишь ты там на горе?

— Друг, — ответил философ, — исследуем положение. Так как земная жизнь должна иметь пределы, то думаю, что предел этот на рубеже двух начал: в борьбе света и тьмы венец наших усилий. А так как у нас не отнята способность мышления, то думаю, что божеству, давшему жизнь нашей мысли, угодно, чтобы мы исследовали самые пределы наших стремлений. Итак, Елпидий, приготовимся достойным образом встретить зарю позади этих туч...

— О, добрый товарищ! Если такова заря, то я предпочел бы, чтобы вечно длилась прежняя безотрадная, долгая, но спокойная ночь... Не находишь ли ты, что время проходило у нас сносно в поучительной беседе? А теперь душа содрогается перед надвигающеюся грозой. Нет, что ни говори, а там, впереди, не простые тени безжизненной ночи... Вот еще одна Зевсова стрела метнулась в бездонную пропасть...

Ктезипп посмотрел на вершину, и ужас сковал его душу. Великие мрачные образы олимпийцев теснились, венчая гору, загораживая дорогу. Последний луч скользнул еще раз поверх туманных нимбов и умер, как слабое воспоминание. И ночь с надвигающеюся грозой воцарилась безраздельно, а темные образы заняли все небо... В середине, с головой, увенчанною нимбом, увидел Ктезипп могучего Кронида. Кругом толпились гневные фигуры старших богов, смятенные и в мрачном движении. Как стаи птиц, летящие в вечернюю даль, как пыль, взметаемая ураганом, как осенние листья, гонимые бореем, реяли длинною тучей бесчисленные меньшие божества народной веры, заполняя пространство...

Когда же тучи двинулись с вершины и мрачный ужас ринулся перед ними, обвеивая землю, Ктезипп упал ниц: он признавался впоследствии, что в эту страшную минуту он забыл все выводы и все заключения, так как душа его умалилась и над ней властно пронесся страх...

Он только слушал.

Два голоса звучали там, где молчала перед бурей вся оцепеневшая природа. Один — могучий и грозный голос божества, другой — был слабый голос человека, приносимый ветром со склона горы, где Ктезипп оставил Сократа.

— Ты ли, — говорил голос из тучи, — дерзкий Сократ, надменный разумом, боровшийся с богами земли и неба? Не было бессмертных веселее и светлее нас, олимпийцев, — теперь давно уже проводим мы свои дни в сумерках от неверия и сомнений, воцарившихся на земле... Однако никогда еще эти туманы не сгущались так сильно, как с тех пор, когда среди любезных некогда Афин послышалось ненавистное слово твое, сын Софрониска. Почему не следовал ты заветам отца твоего? Добрый Софрониск позволял себе, особенно в молодые годы, небольшие кощунства, но все же не один раз запах его жертв радовал наше обоняние...

— Остановись, Кронид, — сказал Сократ, — и разреши мое недоумение: итак, малодушное лицемерие предпочитаешь ты исканию истины?

Вслед за этим вопросом скалы дрогнули от громового удара. Первое дыхание грозы промчалось и стихло в дальних ущельях, но склоны горы все еще дрожали, потому что все еще дрожал от гнева восседавший на ее вершине. А в пугливой тишине сгустившейся ночи слышались только дальние стоны. Казалось, это в самом сердце земли стонали от удара Кронида скованные титаны...

— Где ты теперь, дерзкий вопрошатель? — раздался насмешливый голос олимпийца.

— Я здесь, Кронид, здесь, на том же самом месте, и только твой ответ подвинет меня дальше. Я жду.

Гром заворчал в туче, как дикий зверь, удивленный бесстрашием ливийца-укротителя, когда он безоружный подходит к нему с ясным взглядом. И через несколько мгновений голос прошумел вновь над равниной:

— О, сын Софрониска! Не довольно ли тебе, что на земле ты расплодил столько сомнений, что даже здесь, на Олимпе, они окружили нас темными облаками! Поистине, иные дни, когда ты беседовал на площадях, в академиях или в публичных раздевальнях, — нам казалось, что ты разрушил уже на земле все алтари и что это пыль от развалин несется к нам в горния... Тебе мало: ты и здесь, перед лицом моим, не признаешь власти бессмертных...

— Зевс, ты сердишься. Скажи, кто дал мне то гениальное, что тревожило всю жизнь мою душу, побуждая меня неустанно стремиться к истине?

В туче царствовало таинственное безмолвие.

— Не ты ли? Ты молчишь. Итак, я исследую дело. Или это божественное начало дано тобою, или другим. Если оно дано тобою, то тебе же я несу его в дар, как созревший плод моей жизни, как пламя от зароненной тобою искры. Смотри, Кронид, я сохранил твой дар; в лучшем углу моего сердца я взрастил твое семя. Вот он, огонь моей души, который горел в горькую минуту, когда я собственной рукой обрезывал нить моей жизни. Отчего же ты не примешь его, зачем ты сердишься, как плохой наставник, которому старость мешает разглядеть, что отрок-ученик чертит на послушном воске его собственные повеления?.. Кто же ты, приказывающий мне погасить священный огонь, освещавший мою жизнь с тех пор, как в нее проник первый луч святой мысли? Солнце не говорит звездам: «Угасните, чтобы мне взойти». Оно всходит, и слабое сияние звезды утопает в свете бесконечно сильнейшем. День не говорит факелу: «Погасни, — ты мне мешаешь». Он разгорается, и факел дымит, но не светит. Божество, к которому я иду, — не ты, боящийся сомнений. Он, как день, он, как солнце, светит сам, не угашая ничьего света. Тот, который скажет мне: «Странник, дай мне твой факел, он не нужен тебе больше, потому что я — источник всякого света...» Тот, кто скажет: «Сложи на моем алтаре слабый дар твоих сомнений, потому что во мне разрешение...» Вот мой бог, которого я ищу! Если это ты, то прими мои вопросы. Никто не убивает своего детища, а мои сомнения — порождение вечного духа, которому имя — истина!

Темные тучи разорвались от края и до края небесными огнями, и в криках бури опять раздался могучий голос:

— К чему вели твои сомнения, надменный мудрец,

отринувший смирение, лучшее украшение земных добродетелей? Ты оставил приютный кров простодушной веры, чтобы вступить в пустыню сомнений. Ты видел его, — этот мертвый простор, оставленный живыми богами. Тебе ли одолеть его, ничтожному червю, ползающему в прахе своего жалкого отрицания? Тебе ли оживить мир, тебе ли постигнуть неведомое божество, которому ты не умеешь молиться? Ничтожный мусорщик, запачканный пылью разрушенных алтарей, — ты ли тот зодчий, которому суждено воздвигать новые храмы? На что же надеешься ты, отринувший старых богов и не знающий нового? Вечная ночь неисходных сомнений, мертвая пустыня, лишенная живого духа, — таков ваш мир, жалкие черви, истачивающие живую веру, прибежище простых сердец, вселенную обратившие в мертвый хаос... Что же?.. Где ты теперь, ничтожный и дерзкий мудрец?

Буря одна властно гремела на просторе... Потом стихли громы, ветер смежил свои крылья, и только потоки дождя лились во мгле, точно обильные, неудержимые слезы, готовые поглотить землю, покрыть ее потоком неутолимой скорби...

И Ктезиппу казалось, что они поглотили учителя, что навсегда уже смолк бесстрашный голос, привыкший к неустанным вопросам. Но через минуту он раздался снова на том же месте:

— Слова твои, Кронид, попадают лучше твоих громов. Ты бросил в смущенную душу то, что давно уже и не раз звучало в моем сердце, и каждый раз оно изнемогало под бременем невыносимой скорби. Да, я оставил приютный кров, где царила простодушная вера; да, я видел ее, пустыню, лишенную живых богов, окутанную ночью непроглядных сомнений. Но я бесстрашно вступил в нее, потому что мне светил мой гений, божественное начало всякой жизни. Исследуем вопрос: не во имя ли того, кто дает жизнь, курятся фимиамы на твоих алтарях? Ты — похититель чужого: не тебе, а ему поклоняется простодушная вера, но не его ли также ищет неусыпающее сомнение? Да, я не зодчий, я не создатель нового храма, не мне было суждено на старом месте поднять от земли к небу величавое здание грядущей веры. Я — мусорщик, запачканный пылью разрушения. Но, Кронид, совесть говорит мне, что и работа мусорщика нужна для будущего храма. Когда на расчищенном месте стройно и величаво воздвигнется чудное здание и в нем воцарится живое божество новой веры, я, скромный мусорщик, приду к нему и скажу: «Вот я, без устали ползавший в прахе отрицания. Окруженному туманом и пылью, мне некогда было поднять глаза от земли, в моем уме лишь слабо рисовалась мечта будущего созидания... Отринешь ли ты меня, праведный, истинный и великий?..»

В туче царило удивленное молчание, а Сократ возвысил голос и продолжал:

— Солнечный луч падает на грязную лужу, и легкий пар, оставив на земле грязные части, тяжелые и бренные, тянется к светлому Гелиосу и тает, растворяясь в эфире. Ты тронул своим лучом мою грязную душу, и она устремилась к тебе, неведомый, чье имя — Тайна... Я искал тебя, потому что ты в истине, я стремился к тебе, потому что ты в справедливости, я любил тебя, потому что ты в любви, для тебя я умер, потому что ты — источник жизни... Неужели ты отринешь меня, неведомый? Мой тяжкие сомнения, мои жгучие искания, мою трудную жизнь, мою вольную смерть — прими их, как бескровную жертву, как одну молитву, как вздох о тебе, как летучую струйку бренного пара принимает безграничный океан чистого эфира. Прими их ты, которого я не знаю им.ени, не дай туманным призракам умершей веры заградить мой путь к твоему вечному свету... Уступите же с дороги, мглистые тени, заграждающие свет зари! Я говорю вам, боги моего народа: вы неправедны, олимпийцы, а где нет правды, там и истина — только призрак. К такому заключению пришел я, Сократ, привыкший исследовать разные основания.

Итак, расступись же, мертвый туман, я иду своею дорогой к тому, кого искал всю мою жизнь...

Я иду. . . . .

Гром загремел, но короткий, отрывистый, как будто эгид выпал из ослабевшей руки громовержца. Голоса бури, колеблясь, ринулись по уступам гор, прошумели в теснинах и, удаляясь, замирали в ущельях. И на их месте слышались иные, неведомые, чудные звуки.

Когда Ктезипп открыл изумленные глаза, перед ним встало невиданное зрелище. Ночь уходила, тучи рассеялись. Тени богов быстро неслись по лазури, точно золотой узор на краях чьей-то ризы. Другие мелькали по дальним уступам и ущельям, и Елпидий, маленькая фигура которого виднелась над расщелиной, простирал к ним руки, как бы умоляя исчезающих о решении судьбы.

А вершина горы уже вся вышла из таинственных облаков и сияла, как факел, над синею мглой долин. И хотя не было на ней ни громовержца Кронида, ни других олимпийцев, только горная вершина, свет солнца и высокое небо, но Ктезипп ясно чувствовал, что вся природа до последней былинки проникнута биением единой таинственной жизни. Чье-то дыхание слышалось в ласкающем веянии воздуха, чей-то голос звучал чудною гармонией, чьи-то чуялись невидимые шаги в торжественном шествии сияющего дня. И еще человек стоял на освещенной вершине и простирал руки в молчаливом восторге и могучем стремлении.

Мгновение — и все исчезло, и сияние обыкновенного дня показалось проснувшейся душе Ктезиппа жалкими сумерками в сравнении с улетевшим ощущением природы, проникнутой веянием единой, неведомой жизни.

* * *

В глубоком молчании выслушали ученики погибшего философа странный рассказ Ктезиппа. Платон первый прервал молчание.

— Исследуем, — сказал он, — сон и его значение.

— Исследуем, — ответили остальные.

Сигнал

Семён Иванов служил сторожем на железной дороге. От его будки до одной станции было двенадцать, до другой — десять вёрст. Верстах в четырёх в прошлом году открыли большую прядильню; из-за лесу её высокая труба чернела, а ближе, кроме соседних будок, и жилья не было.

Семён Иванов был человек больной и разбитый. Девять лет тому назад он побывал на войне: служил в денщиках у офицера и целый поход с ним сделал. Голодал он, и мёрз, и на солнце жарился, и переходы делал по сорока и пятидесяти вёрст в жару и в мороз; случалось и под пулями бывать, да, слава богу, ни одна не задела. Стоял раз полк в первой линии; целую неделю с турками перестрелка была: лежит наша цепь, а через лощинку — турецкая, и с утра до вечера постреливают. Семёнов офицер тоже в цепи был; каждый — день три раза носил ему Семён из полковых кухонь, из оврага, самовар горячий и обед. Идёт с самоваром по открытому месту, пули свистят, в камни щёлкают; страшно Семёну, плачет, а сам идёт. Господа офицеры очень довольны им были: всегда у них горячий чай был. Вернулся он из похода целый, только руки и ноги ломить стало. Немало горя пришлось ему с тех пор отведать. Пришёл он домой — отец старик помер; сынишка был по четвёртому году — тоже помер, горлом болел; остался Семён с женой сам-друг. Не задалось им и хозяйство, да и трудно с пухлыми руками и ногами землю пахать. Пришлось им в своей деревне невтерпёж; пошли на новые места счастья искать. Побывал Семён с женой и на Линии, и в Херсоне, и в Донщине; нигде счастья не достали. Пошла жена в прислуги, а Семён по-прежнему всё бродит. Пришлось ему раз по машине ехать; на одной станции видит — начальник будто знакомый. Глядит на него Семён, и начальник тоже в Семёново лицо всматривается. Узнали друг друга: офицер своего полка оказался.

— Ты Иванов? — говорит.

— Так точно, ваше благородие, я самый и есть.

— Ты как сюда попал?

Рассказал ему Семён: так, мол, и так.

— Куда ж теперь идёшь?

— Не могу знать, ваше благородие.

— Как так, дурак, не можешь знать?

— Так точно, ваше благородие, потому податься некуда. Работы какой, ваше благородие, искать надобно.

Посмотрел на него начальник станции, подумал и говорит:

— Вот что, брат, оставайся-ка ты покудова на станции. Ты, кажется, женат? Где у тебя жена?

— Так точно, ваше благородие, женат; жена в городе Курске, у купца в услужении находится.

— Ну, так пиши жене, чтобы ехала. Билет даровой выхлопочу. Тут у нас дорожная будка очистится; уж попрошу за тебя начальника дистанции.

— Много благодарен, ваше благородие, — ответил Семён.

Остался он на станции. Помогал у начальника на кухне, дрова рубил, двор, платформу мёл. Через две недели приехала жена, и поехал Семён на ручной тележке в свою будку. Будка новая, тёплая, дров сколько хочешь; огород маленький от прежних сторожей остался, и земли с полдесятины пахотной по бокам полотна было. Обрадовался Семён; стал думать, как своё хозяйство заведёт, корову, лошадь купит.

Дали ему весь нужный припас: флаг зелёный, флаг красный, фонари, рожок, молот, ключ — гайки подвинчивать, лом, лопату, мётел, болтов, костылей; дали две книжечки с правилами и расписание поездов. Первое время Семён ночи не спал, всё расписание твердил; поезд ещё через два часа пойдёт, а он обойдёт свой участок, сядет на лавочку у будки и всё смотрит и слушает, не дрожат ли рельсы, не шумит ли поезд. Вытвердил он наизусть и правила; хоть и плохо читал, по складам, а всё-таки вытвердил.

Дело было летом; работа нетяжёлая, снегу отгребать не надо, да и поезд на той дороге редко. Обойдёт Семён свою версту два раза в сутки, кое-где гайки попробует подвинтить, щебёнку подровняет, водяные трубы посмотрит и идёт домой хозяйство своё устраивать. В хозяйстве только у него помеха была: что ни задумает сделать, обо всём дорожного мастера проси, а тот начальнику дистанции доложит; пока просьба вернётся, время и ушло. Стали Семён с женою даже скучать.

Прошло времени месяца два; стал Семён с соседями-сторожами знакомиться. Один был старик древний; всё сменить его собирались: едва из будки выбирался. Жена за него и обход делала. Другой будочник, что поближе к станции, был человек молодой, из себя худой и жилистый. Встретились

они с Семёном в первый раз на полотне, посередине между
будками, на обходе; Семён шапку снял, поклонился.

— Доброго, — говорит, — здоровья, сосед. Сосед поглядел на
него сбоку.

— Здравствуй, — говорит.

Повернулся и пошёл прочь. Бабы после между собою
встретились. Поздоровалась Семёнова Арина с соседкой; та
тоже разговаривать много не стала, ушла. Увидел раз её
Семён.

— Что это, — говорит, — у тебя, молодица, муж
неразговорчивый? Помолчала баба, потом говорит:

— Да о чём ему с тобой разговаривать? У всякого своё... Иди
себе с богом.

Однако прошло ещё времени с месяц, познакомились.
Сойдутся Семён с Василием на полотне, сядут на край,
трубочки покуривают и рассказывают про своё житьё-бытьё.
Василий всё больше помалчивал, а Семён и про деревню свою
и про поход рассказывал.

— Немало, — говорит, — я горя на своём веку принял, а веку
моего не бог весть сколько. Не дал бог счастья. Уж кому какую
талан-судьбу господь даст, так уж и есть. Так-то, братец,
Василий Степаныч.

А Василий Степаныч трубку об рельс выколотил, встал и
говорит:

— Не талан-судьба нас с тобою век заедает, а люди. Нету на
свете зверя хищнее и злее человека. Волк волка не ест, а
человек человека живьём съедает.

— Ну, брат, волк волка ест, это ты не говори.

— К слову пришлось, и сказал. Всё-таки нету твари жесточе.
Не людская бы злость да жадность — жить бы можно было.
Всякий тебя за живое ухватить норовит, да кус откусить, да
слопать.

Задумался Семён.

— Не знаю, — говорит, — брат. Может, оно так, а коли и так,
так уж есть на то от бога положение.

— А коли так, — говорит Василий, — так нечего нам с тобой
и разговаривать. Коли всякую скверность на бога взваливать,
а самому сидеть да терпеть, так это, брат, не человеком быть,
а скотом. Вот тебе мой сказ.

Повернулся и пошёл, не простившись. Встал и Семён.

— Сосед, — кричит, — за что же ругаешься?

Не обернулся сосед, пошёл. Долго смотрел на него Семён, пока на выемке на повороте стало Василия не видно. Вернулся домой и говорит жене:

— Ну, Арина, и сосед же у нас: зелье, не человек. Однако не поссорились они; встретились опять и по-прежнему разговаривать стали, и всё о том же.

— Э, брат, кабы не люди... не сидели бы мы с тобою в будках этих, — говорит Василий.

— Что ж в будке... ничего, жить можно.

— Жить можно, жить можно... Эх, ты! Много жил, мало нажил, много смотрел, мало увидел. Бедному человеку, в будке там или где, какое уж житьё! Едят тебя живодёры эти. Весь сок выжимают, а стар станешь — выбросят, как жмыху какую, свиньям на корм. Ты сколько жалованья получаешь?

— Да маловато, Василий Степанович. Двенадцать рублей.

— А я тринадцать с полтиной. Позволь тебя спросить, почему? По правилу, от правления всем одно полагается: пятнадцать целковых в месяц, отопление, освещение. Кто же это нам с тобой двенадцать или там тринадцать с полтиной определил? Чьему брюху на сало, в чей карман остальные три рубля или же полтора полагаются? Позволь тебя спросить?.. А ты говоришь, жить можно! Ты пойми, не об полутора там или трёх рублях разговор идёт. Хоть бы и все пятнадцать платили. Был я на станции в прошлом месяце; директор проезжал, так я его видел. Имел такую честь. Едет себе в отдельном вагоне; вышел на платформу, стоит, цепь золотую распустил по животу, щёки красные, будто налитые... Напился нашей крови. Эх, кабы сила да власть!.. Да не останусь я здесь долго; уйду, куда глаза глядят.

— Куда же ты уйдёшь, Степаныч? От добра добра не ищут. Тут тебе и дом, тепло, и землицы маленько. Жена у тебя работница...

— Землицы! Посмотрел бы ты на землицу мою. Ни прута на ней нету. Посадил было весной капустки, так и то дорожный мастер приехал. «Это, говорит, что такое? Почему без доношения? Почему без разрешения? Выкопать, чтоб и духу её не было». Пьяный был. В другой раз ничего бы не сказал, а тут втемяшилось... «Три рубля штрафу!..»

Помолчал Василий, потянул трубочки и говорит тихо:

— Немного ещё, зашиб бы я его до смерти.

— Ну, сосед, и горяч ты, я тебе скажу.

— Не горяч я, а по правде говорю и размышляю. Да ещё дождётся он у меня, красная рожа! Самому начальнику дистанции жаловаться буду. Посмотрим!

И точно пожаловался.

Проезжал раз начальник дистанции путь осматривать. Через три дня после того господа важные из Петербурга должны были по дороге проехать: ревизию делали, так перед их проездом всё надо было в порядок привести. Балласту подсыпали, подровняли, шпалы пересмотрели, костыли подколотили, гайки подвинтили, столбы подкрасили, на переездах приказали жёлтого песочку подсыпать. Соседка-сторожиха и старика своего выгнала травку подщипать. Работал Семён целую неделю; всё в исправность привёл и на себе кафтан починил, вычистил, а бляху медную кирпичом до сияния оттёр. Работал и Василий. Приехал начальник дистанции на дрезине; четверо рабочих рукоять вертят; шестерни жужжат; мчится тележка вёрст по двадцать в час, только колёса воют. Подлетел к Семёновой будке; подскочил Семён, отрапортовал по-солдатски. Всё в исправности оказалось.

— Ты давно здесь? — спрашивает начальник.

— Со второго мая, ваше благородие.

— Ладно. Спасибо. А в сто шестьдесят четвёртом номере кто?

Дорожный мастер (вместе с ним на дрезине ехал) ответил:

— Василий Спиридов.

— Спиридов, Спиридов... А, это тот самый, что в прошлом году был у вас на замечании?

— Он самый и есть-с.

— Ну, ладно, посмотрим Василия Спиридова. Трогай. Налегли рабочие на рукояти; пошла дрезина в ход. Смотрит Семён на неё и думает: «Ну, будет у них с соседом игра».

Часа через два пошёл он в обход. Видит, из выемки по полотну идёт кто-то, на голове будто белое что виднеется. Стал Семён присматриваться — Василий; в руке палка, за плечами узелок маленький, щека платком завязана.

— Сосед, куда собрался? — кричит Семён. Подошёл Василий совсем близко: лица на нём нету, белый, как мел, глаза дикие; говорить начал — голос обрывается.

— В город, — говорит, — в Москву... в правление.

— В правление... Вот что! Жаловаться, стало быть, идёшь? Брось, Василий Степаныч, забудь...

— Нет, брат, не забуду. Поздно забывать. Видишь, он меня в лицо ударил, в кровь разбил. Пока жив, не забуду, не оставлю так. Учить их надо, кровопийцев…

Взял его за руку Семён:

— Оставь, Степаныч, верно тебе говорю: лучше не сделаешь.

— Чего там лучше! Знаю сам, что лучше не сделаю; правду ты про талан-судьбу говорил. Себе лучше не сделаю, но за правду надо, брат, стоять.

— Да ты скажи, с чего всё пошло-то?

— Да с чего… Осмотрел всё, с дрезины сошёл, в будку заглянул. Я уж знал, что строго будет спрашивать; всё как следует исправил. Ехать уж хотел, а я с жалобой. Он сейчас кричать. «Тут, говорит, правительственная ревизия, такой-сякой, а ты об огороде жалобы подавать! Тут, говорит, тайные советники, а ты с капустой лезешь!» Я не стерпел, слово сказал, не то чтобы очень, но так уж ему обидно показалось. Как даст он мне… Терпенье наше проклятое! Тут бы его надо… а я стою себе, будто так оно и следует. Уехали они, опамятовался я, вот обмыл себе лицо и пошёл.

— Как же будка-то?

— Жена осталась. Не прозевает; да ну их совсем и с дорогой ихней!

Встал Василий, собрался.

— Прощай, Иваныч. Не знаю, найду ли управу себе.

— Неужто пешком пойдёшь?

— На станции на товарный попрошусь: завтра в Москве буду.

Простились соседи; ушёл Василий, и долго его не было. Жена за него работала, день и ночь не спала; извелась совсем, поджидаючи мужа. На третий день проехала ревизия: паровоз, вагон багажный и два первого класса, а Василия всё нет. На четвёртый день увидел Семён его хозяйку: лицо от слёз пухлое, глаза красные.

— Вернулся муж? — спрашивает.

Махнула баба рукой, ничего не сказала и пошла в свою сторону.

***

Научился Семён когда-то, ещё мальчишкой, из тальника дудки делать. Выжжет таловой палке сердце, дырки, где надо, высверлит, на конце пищик сделает и так славно наладит, что хоть что угодно играй. Делывал он в досужее время дудок много и с знакомым товарным кондуктором в город на базар отправлял; давали ему там за штуку по две копейки. На третий день после ревизии оставил он дома жену вечерний шестичасовой поезд встретить, а сам взял ножик и в лес пошёл, палок себе нарезать. Дошёл он до конца своего участка, — на этом месте путь круто поворачивал, — спустился с насыпи и пошёл лесом под гору. За полверсты было большое болото, и около него отличнейшие кусты для его дудок росли. Нарезал он палок целый пук и пошёл домой. Идёт лесом; солнце уже низко было; тишина мёртвая, слышно только, как птицы чиликают да валежник под ногами хрустит. Прошёл Семён немного ещё, скоро полотно; и чудится ему, что-то ещё слышно: будто где-то железо о железо позвякивает. Пошёл Семён скорей. Ремонту в то время на их участке не было. «Что бы это значило?» — думает. Выходит он на опушку — перед ним железнодорожная насыпь подымается; наверху, на полотне, человек сидит на корточках, что-то делает; стал подыматься Семён потихоньку к нему: думал, гайки кто воровать пришёл. Смотрит — и человек поднялся, в руках у него лом; поддел он рельс ломом, как двинет его в сторону. Потемнело у Семёна в глазах; крикнуть хочет — не может. Видит он Василия, бежит бегом, а тот с ломом и ключом с другой стороны насыпи кубарем катится.

— Василий Степаныч! Отец родной, голубчик, воротись! Дай лом! Поставим рельс, никто не узнает. Воротись, спаси свою душу от греха.

Не обернулся Василий, в лес ушёл.

Стоит Семён над отвороченным рельсом, палки свои выронил. Поезд идёт не товарный, пассажирский. И не остановишь его ничем: флага нет. Рельса на место не поставишь; голыми руками костылей не забьёшь. Бежать надо, непременно бежать в будку за каким-нибудь припасом. Господи, помоги!

Бежит Семён к своей будке, задыхается. Бежит — вот-вот упадёт. Выбежал из лесу — до будки сто сажен, не больше, осталось, слышит — на фабрике гудок загудел. Шесть часов. А в две минуты седьмого поезд пройдёт. Господи! Спаси невинные души! Так и видит перед собою Семён: хватит паровоз левым колесом об рельсовый обруб, дрогнет, накренится, пойдёт шпалы рвать и вдребезги бить, а тут кривая, закругление, да насыпь, да валиться-то вниз одиннадцать сажен, а там, в третьем классе, народу битком набито, дети малые… Сидят они теперь все, ни о чём не думают. Господи, вразуми ты меня!.. Нет, до будки добежать и назад вовремя вернуться не поспеешь…

Не добежал Семён до будки, повернул назад, побежал скорее прежнего. Бежит почти без памяти; сам не знает, что ещё будет. Добежал до отвороченного рельса: палки его кучей лежат. Нагнулся он, схватил одну, сам не понимая зачем, дальше побежал. Чудится ему, что уже поезд идёт. Слышит свисток далёкий, слышит, рельсы мерно и потихоньку подрагивать начали. Бежать дальше сил нету; остановился он от страшного места саженях во ста: тут ему точно светом голову осветило. Снял он шапку, вынул из неё платок бумажный; вынул нож из-за голенища; перекрестился, господи благослови!

Ударил себя ножом в левую руку повыше локтя, брызнула кровь, полила горячей струёй; намочил он в ней свой платок, расправил, растянул, навязал на палку и выставил свой красный флаг.

Стоит, флагом своим размахивает, а поезд уж виден. Не видит его машинист, подойдёт близко, а на ста саженях не остановить тяжёлого поезда!

А кровь всё льёт и льёт; прижимает рану к боку, хочет зажать её, но не унимается кровь; видно, глубоко поранил он руку. Закружилось у него в голове, в глазах чёрные мухи залетали; потом и совсем потемнело; в ушах звон колокольный. Не видит он поезда и не слышит шума: одна мысль в голове: «Не устою, упаду, уроню флаг; пройдёт поезд через меня… помоги, господи, пошли смену…»

И стало черно в глазах его и пусто в душе его, и выронил он флаг. Но не упало кровавое знамя на землю: чья-то рука подхватила его и подняла высоко навстречу подходящему поезду. Машинист увидел его, закрыл регулятор и дал контрпар. Поезд остановился.

Выскочили из вагонов люди, сбились толпою. Видят: лежит человек весь в крови, без памяти; другой возле него стоит с кровавой тряпкой на палке.

Обвёл Василий всех глазами, опустил голову:

— Вяжите меня, — говорит, — я рельс отворотил.

Душечка

Оленька, дочь отставного коллежского асессора Племянникова, сидела у себя во дворе на крылечке, задумавшись. Было жарко, назойливо приставали мухи, и было так приятно думать, что скоро уже вечер. С востока надвигались темные дождевые тучи, и оттуда изредка потягивало влагой.

Среди двора стоял Кукин, антрепренер и содержатель увеселительного сада «Тиволи», квартировавший тут же во дворе, во флигеле, и глядел на небо.

— Опять! — говорил он с отчаянием. — Опять будет дождь! Каждый день дожди, каждый день дожди — точно нарочно! Ведь это петля! Это разоренье! Каждый день страшные убытки!

Он всплеснул руками и продолжал, обращаясь к Оленьке:

— Вот вам, Ольга Семеновна, наша жизнь. Хоть плачь! Работаешь, стараешься, мучишься, ночей не спишь, всё думаешь, как бы лучше, — и что же? С одной стороны, публика, невежественная, дикая. Даю ей самую лучшую оперетку, феерию, великолепных куплетистов, но разве ей это нужно? Разве она в этом понимает что-нибудь? Ей нужен балаган! Ей подавай пошлость! С другой стороны, взгляните на погоду. Почти каждый вечер дождь. Как зарядило с десятого мая, так потом весь май и июнь, просто ужас! Публика не ходит, но ведь я за аренду плачу? Артистам плачу?

На другой день под вечер опять надвигались тучи, и Кукин говорил с истерическим хохотом:

— Ну что ж? И пускай! Пускай хоть весь сад зальет, хоть меня самого! Чтоб мне не было счастья ни на этом, ни на том свете! Пускай артисты подают на меня в суд! Что суд? Хоть на каторгу в Сибирь! Хоть на эшафот! Ха-ха-ха!

И на третий день то же...

Оленька слушала Кукина молча, серьезно, и, случалось, слезы выступали у нее на глазах. В конце концов несчастья Кукина тронули ее, она его полюбила. Он был мал ростом, тощ, с желтым лицом, с зачесанными височками, говорил жидким тенорком, и когда говорил, то кривил рот; и на лице у него всегда было написано отчаяние, но всё же он возбудил в ней настоящее, глубокое чувство. Она постоянно любила кого-нибудь и не могла без этого. Раньше она любила своего папашу, который теперь сидел больной, в темной комнате, в кресле, и тяжело дышал; любила свою тетю, которая иногда, раз в два года, приезжала из Брянска; а еще раньше, когда училась в прогимназии, любила своего учителя французского языка. Это была тихая, добродушная, жалостливая барышня с кротким, мягким взглядом, очень здоровая. Глядя на ее полные розовые щеки, на мягкую белую шею с темной родинкой, на добрую наивную улыбку, которая бывала на ее лице, когда она слушала что-нибудь приятное, мужчины думали: «Да, ничего себе...» и тоже улыбались, а гостьи-дамы не могли удержаться, чтобы вдруг среди разговора не схватить ее за руку и не проговорить в порыве удовольствия:

— Душечка!

Дом, в котором она жила со дня рождения и который в завещании был записан на ее имя, находился на окраине города, в Цыганской Слободке, недалеко от сада «Тиволи»; по вечерам и по ночам ей слышно было, как в саду играла музыка, как лопались с треском ракеты, и ей казалось, что это Кукин воюет со своей судьбой и берет приступом своего главного врага — равнодушную публику; сердце у нее сладко замирало, спать совсем не хотелось, и, когда под утро он возвращался домой, она тихо стучала в окошко из своей спальни и, показывая ему сквозь занавески только лицо и одно плечо, ласково улыбалась...

Он сделал предложение, и они повенчались. И когда он увидал как следует ее шею и полные здоровые плечи, то всплеснул руками и проговорил:

— Душечка!

Он был счастлив, но так как в день свадьбы и потом ночью шел дождь, то с его лица не сходило выражение отчаяния.

После свадьбы жили хорошо. Она сидела у него в кассе, смотрела за порядками в саду, записывала расходы, выдавала жалованье, и ее розовые щеки, милая, наивная, похожая на сияние улыбка мелькали то в окошечке кассы, то за кулисами, то в буфете. И она уже говорила своим знакомым, что самое замечательное, самое важное и нужное на свете — это театр и что получить истинное наслаждение и стать образованным и гуманным можно только в театре.

— Но разве публика понимает это? — говорила она. — Ей нужен балаган! Вчера у нас шел «Фауст наизнанку», и почти все ложи были пустые, а если бы мы с Ваничкой поставили какую-нибудь пошлость, то, поверьте, театр был бы битком набит. Завтра мы с Ваничкой ставим «Орфея в аду», приходите.

И что говорил о театре и об актерах Кукин, то повторяла и она. Публику она так же, как и он, презирала за равнодушие к искусству и за невежество, на репетициях вмешивалась, поправляла актеров, смотрела за поведением музыкантов, и когда в местной газете неодобрительно отзывались о театре, то она плакала и потом ходила в редакцию объясняться.

Актеры любили ее и называли «мы с Ваничкой» и «душечкой»; она жалела их и давала им понемножку взаймы, и если, случалось, ее обманывали, то она только потихоньку плакала, но мужу не жаловалась.

И зимой жили хорошо. Сняли городской театр на всю зиму и сдавали его на короткие сроки то малороссийской труппе, то фокуснику, то местным любителям. Оленька полнела и вся сияла от удовольствия, а Кукин худел и желтел и жаловался на страшные убытки, хотя всю зиму дела шли недурно. По ночам он кашлял, а она поила его малиной и липовым цветом, натирала одеколоном, кутала в свои мягкие шали.

— Какой ты у меня славненький! — говорила она совершенно искренно, приглаживая ему волосы. — Какой ты у меня хорошенький!

В великом посту он уехал в Москву набирать труппу, а она без него не могла спать, всё сидела у окна и смотрела на звезды. И в это время она сравнивала себя с курами, которые тоже всю ночь не спят и испытывают беспокойство, когда в курятнике нет петуха. Кукин задержался в Москве и писал, что вернется к Святой, и в письмах уже делал распоряжения насчет «Тиволи». Но под страстной понедельник, поздно вечером, вдруг раздался зловещий стук в ворота; кто-то бил в калитку, как в бочку: бум! бум! бум! Сонная кухарка, шлепая босыми ногами по лужам, побежала отворять.

— Отворите, сделайте милость! — говорил кто-то за воротами глухим басом. — Вам телеграмма!

Оленька и раньше получала телеграммы от мужа, но теперь почему-то так и обомлела. Дрожащими руками она распечатала телеграмму и прочла следующее:

«Иван Петрович скончался сегодня скоропостижно сючала ждем распоряжений хохороны вторник».

Так и было напечатано в телеграмме «хохороны» и какое-то еще непонятное слово «сючала»; подпись была режиссера опереточной труппы.

— Голубчик мой! — зарыдала Оленька. — Ваничка мой миленький, голубчик мой! Зачем же я с тобой повстречалася? Зачем я тебя узнала и полюбила? На кого ты покинул свою бедную Оленьку, бедную, несчастную?..

Кукина похоронили во вторник, в Москве, на Ваганькове; Оленька вернулась домой в среду, и как только вошла к себе, то повалилась на постель и зарыдала так громко, что слышно было на улице и в соседних дворах.

— Душечка! — говорили соседки, крестясь. — Душечка Ольга Семеновна, матушка, как убивается!

Три месяца спустя как-то Оленька возвращалась от обедни, печальная, в глубоком трауре. Случилось, что с нею шел рядом тоже возвращавшийся из церкви один из ее соседей Василий Андреич Пустовалов, управляющий лесным складом купца Бабакаева. Он был в соломенной шляпе и в белом жилете с золотой цепочкой и походил больше на помещика, чем на торговца.

— Всякая вещь имеет свой порядок, Ольга Семеновна, — говорил он степенно, с сочувствием в голосе, — и если кто из наших ближних умирает, то, значит, так богу угодно, и в этом случае мы должны себя помнить и переносить с покорностью.

Доведя Оленьку до калитки, он простился и пошел далее. После этого весь день слышался ей его степенный голос, и едва она закрывала глаза, как мерещилась его темная борода. Он ей очень понравился. И, по-видимому, она тоже произвела на него впечатление, потому что немного погодя к ней пришла пить кофе одна пожилая дама, мало ей знакомая, которая как только села за стол, то немедля заговорила о Пустовалове, о том, что он хороший, солидный человек и что за него с удовольствием пойдет всякая невеста. Через три дня пришел с визитом и сам Пустовалов; он сидел недолго, минут десять, и говорил мало, но Оленька его полюбила, так полюбила, что всю ночь не спала и горела, как в лихорадке, а утром послала за пожилой дамой. Скоро ее просватали, потом была свадьба.

Пустовалов и Оленька, поженившись, жили хорошо. Обыкновенно он сидел в лесном складе до обеда, потом уходил по делам, и его сменяла Оленька, которая сидела в конторе до вечера и писала там счета и отпускала товар.

— Теперь лес с каждым годом дорожает на двадцать процентов, — говорила она покупателям и знакомым. — Помилуйте, прежде мы торговали местным лесом, теперь же Васичка должен каждый год ездить за лесом в Могилевскую губернию. А какой тариф! — говорила она, в ужасе закрывая обе щеки руками. — Какой тариф!

Ей казалось, что она торгует лесом уже давно-давно, что в жизни самое важное и нужное это лес, и что-то родное, трогательное слышалось ей в словах: балка, кругляк, тес, шелёвка, безымянка, решётник, лафет, горбыль... По ночам, когда она спала, ей снились целые горы досок и теса, длинные, бесконечные вереницы подвод, везущих лес куда-то далеко за город; снилось ей, как целый полк двенадцатиаршинных, пятивершковых бревен стоймя шел войной на лесной склад, как бревна, балки и горбыли стукались, издавая гулкий звук сухого дерева, всё падало и опять вставало, громоздясь друг на друга; Оленька вскрикивала во сне, и Пустовалов говорил ей нежно:

— Оленька, что с тобой, милая? Перекрестись!

Какие мысли были у мужа, такие и у нее. Если он думал, что в комнате жарко или что дела теперь стали тихие, то так думала и она. Муж ее не любил никаких развлечений и в праздники сидел дома, и она тоже.

— И всё вы дома или в конторе, — говорили знакомые. — Вы бы сходили в театр, душечка, или в цирк.

— Нам с Васичкой некогда по театрам ходить, — отвечала она степенно. — Мы люди труда, нам не до пустяков. В театрах этих что хорошего?

По субботам Пустовалов и она ходили ко всенощной, в праздники к ранней обедне и, возвращаясь из церкви, шли рядышком, с умиленными лицами, от обоих хорошо пахло, и ее шелковое платье приятно шумело; а дома пили чай со сдобным хлебом и с разными вареньями, потом кушали пирог. Каждый день в полдень во дворе и за воротами на улице вкусно пахло борщом и жареной бараниной или уткой, а в постные дни — рыбой, и мимо ворот нельзя было пройти без того, чтобы не захотелось есть. В конторе всегда кипел самовар, и покупателей угощали чаем с бубликами. Раз в неделю супруги ходили в баню и возвращались оттуда рядышком, оба красные.

— Ничего, живем хорошо, — говорила Оленька знакомым, — слава богу. Дай бог всякому жить, как мы с Васичкой.

Когда Пустовалов уезжал в Могилевскую губернию за лесом, она сильно скучала и по ночам не спала, плакала. Иногда по вечерам приходил к ней полковой ветеринарный врач Смирнин, молодой человек, квартировавший у нее во флигеле. Он рассказывал ей что-нибудь или играл с нею в карты, и это ее развлекало. Особенно интересны были рассказы из его собственной семейной жизни; он был женат и имел сына, но с женой разошелся, так как она ему изменила, и теперь он ее ненавидел и высылал ей ежемесячно по сорока рублей на содержание сына. И, слушая об этом, Оленька вздыхала и покачивала головой, и ей было жаль его.

— Ну, спаси вас господи, — говорила она, прощаясь с ним и провожая его со свечой до лестницы. — Спасибо, что поскучали со мной, дай бог вам здоровья, царица небесная...

И всё она выражалась так степенно, так рассудительно, подражая мужу; ветеринар уже скрывался внизу за дверью, а она окликала его и говорила:

— Знаете, Владимир Платоныч, вы бы помирились с вашей женой. Простили бы ее хоть ради сына!.. Мальчишечка-то небось всё понимает.

А когда возвращался Пустовалов, она рассказывала ему вполголоса про ветеринара и его несчастную семейную жизнь, и оба вздыхали и покачивали головами и говорили о мальчике, который, вероятно, скучает по отце, потом, по какому-то странному течению мыслей, оба становились перед образами, клали земные поклоны и молились, чтобы бог послал им детей.

И так прожили Пустоваловы тихо и смирно, в любви и полном согласии шесть лет. Но вот как-то зимой Василий Андреич в складе, напившись горячего чаю, вышел без шапки отпускать лес, простудился и занемог. Его лечили лучшие доктора, но болезнь взяла свое, и он умер, проболев четыре месяца. И Оленька опять овдовела.

— На кого же ты меня покинул, голубчик мой? — рыдала она, похоронив мужа. — Как же я теперь буду жить без тебя, горькая я и несчастная? Люди добрые, пожалейте меня, сироту круглую...

Она ходила в черном платье с плерезами и уже отказалась навсегда от шляпки и перчаток, выходила из дому редко, только в церковь или на могилку мужа, и жила дома, как монашенка. И только когда прошло шесть месяцев, она сняла плерезы и стала открывать на окнах ставни. Иногда уже видели по утрам, как она ходила за провизией на базар со своей кухаркой, но о том, как она жила у себя теперь и что делалось у нее в доме, можно было только догадываться. По тому, например, догадывались, что видели, как она в своем садике пила чай с ветеринаром, а он читал ей вслух газету, и еще по тому, что, встретясь на почте с одной знакомой дамой, она сказала:

— У нас в городе нет правильного ветеринарного надзора и от этого много болезней. То и дело слышишь, люди заболевают от молока и заражаются от лошадей и коров. О здоровье домашних животных в сущности надо заботиться так же, как о здоровье людей.

Она повторяла мысли ветеринара и теперь была обо всем такого же мнения, как он. Было ясно, что она не могла прожить без привязанности и одного года и нашла свое новое счастье у себя во флигеле. Другую бы осудили за это, но об Оленьке никто не мог подумать дурно, и всё было так понятно в ее жизни. Она и ветеринар никому не говорили о перемене, какая произошла в их отношениях, и старались скрыть, но это им не удавалось, потому что у Оленьки не могло быть тайн. Когда к нему приходили гости, его сослуживцы по полку, то она, наливая им чай или подавая ужинать, начинала говорить о чуме на рогатом скоте, о жемчужной болезни, о городских бойнях, а он страшно конфузился и, когда уходили гости, хватал ее за руку и шипел сердито:

— Я ведь просил тебя не говорить о том, чего ты не понимаешь! Когда мы, ветеринары, говорим между собой, то, пожалуйста, не вмешивайся. Это, наконец, скучно!

А она смотрела на него с изумлением и с тревогой и спрашивала:

— Володичка, о чем же мне говорить?!

И она со слезами на глазах обнимала его, умоляла не сердиться, и оба были счастливы.

Но, однако, это счастье продолжалось недолго. Ветеринар уехал вместе с полком, уехал навсегда, так как полк перевели куда-то очень далеко, чуть ли не в Сибирь. И Оленька осталась одна.

Теперь уже она была совершенно одна. Отец давно уже умер, и кресло его валялось на чердаке, запыленное, без одной ножки. Она похудела и подурнела, и на улице встречные уже не глядели на нее, как прежде, и не улыбались ей; очевидно, лучшие годы уже прошли, остались позади, и теперь начиналась какая-то новая жизнь, неизвестная, о которой лучше не думать. По вечерам Оленька сидела на крылечке, и ей слышно было, как в «Тиволи» играла музыка и лопались ракеты, но это уже не вызывало никаких мыслей. Глядела она безучастно на свой пустой двор, ни о чем не думала, ничего не хотела, а потом, когда наступала ночь, шла спать и видела во сне свой пустой двор. Ела и пила она, точно поневоле.

А главное, что хуже всего, у нее уже не было никаких мнений. Она видела кругом себя предметы и понимала всё, что происходило кругом, но ни о чем не могла составить мнения и не знала, о чем ей говорить. А как это ужасно не иметь никакого мнения! Видишь, например, как стоит бутылка, или идет дождь, или едет мужик на телеге, но для чего эта бутылка, или дождь, или мужик, какой в них смысл, сказать не можешь и даже за тысячу рублей ничего не сказал бы. При Кукине и Пустовалове и потом при ветеринаре Оленька могла объяснить всё и сказала бы свое мнение о чем угодно, теперь же и среди мыслей и в сердце у нее была такая же пустота, как на дворе. И так жутко, и так горько, как будто объелась полыни.

Город мало-помалу расширялся во все стороны; Цыганскую Слободку уже называли улицей, и там, где были сад «Тиволи» и лесные склады, выросли уже дома и образовался ряд переулков. Как быстро бежит время! Дом у Оленьки потемнел, крыша заржавела, сарай покосился, и весь двор порос бурьяном и колючей крапивой. Сама Оленька постарела, подурнела; летом она сидит на крылечке, и на душе у нее по-прежнему и пусто, и нудно, и отдает полынью, а зимой сидит она у окна и глядит на снег. Повеет ли весной, донесет ли ветер звон соборных колоколов, и вдруг нахлынут воспоминания о прошлом, сладко сожмется сердце, и из глаз польются обильные слезы, но это только на минуту, а там опять пустота, и неизвестно, зачем живешь. Черная кошечка Брыска ласкается и мягко мурлычет, но не трогают Оленьку эти кошачьи ласки. Это ли ей нужно? Ей бы такую любовь, которая захватила бы всё ее существо, всю душу, разум, дала бы ей мысли, направление жизни, согрела бы ее стареющую кровь. И она стряхивает с подола черную Брыску и говорит ей с досадой:

— Поди, поди... Нечего тут!

И так день за днем, год за годом, — и ни одной радости, и нет никакого мнения. Что сказала Мавра-кухарка, то и хорошо.

В один жаркий июльский день, под вечер, когда по улице гнали городское стадо и весь двор наполнился облаками пыли, вдруг кто-то постучал в калитку. Оленька пошла сама отворять и, как взглянула, так и обомлела: за воротами стоял ветеринар Смирнин, уже седой и в штатском платье. Ей вдруг вспомнилось всё, она не удержалась, заплакала и положила ему голову на грудь, не сказавши ни одного слова, и в сильном волнении не заметила, как оба потом вошли в дом, как сели чай пить.

— Голубчик мой! — бормотала она, дрожа от радости. — Владимир Платоныч! Откуда бог принес?

— Хочу здесь совсем поселиться, — рассказывал он. — Подал в отставку и вот приехал попробовать счастья на воле, пожить оседлой жизнью. Да и сына пора уж отдавать в гимназию. Вырос. Я-то, знаете ли, помирился с женой.

— А где же она? — спросила Оленька.

— Она с сыном в гостинице, а я вот хожу и квартиру ищу.

— Господи, батюшка, да возьмите у меня дом! Чем не квартира? Ах, господи, да я с вас ничего и не возьму, — заволновалась Оленька и опять заплакала. — Живите тут, а с меня и флигеля довольно. Радость-то, господи!

На другой день уже красили на доме крышу и белили стены, и Оленька, подбоченясь, ходила по двору и распоряжалась. На лице ее засветилась прежняя улыбка, и вся она ожила, посвежела, точно очнулась от долгого сна. Приехала жена ветеринара, худая, некрасивая дама с короткими волосами и с капризным выражением, и с нею мальчик, Саша, маленький не по летам (ему шел уже десятый год), полный, с ясными голубыми глазами и с ямочками на щеках. И едва мальчик вошел во двор, как побежал за кошкой, и тотчас же послышался его веселый, радостный смех.

— Тетенька, это ваша кошка? — спросил он у Оленьки. — Когда она у вас ощенится, то, пожалуйста, подарите нам одного котеночка. Мама очень боится мышей.

Оленька поговорила с ним, напоила его чаем, и сердце у нее в груди стало вдруг теплым и сладко сжалось, точно этот мальчик был ее родной сын. И когда вечером он, сидя в столовой, повторял уроки, она смотрела на него с умилением и с жалостью и шептала:

— Голубчик мой, красавчик… Деточка моя, и уродился же ты такой умненький, такой беленький.

— Островом называется, — прочел он, — часть суши, со всех сторон окруженная водою.

— Островом называется часть суши… — повторила она, и это было ее первое мнение, которое она высказала с уверенностью после стольких лет молчания и пустоты в мыслях.

И она уже имела свои мнения и за ужином говорила с родителями Саши о том, как теперь детям трудно учиться в гимназиях, но что все-таки классическое образование лучше реального, так как из гимназии всюду открыта дорога: хочешь — иди в доктора, хочешь — в инженеры.

Саша стал ходить в гимназию. Его мать уехала в Харьков к сестре и не возвращалась; отец его каждый день уезжал куда-то осматривать гурты и, случалось, не живал дома дня по три, и Оленьке казалось, что Сашу совсем забросили, что он лишний в доме, что он умирает с голоду; и она перевела его к себе во флигель и устроила его там в маленькой комнате.

И вот уже прошло полгода, как Саша живет у нее во флигеле. Каждое утро Оленька входит в его комнату; он крепко спит, подложив руку под щеку, не дышит. Ей жаль будить его.

— Сашенька, — говорит она печально, — вставай, голубчик! В гимназию пора.

Он встает, одевается, молится богу, потом садится чай пить; выпивает три стакана чаю и съедает два больших бублика и пол французского хлеба с маслом. Он еще не совсем очнулся от сна и потому не в духе.

— А ты, Сашенька, не твердо выучил басню, — говорит Оленька и глядит на него так, будто провожает его в дальнюю дорогу. — Забота мне с тобой. Уж ты старайся, голубчик, учись… Слушайся учителей.

— Ах, оставьте, пожалуйста! — говорит Саша.

Затем он идет по улице в гимназию, сам маленький, но в большом картузе, с ранцем на спине. За ним бесшумно идет Оленька.

— Сашенька-а! — окликает она.

Он оглядывается, а она сует ему в руку финик или карамельку. Когда поворачивают в тот переулок, где стоит гимназия, ему становится совестно, что за ним идет высокая, полная женщина; он оглядывается и говорит:

— Вы, тетя, идите домой, а теперь уже я сам дойду.

Она останавливается и смотрит ему вслед, не мигая, пока он не скрывается в подъезде гимназии. Ах, как она его любит! Из ее прежних привязанностей ни одна не была такою глубокой, никогда еще раньше ее душа не покорялась так беззаветно, бескорыстно и с такой отрадой, как теперь, когда в ней всё более и более разгоралось материнское чувство. За этого чужого ей мальчика, за его ямочки на щеках, за картуз она отдала бы всю свою жизнь, отдала бы с радостью, со слезами умиления. Почему? А кто ж его знает — почему?

Проводив Сашу в гимназию, она возвращается домой тихо, такая довольная, покойная, любвеобильная; ее лицо, помолодевшее за последние полгода, улыбается, сияет; встречные, глядя на нее, испытывают удовольствие и говорят ей:

— Здравствуйте, душечка Ольга Семеновна! Как поживаете, душечка?

— Трудно теперь стало в гимназии учиться, — рассказывает она на базаре. — Шутка ли, вчера в первом классе задали басню наизусть, да перевод латинский, да задачу... Ну, где тут маленькому?

И она начинает говорить об учителях, об уроках, об учебниках, — то же самое, что говорит о них Саша.

В третьем часу вместе обедают, вечером вместе готовят уроки и плачут. Укладывая его в постель, она долго крестит его и шепчет молитву, потом, ложась спать, грезит о том будущем, далеком и туманном, когда Саша, кончив курс, станет доктором или инженером, будет иметь собственный большой дом, лошадей, коляску, женится и у него родятся дети... Она засыпает и всё думает о том же, и слезы текут у нее по щекам из закрытых глаз. И черная кошечка лежит у нее под боком и мурлычет:

— Мур... мур... мур...

Вдруг сильный стук в калитку. Оленька просыпается и не дышит от страха; сердце у нее сильно бьется. Проходит полминуты, и опять стук.

«Это телеграмма из Харькова, — думает она, начиная

дрожать всем телом. — Мать требует Сашу к себе в Харьков... О господи!»

Она в отчаянии; у нее холодеют голова, ноги, руки, и кажется, что несчастнее ее нет человека во всем свете. Но проходит еще минута, слышатся голоса: это ветеринар вернулся домой из клуба.

«Ну, слава богу», — думает она.

От сердца мало-помалу отстает тяжесть, опять становится легко; она ложится и думает о Саше, который спит крепко в соседней комнате и изредка говорит в бреду:

— Я ттебе! Пошел вон! Не дерись!

Пари

I

Была темная, осенняя ночь. Старый банкир ходил у себя в кабинете из угла в угол и вспоминал, как пятнадцать лет тому назад, осенью, он давал вечер. На этом вечере было много умных людей и велись интересные разговоры. Между прочим, говорили о смертной казни. Гости, среди которых было немало ученых и журналистов, в большинстве относились к смертной казни отрицательно. Они находили этот способ наказания устаревшим, непригодным для христианских государств и безнравственным. По мнению некоторых из них, смертную казнь повсеместно следовало бы заменить пожизненным заключением.

- Я с вами не согласен,- сказал хозяин-банкир. - Я не пробовал ни смертной казни, ни пожизненного заключения, но если можно судить a priori, то, по-моему, смертная казнь нравственнее и гуманнее заключения. Казнь убивает сразу, а пожизненное заключение медленно. Какой же палач человечнее? Тот ли, который убивает вас в несколько минут, или тот, который вытягивает из вас жизнь в продолжение многих лет?

- То и другое одинаково безнравственно,- заметил кто-то из гостей,- потому что имеет одну и ту же цель - отнятие жизни. Государство - не бог. Оно не имеет права отнимать то, чего не может вернуть, если захочет.

Среди гостей находился один юрист, молодой человек лет двадцати пяти. Когда спросили его мнения, он сказал:

- И смертная казнь и пожизненное заключение одинаково безнравственны, но если бы мне предложили выбирать между казнью и пожизненным заключением, то, конечно, я выбрал бы второе. Жить как-нибудь лучше, чем никак.

Поднялся оживленный спор. Банкир, бывший тогда помоложе и нервнее, вдруг вышел из себя, ударил кулаком по столу и крикнул, обращаясь к молодому юристу:

- Неправда! Держу пари на два миллиона, что вы не высидите в каземате и пяти лет.

- Если это серьезно,- ответил ему юрист,- то держу пари, что высижу не пять, а пятнадцать.

- Пятнадцать? Идет! - крикнул банкир.- Господа, я ставлю два миллиона!

- Согласен! Вы ставите миллионы, а я свою свободу! - сказал юрист.

И это дикое, бессмысленное пари состоялось! Банкир, не знавший тогда счета своим миллионам, избалованный и легкомысленный, был в восторге от пари. За ужином он шутил над юристом и говорил:

- Образумьтесь, молодой человек, пока еще не поздно. Для меня два миллиона составляют пустяки, а вы рискуете потерять три-четыре лучших года вашей жизни. Говорю - три-четыре, потому что вы не высидите дольше. Не забывайте также, несчастный, что добровольное заточение гораздо тяжелее обязательного. Мысль, что каждую минуту вы имеете право выйти на свободу, отравит вам в каземате все ваше существование. Мне жаль вас!

И теперь банкир, шагая из угла в угол, вспоминал все это и спрашивал себя:

- К чему это пари? Какая польза от того, что юрист потерял пятнадцать лет жизни, а я брошу два миллиона? Может ли это доказать людям, что смертная казнь хуже или лучше пожизненного заключения? Нет и нет. Вздор и бессмыслица. С моей стороны то была прихоть сытого человека, а со стороны юриста - простая алчность к деньгам...

Далее вспоминал он о том, что произошло после описанного вечера. Решено было, что юрист будет отбывать свое заключение под строжайшим надзором в одном из флигелей, построенных в саду банкира. Условились, что в продолжение пятнадцати лет он будет лишен права переступать порог флигеля, видеть живых людей, слышать человеческие голоса и получать письма и газеты. Ему разрешалось иметь музыкальный инструмент, читать книги, писать письма, пить вино и курить табак. С внешним миром, по условию, он мог сноситься не иначе, как молча, через маленькое окно, нарочно устроенное для этого. Все, что нужно, книги, ноты, вино и прочее, он мог получать по записке в каком угодно количестве, но только через окно. Договор предусматривал все подробности и мелочи, делавшие заключение строго одиночным, и обязывал юриста высидеть ровно пятнадцать лет, с 12-ти часов 14 ноября 1870г. и кончая 12-ю часами 14 ноября 1885г. Малейшая попытка со стороны юриста нарушить условия, хотя бы за две минуты до срока, освобождала банкира от обязанности платить ему два миллиона.

В первый год заключения юрист, насколько можно было судить по его коротким запискам, сильно страдал от одиночества и скуки. Из его флигеля постоянно днем и ночью слышались звуки рояля! Он отказался от вина и табаку. Вино, писал он, возбуждает желания, а желания - первые враги узника; к тому же нет ничего скучнее, как пить хорошее вино и никого не видеть. А табак портит в его комнате воздух. В первый год юристу посылались книги преимущественно легкого содержания: романы с сложной любовной интригой, уголовные и фантастические рассказы, комедии и т.п.

Во второй год музыка уже смолкла во флигеле, и юрист требовал в своих записках только классиков. В пятый год снова послышалась музыка, и узник попросил вина. Те, которые наблюдали за ним в окошко, говорили, что весь этот год он только ел, пил и лежал на постели, часто зевал, сердито разговаривал сам с собою. Книг он не читал. Иногда по ночам он садился писать, писал долго и под утро разрывал на клочки все написанное. Слышали не раз, как он плакал.

Во второй половине шестого года узник усердно занялся изучением языков, философией и историей. Он жадно принялся за эти науки, так что банкир едва успевал выписывать для него книги. В продолжение четырех лет по его требованию было выписано около шестисот томов. В период этого увлечения банкир, между прочим, получил от своего узника такое письмо: "Дорогой мой тюремщик! Пишу вам эти строки на шести языках. Покажите их сведущим людям. Пусть прочтут. Если они не найдут ни одной ошибки, то, умоляю вас, прикажите выстрелить в саду из ружья. Выстрел этот скажет мне, что мои усилия не пропали даром. Гении всех веков и стран говорят на различных языках, но горит во всех их одно и то же пламя. О, если бы вы знали, какое неземное счастье испытывает теперь моя душа оттого, что я умею понимать их!" Желание узника было исполнено. Банкир приказал выстрелить в саду два раза.

Затем после десятого года юрист неподвижно сидел за столом и читал одно только евангелие. Банкиру казалось странным, что человек, одолевший в четыре года шестьсот мудреных томов, потратил около года на чтение одной удобопонятной и не толстой книги. На смену евангелию пришли история религий и богословие.

В последние два года заточения узник читал чрезвычайно много, без всякого разбора. То он занимался естественными науками, то требовал Байрона или Шекспира. Бывали он него такие записки, где он просил прислать ему в одно и то же время и химию, и медицинский учебник, и роман, и какой-нибудь философский или богословский трактат. Его чтение было похоже на то, как будто он плавал в море среди обломков корабля и, желая спасти себе жизнь, жадно хватался то за один обломок, то за другой!

II

Старик банкир вспоминал все это и думал:

"Завтра в двенадцать часов он получает свободу. По условию, я должен буду уплатить ему два миллиона. Если я уплачу, то все погибло: я окончательно разорен..."

Пятнадцать лет тому назад он не знал счета своим миллионам, теперь же он боялся спросить себя, чего у него больше - денег или долгов? Азартная биржевая игра, рискованные спекуляции и горячность, от которой он не мог отрешиться даже в старости, мало-помалу привели в упадок его дела, и бесстрашный, самонадеянный, гордый богач превратился в банкира средней руки, трепещущего при всяком повышении и понижении бумаг.

- Проклятое пари!- бормотал старик, в отчаянии хватая себя за голову.- Зачем этот человек не умер? Ему еще сорок лет. Он возьмет с меня последнее, женится, будет наслаждаться жизнью, играть на бирже, а я, как нищий, буду глядеть с завистью и каждый день слышать от него одну и ту же фразу: "Я обязан вам счастьем моей жизни, позвольте мне помочь вам!" Нет, это слишком! Единственное спасение от банкротства и позора - смерть этого человека!

Пробило три часа. Банкир прислушался: в доме все спали, и только слышно было, как за окнами шумели озябшие деревья. Стараясь не издавать ни звука, он достал из несгораемого шкафа ключ от двери, которая не отворялась в продолжение пятнадцати лет, надел пальто и вышел из дому.

В саду было темно и холодно. Шел дождь. Резкий сырой ветер с воем носился по всему саду и не давал покоя деревьям. Банкир напрягал зрение, но не видел ни земли, ни белых статуй, ни флигеля, ни деревьев. Подойдя к тому месту, где находился флигель, он два раза окликнул сторожа. Ответа не последовало. Очевидно, сторож укрылся от непогоды и теперь спал где-нибудь на кухне или в оранжерее.

"Если у меня хватит духа исполнить свое намерение, - подумал старик,- то подозрение прежде всего падет на сторожа".

Он нащупал в потемках ступени и дверь и вошел в переднюю флигеля, затем ощупью пробрался в небольшой коридор и зажег спичку. Тут не было ни души. Стояла чья-то кровать без постели, да темнела в углу чугунная печка. Печати на двери, ведущей в комнату узника, были целы.

Когда потухла спичка, старик, дрожа от волнения, заглянул в маленькое окно.

В комнате узника тускло горела свеча. Сам он сидел у стола. Видны были только его спина, волосы на голове да руки. На столе, на двух креслах и на ковре, возле стола, лежали раскрытые книги.

Прошло пять минут, и узник ни разу не шевельнулся. Пятнадцатилетнее заключение научило его сидеть неподвижно. Банкир постучал пальцем в окно, и узник не ответил на этот стук ни одним движением. Тогда банкир осторожно сорвал с двери печати и вложил ключ в замочную скважину. Заржавленный замок издал хриплый звук, и дверь скрипнула. Банкир ожидал, что тотчас же послышится крик удивления и шаги, но прошло минуты три, и за дверью было тихо по-прежнему. Он решился войти в комнату.

За столом неподвижно сидел человек, не похожий на обыкновенных людей. Это был скелет, обтянутый кожею, с длинными жесткими кудрями и с косматой бородой. Цвет лица у него был желтый, с землистым оттенком, щеки впалые, спина длинная и узкая, а рука, которою он поддерживал свою волосатую голову, была так тонка и худа, что на нее было жутко смотреть. В волосах его уже серебрилась седина, и, глядя на старчески изможденное лицо, никто не поверил бы, что ему только сорок лет. Он спал... Перед его склоненною головой на столе лежал лист бумаги, на котором было что-то написано мелким почерком.

"Жалкий человек!- подумал банкир.- Спит и, вероятно, видит во сне миллионы! А стоит мне только взять этого полумертвеца, бросить его на постель, слегка придушить подушкой, и самая добросовестная экспертиза не найдет знаков насильственной смерти. Однако прочтем сначала, что он тут написал..."

Банкир взял со стола лист и прочел следующее:

"Завтра в двенадцать часов дня я получаю свободу и право общения с людьми. Но, прежде чем оставить эту комнату и увидеть солнце, я считаю нужным сказать вам несколько слов. По чистой совести и перед богом, который видит меня, заявляю вам, что я презираю и свободу, и жизнь, и здоровье, и все то, что в ваших книгах называется благами мира.

Пятнадцать лет я внимательно изучал земную жизнь. Правда, я не видел земли и людей, но в ваших книгах я пил ароматное вино, пел песни, гонялся в лесах за оленями и дикими кабанами, любил женщин... Красавицы, воздушные, как облако, созданные волшебством ваших гениальных поэтов, посещали меня ночью и шептали мне чудные сказки, от которых пьянела моя голова. В ваших книгах я взбирался на вершины Эльбруса и Монблана и видел оттуда, как по утрам восходило солнце и как по вечерам заливало оно небо, океан и горные вершины багряным золотом; я видел оттуда, как надо мной, рассекая тучи, сверкали молнии; я видел зеленые леса, поля, реки, озера, города, слышал пение сирен и игру пастушеских свирелей, осязал крылья прекрасных дьяволов, прилетавших ко мне беседовать о боге... В ваших книгах я бросался в бездонные пропасти, творил чудеса, убивал, сжигал города, проповедовал новые религии, завоевывал целые царства...

Ваши книги дали мне мудрость. Все то, что веками создавала неутомимая человеческая мысль, сдавлено в моем черепе в небольшой ком. Я знаю, что я умнее всех вас.

И я презираю ваши книги, презираю все блага мира и мудрость. Все ничтожно, бренно, призрачно и обманчиво, как мираж. Пусть вы горды, мудры и прекрасны, но смерть сотрет вас с лица земли наравне с подпольными мышами, а потомство ваше, история, бессмертие ваших гениев замерзнут или сгорят вместе с земным шаром.

Вы обезумели и идете не по той дороге. Ложь принимаете вы за правду и безобразие за красоту. Вы удивились бы, если бы вследствие каких-нибудь обстоятельств на яблонях и апельсинных деревьях вместо плодов вдруг выросли лягушки и ящерицы или розы стали издавать запах вспотевшей лошади; так я удивляюсь вам, променявшим небо на землю. Я не хочу понимать вас.

Чтоб показать вам на деле презрение к тому, чем живете вы, я отказываюсь от двух миллионов, о которых я когда-то мечтал, как о рае, и которые теперь презираю. Чтобы лишить себя права на них, я выйду отсюда за пять часов до условленного срока и таким образом нарушу договор..."

Прочитав это, банкир положил лист на стол, поцеловал странного человека в голову, заплакал и вышел из флигеля. Никогда в другое время, даже после сильных проигрышей на бирже, он не чувствовал такого презрения к самому себе, как теперь. Придя домой, он лег в постель, но волнение и слезы долго не давали ему уснуть...

На другой день утром прибежали бледные сторожа и сообщили ему, что они видели, как человек, живущий во флигеле, пролез через окно в сад, пошел к воротам, затем куда-то скрылся. Вместе со слугами банкир тотчас же отправился во флигель и удостоверил бегство своего узника. Чтобы не возбуждать лишних толков, он взял со стола лист с отречением и, вернувшись к себе, запер его в несгораемый шкаф.

Ванька

Ванька Жуков, девятилетний мальчик, отданный три месяца тому назад в ученье к сапожнику Аляхину, в ночь под Рождество не ложился спать. Дождавшись, когда хозяева и подмастерья ушли к заутрене, он достал из хозяйского шкапа пузырек с чернилами, ручку с заржавленным пером и, разложив перед собой измятый лист бумаги, стал писать. Прежде чем вывести первую букву, он несколько раз пугливо оглянулся на двери и окна, покосился на темный образ, по обе стороны которого тянулись полки с колодками, и прерывисто вздохнул. Бумага лежала на скамье, а сам он стоял перед скамьей на коленях.

«Милый дедушка, Константин Макарыч! — писал он. — И пишу тебе письмо. Поздравляю вас с Рождеством и желаю тебе всего от господа бога. Нету у меня ни отца, ни маменьки, только ты у меня один остался».

Ванька перевел глаза на темное окно, в котором мелькало отражение его свечки, и живо вообразил себе своего деда Константина Макарыча, служащего ночным сторожем у господ Живаревых. Это маленький, тощенький, но необыкновенно юркий и подвижной старикашка лет 65-ти, с вечно смеющимся лицом и пьяными глазами. Днем он спит в людской кухне или балагурит с кухарками, ночью же, окутанный в просторный тулуп, ходит вокруг усадьбы и стучит в свою колотушку. За ним, опустив головы, шагают старая Каштанка и кобелек Вьюн, прозванный так за свой черный цвет и тело, длинное, как у ласки. Этот Вьюн необыкновенно почтителен и ласков, одинаково умильно смотрит как на своих, так и на чужих, но кредитом не пользуется. Под его почтительностью и смирением скрывается самое иезуитское ехидство. Никто лучше его не умеет вовремя подкрасться и цапнуть за ногу, забраться в ледник или украсть у мужика курицу. Ему уж не раз отбивали задние ноги, раза два его вешали, каждую неделю пороли до полусмерти, но он всегда оживал.

Теперь, наверно, дед стоит у ворот, щурит глаза на ярко-красные окна деревенской церкви и, притопывая валенками, балагурит с дворней. Колотушка его подвязана к поясу. Он всплескивает руками, пожимается от холода и, старчески хихикая, щиплет то горничную, то кухарку.

— Табачку нешто нам понюхать? — говорит он, подставляя бабам свою табакерку.

Бабы нюхают и чихают. Дед приходит в неописанный восторг, заливается веселым смехом и кричит:

— Отдирай, примерзло!

Дают понюхать табаку и собакам. Каштанка чихает, крутит мордой и, обиженная, отходит в сторону. Вьюн же из почтительности не чихает и вертит хвостом. А погода великолепная. Воздух тих, прозрачен и свеж. Ночь темна, но видно всю деревню с ее белыми крышами и струйками дыма, идущими из труб, деревья, посребренные инеем, сугробы. Всё небо усыпано весело мигающими звездами, и Млечный путь вырисовывается так ясно, как будто его перед праздником помыли и потерли снегом...

Ванька вздохнул, умокнул перо и продолжал писать:

«А вчерась мне была выволочка. Хозяин выволок меня за волосья на двор и отчесал шпандырем за то, что я качал ихнего ребятенка в люльке и по нечаянности заснул. А на неделе хозяйка велела мне почистить селедку, а я начал с хвоста, а она взяла селедку и ейной мордой начала меня в харю тыкать. Подмастерья надо мной насмехаются, посылают в кабак за водкой и велят красть у хозяев огурцы, а хозяин бьет чем попадя. А еды нету никакой. Утром дают хлеба, в обед каши и к вечеру тоже хлеба, а чтоб чаю или щей, то хозяева сами трескают. А спать мне велят в сенях, а когда ребятенок ихний плачет, я вовсе не сплю, а качаю люльку. Милый дедушка, сделай божецкую милость, возьми меня отсюда домой, на деревню, нету никакой моей возможности... Кланяюсь тебе в ножки и буду вечно бога молить, увези меня отсюда, а то помру...»

Ванька покривил рот, потер своим черным кулаком глаза и всхлипнул.

«Я буду тебе табак тереть, — продолжал он, — богу молиться, а если что, то секи меня, как сидорову козу. А ежели думаешь, должности мне нету, то я Христа ради попрошусь к приказчику сапоги чистить, али заместо Федьки в подпаски пойду. Дедушка милый, нету никакой возможности, просто смерть одна. Хотел было пешком на деревню бежать, да сапогов нету, морозу боюсь. А когда вырасту большой, то за это самое буду тебя кормить и в обиду никому не дам, а помрешь, стану за упокой души молить, всё равно как за мамку Пелагею.

А Москва город большой. Дома всё господские и лошадей много, а овец нету и собаки не злые. Со звездой тут ребята не ходят и на клирос петь никого не пущают, а раз я видал в одной лавке на окне крючки продаются прямо с леской и на всякую рыбу, очень стоющие, даже такой есть один крючок, что пудового сома удержит. И видал которые лавки, где ружья всякие на манер бариновых, так что небось рублей сто кажное… А в мясных лавках и тетерева, и рябцы, и зайцы, а в котором месте их стреляют, про то сидельцы не сказывают.

Милый дедушка, а когда у господ будет елка с гостинцами, возьми мне золоченный орех и в зеленый сундучок спрячь. Попроси у барышни Ольги Игнатьевны, скажи, для Ваньки».

Ванька судорожно вздохнул и опять уставился на окно. Он вспомнил, что за елкой для господ всегда ходил в лес дед и брал с собою внука. Веселое было время! И дед крякал, и мороз крякал, а глядя на них, и Ванька крякал. Бывало, прежде чем вырубить елку, дед выкуривает трубку, долго нюхает табак, посмеивается над озябшим Ванюшкой… Молодые елки, окутанные инеем, стоят неподвижно и ждут, которой из них помирать? Откуда ни возьмись, по сугробам летит стрелой заяц… Дед не может чтоб не крикнуть:

— Держи, держи… держи! Ах, куцый дьявол!

Срубленную елку дед тащил в господский дом, а там принимались убирать ее… Больше всех хлопотала барышня Ольга Игнатьевна, любимица Ваньки. Когда еще была жива Ванькина мать Пелагея и служила у господ в горничных, Ольга Игнатьевна кормила Ваньку леденцами и от нечего делать выучила его читать, писать, считать до ста и даже танцевать кадриль. Когда же Пелагея умерла, сироту Ваньку спровадили в людскую кухню к деду, а из кухни в Москву к сапожнику Аляхину…

«Приезжай, милый дедушка, — продолжал Ванька, — Христом богом тебя молю, возьми меня отседа. Пожалей ты меня сироту несчастную, а то меня все колотят и кушать страсть хочется, а скука такая, что и сказать нельзя, всё плачу. А намедни хозяин колодкой по голове ударил, так что упал и насилу очухался. Пропащая моя жизнь, хуже собаки всякой… А еще кланяюсь Алене, кривому Егорке и кучеру, а гармонию мою никому не отдавай. Остаюсь твой внук Иван Жуков, милый дедушка приезжай».

Ванька свернул вчетверо исписанный лист и вложил его в конверт, купленный накануне за копейку... Подумав немного, он умокнул перо и написал адрес:

На деревню дедушке.

Потом почесался, подумал и прибавил: «Константину Макарычу». Довольный тем, что ему не помешали писать, он надел шапку и, не набрасывая на себя шубейки, прямо в рубахе выбежал на улицу...

Сидельцы из мясной лавки, которых он расспрашивал накануне, сказали ему, что письма опускаются в почтовые ящики, а из ящиков развозятся по всей земле на почтовых тройках с пьяными ямщиками и звонкими колокольцами. Ванька добежал до первого почтового ящика и сунул драгоценное письмо в щель...

Убаюканный сладкими надеждами, он час спустя крепко спал... Ему снилась печка. На печи сидит дед, свесив босые ноги, и читает письмо кухаркам... Около печи ходит Вьюн и вертит хвостом...

Прятки

I

В детской у Лелечки было светло, красиво и весело. Звонкий Лелечкин голос радовал маму. Лелечка — прелестный ребенок. Ни у кого нет другого такого ребенка, и никогда не было, и не может быть. Серафима Александровна, Лелечкина мама, уверена в этом. Глаза у Лелечки черные и большие, щеки румяные, губы созданы для поцелуев и для смеха. Но не в этом самая большая и самая милая для Серафимы Александровны Лелечкина прелесть.

Лелечка у мамы одна. Поэтому-то каждое Лелечкино движение чарует маму. Что за блаженство, — держать Лелечку у себя на коленях, ласкать ее, чувствовать под руками маленькую девочку, бойкую и веселую, как птичка!

Сказать по правде, только в детской Серафиме Александровне и весело. С мужем ей холодно.

Может быть, это потому, что он и сам любит холод — холодную воду, холодный воздух. Он — всегда свежий и холодный, с холодною улыбкою, — и где он проходит, там словно пробегают в воздухе холодные струйки.

Неслетьевы, Сергей Модестович и Серафима Александровна, поженились не по любви и не по расчету, а потому, что уже так принято. Молодой человек тридцати пяти лет и молодая девица, — двадцати шести, — оба одного общества и хорошо воспитанные, сошлись: ему следовало жениться, ей настала пора выйти замуж.

Серафиме Александровне казалось даже, что она влюблена в жениха, и это очень веселило. Он был изящный и ловкий, сохранял всегда значительное выражение в умных серых глазах и с безукоризненною нежностью выполнял жениховские обязанности.

Сергей Модестович не чувствовал себя влюбленным, и ему не было особенно весело, а только приятно, — как, впрочем, и все в его ровной и умеренной жизни.

Невеста была красива, не слишком, впрочем, — высокая, черноглазая, черноволосая девица, державшаяся несколько застенчиво, но с большим тактом. За приданым он не гнался, — но ему доставляло удовольствие знать, что у жены есть что-то. Он имел связи, и у жены были хорошие и влиятельные родственники. Когда-нибудь, при случае, это могло пригодиться. Всегда корректный и тактичный, Неслетьев двигался по службе не так скоро, чтоб ему завидовали, но и не так медленно, чтобы завидовать другим, — и в меру и в пору.

После того как они сочетались, Сергей Модестович ни разу, во внешнем и показном своем поведении, не дал жене повода обвинить себя. Потом, уже когда Серафима Александровна была в интересном положении, у Сергея Модестовича завязались легкие и непрочные связи на стороне. Серафима Александровна узнала об этом — и, к удивлению своему, не особенно огорчилась; она ждала ребенка с тревожным, поглощающим ее чувством.

Родилась девочка: Серафима Александровна предалась заботам о ней. Вначале она с восторгом сообщала мужу радующие ее подробности из Лелиной жизни. Но скоро она заметила, что Сергей Модестович выслушивал ее без всякого живого участия, единственно только по светской любезной привычке. Серафима Александровна стала все больше отдаляться от него. Она любила девочку с неудовлетворенною страстностью, как другие женщины, ошибочно устроившие свою судьбу, изменяют своим мужьям для случайных молодых людей.

— Мамочка, поиграем в прятки, — кричала Лелечка, выговаривая «р», как «л», так что выходило вместо «в прятки» — «в плятки».

Эта милая неумелость говорить заставляла Серафиму Александровну нежно и растроганно улыбаться. Лелечка побежала, топоча по коврам маленькими и пухлыми ножками, и спряталась за занавесками у своей кроватки.

— Тю-тю, мамочка! — закричала она смеющимся, нежным голосом, выглядывая одним черным, плутовским глазком.

— Где моя деточка? — спрашивала мама, притворяясь, что ищет Лелечку и не видит ее.

А Лелечка-то заливалась звонким смехом в своем убежище. Потом она высунулась побольше, — и мама как будто сейчас только увидала ее и взяла ее за плечики, радостно восклицая:

— А, вот она, моя Лелечка!

Долго и звонко смеялась Лелечка, приникнув головою к маминым коленям и барахтаясь в маминых белых руках, — возбужденно и страстно горели мамины черные глаза.

146

— Теперь ты, мамочка, прячься, — сказала Лелечка, уставши смеяться.

Мама пошпа прятаться; Лелечка отвернулась, — будто бы не смотрит, — а сама исподтишка наблюдала, куда пойдет мамочка. Мама спряталась за шкапом и крикнула:

— Тю-тю, деточка!

Лелечка побежала вокруг комнаты, заглядывая во все уголки, притворяясь, как давеча мама, что ищет, — хоть сама хорошо знала, где стоит мамочка.

— Где моя мамочка? — спрашивала Лелечка. — Здесь нет, — и здесь нет, — говорила она, перебегая к другому уголку.

Мама стояла, притаив дыхание, с прислоненною к стене головою, с примятою прическою. Блаженно-тревожная улыбка играла на ее румяных губах.

Нянька Федосья, глуповатая на вцд, но добрая, красивая женщина, ухмылялась, смотрела на барыню с тем обычным у нее выражением, как будто она согласна не спорить против барских затей, и думала про себя:

«И мать-то, ровно дитя малое, — ишь как разгорелась».

Лелечка приближалась к мамину углу, — а мама все больше волновалась, входя в интерес игры; мамино сердце усиленно и коротко билось, и она теснее прижималась к стене и приминала свои волосы. Лелечка заглянула в мамин угол и взвизгнула от радости.

— Насла! — закричала она громко и радостно, нечисто выговаривая звук «ш» и опять веселя этим маму.

Она потащила маму за руки на середину комнаты, — обе радовались и смеялись, — и опять Лелечка упала головою к маминым коленям и лепетала, лепетала без конца милые словечки, так славно и неловко их выговаривая.

Сергей Модестович подходил в это время к детской. Сквозь неплотно затворенные двери он услышал смех, радостные восклицания, шум от возни. Холодно, но любезно улыбаясь, вошел он в детскую, свежий и прямой, одетый безукоризненно, распространяя вокруг себя веяние чистоты, свежести и холода. Он вошел среди оживленной игры, — и всех смутил своим ясным холодом. Даже Федосья застыдилась, не то за барыню, не то за себя самое. Серафима Александровна сразу сделалась спокойною и, по-видимому, холодною, — и это ее настроение сообщилось девочке, которая перестала смеяться и молча и внимательно смотрела на отца.

Сергей Модестович беглым взглядом окинул комнату. Все здесь ему приятно: обстановка красивая, — Серафима Александровна заботится о том, чтобы девочку с самого нежного возраста окружало только прекрасное. Одета Серафима Александровна нарядно и к лицу, — это она всегда делает для Лелечки, с тем же расчетом. Одного только Сергей Модестович не мог одобрить, — того, что жена почти постоянно в детской.

— Мне надо было сказать... Я так и знал, что найду тебя здесь, — сказал он с улыбкою насмешливою и снисходительною.

Они вышли вместе из детской. Пропустив Серафиму Александровну в дверь кабинета, Сергей Модестович сказал равнодушно, как бы вскользь и не придавая значения своим словам:

— Ты не находишь, что девочке полезно бы иногда обойтись без твоего общества? Понимаешь, чтобы ребенок почувствовал свою отдельную личность, — пояснил он в ответ на удивленный взгляд Серафимы Александровны.

— Она еще так мала, — сказала Серафима Александровна.

— Впрочем, это так, только мое скромное мнение. Я не настаиваю, — там ваше царство.

— Я подумаю, — отвечала жена, улыбаясь, как и он, холодно и любезно.

И они заговорили о другом.

II

Вечером нянька Федосья рассказывала в кухне молчаливой горничной Дарье и любящей рассуждать старухе кухарке Агафье о том, что маленькая барышня уж так-то полюбила играть с барынею в прятки: спрячет личико и кричит: «Тю-тю!»

— И сама-то барыня ровно дитя малое, — говорила Федосья ухмыляясь.

Агафья слушала, неодобрительно покачивая головою, и лицо ее сделалось строгим и укоряющим.

— Что барыня, известно, ей ни к чему, — сказала она, — а вот что барышня-то все прячется, нехорошо это.

— А что? — с любопытством спросила Федосья.

Ее доброе румяное лицо от этого выражения любопытства

сделалось похожим на лицо деревянной, грубо раскрашенной куклы.

— Да нехорошо, — повторила с убеждением Агафья, — да и как еще нехорошо!

— Ну? — переспросила Федосья, усиливая на своем лице смешное выражение любопытства.

— Прячется, прячется, да и спрячется, — таинственным шепотом сказала Агафья, опасливо посматривая на дверь.

— Да что ты говоришь? — с испугом воскликнула Федосья.

— Верно говорю, вот попомни мое слово, — уверенно и так же таинственно сказала Агафья, — уж это самая верная примета.

Но эту примету старуха придумала сама, внезапно, и теперь, очевидно, весьма гордилась ею.

III

Лелечка спала, а Серафима Александровна сидела у себя и радостно и нежно мечтала о Лелечке. Лелечка в ее мечтах была милою девочкою, потом милою девушкою, потом опять прелестною девочкою, и все без конца оставалась маминою Лелечкою.

Серафима Александровна и не заметила, как пришла Федосья и остановилась перед нею. У Федосьи было озабоченное, испуганное лицо.

— Барыня, а барыня, — позвала она тихонько, вздрагивающим, взволнованным голосом.

Серафима Александровна очнулась, Федосьино лицо обеспокоило ее.

— Что тебе, Федосья? — спросила она тревожно. — С Лелечкой что?

Она быстро встала с кресла.

— Ни, барыня, — отвечала Федосья, махая руками, чтобы барыня успокоилась и села. — Лелечка спит, Господь с ней. А только я, знаете что, я вам скажу, — Лелечка-то у нас все прячется, — ведь нехорошо это.

Федосья смотрела на барыню неподвижными, округлившимися от страха глазами.

— Чем нехорошо? — с досадою спросила Серафима Александровна, невольно подчиняясь неопределенному беспокойству.

— Да так уж, нехорошо, негоже, — сказала Федосья, и лицо ее выражало непоколебимую уверенность.

— Говори, пожалуйста, толком, — сухо приказала Серафима Александровна, — я ничего не понимаю.

— Да так, барыня, примета такая есть, — вдруг застыдившись, объяснила Федосья.

— Глупости, — сказала Серафима Александровна.

Ей не хотелось больше слушать, что это за примета, что она предвещает. Но стало как-то не то чтобы страшно, а жутко, — и оскорбительно, что какая-нибудь, очевидно, нелепая выдумка разбивает милые мечты и томительно тревожит.

— Что ж, известно, господа приметам не верят, а только нехорошая примета, — заунывным голосом говорила Федосья, — прячется барышня, прячется...

Вдруг она заплакала, всхлипывая в голос.

— Прячется, прячется, да и спрячется, ангельская душенька в сырую могилку, — приговаривала она, вытирая слезы передником и сморкаясь.

— Кто это тебе наговорил? — строгим и упавшим голосом спросила Серафима Александровна.

— Агафья говорит, барыня, — отвечала Федосья. — Уж она знает.

— Знает! — досадливо сказала Серафима Александровна, видимо желая как-нибудь оградиться от этого внезапного беспокойства. — Что за глупости! Пожалуйста, на будущее время не говори мне такого вздора. Иди.

Федосья с обиженным и унылым лицом вышла.

«Что за вздор! разве Лелечка может умереть!» — думала Серафима Александровна, стараясь разумными рассуждениями победить ощущение холода и ужаса, охватившее ее при мысли о возможной Лелечкиной смерти.

Серафима Александровна думала, что эти женщины невежественны и потому верят приметам. Она же ясно понимала, что между детскою забавою, которую может полюбить всякий ребенок, и продолжительностью его жизни не может быть никакого соответствия. Она с особенным тщанием старалась в этот вечер заняться чем-нибудь посторонним, — но мысли ее невольно обращались к тому, что Лелечка любит прятаться.

Еще когда Лелечка была совсем маленькая и недавно только научилась узнавать маму и няню, случалось, что она вдруг сделает, взглянув на маму, плутовскую гримаску, засмеется и спрячется за плечо к няньке, у которой сидит на руках. Потом выглянет и смотрит лукаво.

В последнее время Федосья опять приучила Лелечку прятаться, в те немногие минуты, когда мама уходила из детской; потом мама, увидев, как прелестна Лелечка, когда она прячется, сама стала играть с дочкою в прятки.

IV

На другое утро, поглощенная радостными заботами о Лелечке, Серафима Александровна забыла о вчерашних Федосьиных словах.

Но когда она вышла из детской заказать обед и потом вернулась, а Лелечка спряталась под стол и крикнула оттуда: «Тю-тю!» — то Серафиме Александровне стало вдруг страшно. Хотя она сейчас же упрекнула себя за этот неосновательный, суеверный страх, все-таки она уже не могла позабавить Лелечку игрою в прятки и постаралась отвлечь Лелечкино внимание на что-нибудь другое.

Лелечка — ласковая, послушная девочка. Она охотно переходит к тому, чего хочет мама. Но так как она уже привыкла прятаться от мамочки и покрикивать «тю-тю!» из какого-нибудь убежища, то и сегодня она часто возвращалась к этому.

Серафима Александровна усиленно старалась занимать Лелечку. Не так-то это легко! Особенно, когда беспрестанно мешают тревожные, угрожающая мысли.

«Отчего Лелечка все вспоминает свое "тю-тю"? Как это ей не надоест одно и то же — закрывать глаза и прятать лицо? Может быть, — думала Серафима Александровна, — у Лелечки нет такого сильного влечения к миру, как у других детей, которые неотступно глядят на вещи. Но если так, то не признак ли это органической слабости? Не зародыш ли это бессознательной неохоты жить?»

Предчувствия томили Серафиму Александровну. Ей стыдно было перед Федосьею и перед собою бросить игру в прятки с Лелечкою. Но эта игра становилась для нее мучительною; тем более мучительною, что все-таки хотелось поиграть ею, и все более тянуло прятаться от Лелечки или отыскивать спрятавшуюся Лелечку. Серафима Александровна даже сама иногда затевала эту игру, — с тяжелым сердцем, страдая, как от какого-нибудь дурного дела, о котором знаешь, что не надо его делать, и все же делаешь.

Тяжелый день выдался у Серафимы Александровны.

V

Лелечка собиралась спать. Ее глазки слипались от усталости, когда она забралась на кроватку, огороженную сетками. Мама прикрыла ее голубым одеяльцем. Лелечка выпростала из-под одеяльца белые, нежные ручонки и протянула их, чтобы обнять мамочку. Мама наклонилась. Лелечка с нежным выражением на сонном лице поцеловала маму и опустила голову на подушки. Ее руки спрятались под одеялом, и Лелечка прошептала:

— Ручки тю-тю.

Мамино сердце замерло, — Лелечка лежала такая маленькая, слабая, тихая. Лелечка слабо улыбнулась, закрыла глаза и тихонько сказала:

— Глазки тю-тю.

И потом еще тише:

— Лелечка тю-тю.

С этими словами она заснула, прижимаясь щекою к подушке, закрытая одеяльцем, маленькая и слабая. Мама смотрела на нее тоскующими глазами.

И долго стояла Серафима Александровна над Лелечкиною кроваткою, с нежностью и опасением глядя на Лелечку.

«Я — мать: неужели я не уберегу?» — думала она, воображая разные напасти, которые могут угрожать Лелечке.

Долго молилась она в эту ночь, — но тоска ее не облегчалась молитвою.

VI

Прошло несколько дней. Лелечка простудилась. Ночью у нее сделался жар. Когда разбуженная Федосьею Серафима Александровна пришла к Лелечке и увидела ее, жаркую, беспокойную, страдающую, она вспомнила прежде всего зловещую примету, — и безнадежное в первую минуту отчаяние овладело ею.

Позвали врача, сделали все, что делают в таких случаях, — но неизбежное совершалось. Серафима Александровна старалась утешать себя надеждою на то, что Лелечка выздоровеет и будет опять улыбаться и играть, — но это казалось ей таким несбыточным счастием! А Лелечка слабела с каждым часом.

Все притворялись спокойными, чтобы не пугать Серафиму Александровну, — но их неискренние лица наводили на нее тоску.

Смертную тоску наводили на нее Федосьины всхлипывания и причитания:

— Пряталась, пряталась Лелечка!

Но мысли Серафимы Александровны были смутны, и она плохо понимала, что делается. Лелечка вся горела и поминутно забывалась и бредила. Но когда она приходила в сознание, она выносила свою боль и свое томление с нежною кротостью и слабо улыбалась мамочке, чтоб мамочка не думала, что ей очень больно. Томительные, как кошмар, прошли три дня. Лелечка совсем ослабела. Но она не понимала, что умирает.

Она взглянула на мать помутившимися глазами и залепетала еле слышным, хриплым голосом:

— Тю-тю, мамочка! Сделай тю-тю, мамочка!

Серафима Александровна спрятала лицо за занавесками Лелечкиной кровати. Какая тоска!

— Мамочка! — еле слышно позвала Лелечка.

Мама наклонилась к Лелечке, — и Лелечка в последний раз увидала мутнеющими глазами мамочкино бледное, отчаянное лицо.

— Мамочка белая! — прошептала Лелечка.

Бледное мамочкино лицо померкло, и Лелечке стало темно. Она слабо схватилась руками за край одеяла и шепнула:

— Тю-тю.

Что-то захрипело в ее горле. Лелечка открыла и опять закрыла быстро побледневшие губы и умерла.

В тупом отчаянии Серафима Александровна оставила Лелечку и вышла из комнаты. Она встретила мужа.

— Лелечка умерла, — сказала она тихо, почти беззвучным голосом.

Сергей Модестович опасливо посмотрел на ее бледное лицо. Его поразило странное отупение в чертах этого прежде оживленного и красивого лица.

VII

Лелечку одели, положили в маленький гроб и вынесли в залу. Серафима Александровна стояла у гроба и тупо смотрела на мертвую дочку. Сергей Модестович подошел к жене и, утешая ее пустыми, холодными словами, старался отвести ее от гроба. Серафима Александровна улыбалась.

— Отойди, — сказала она тихо. — Лелечка играет. Она сейчас встанет.

— Сима, друг мой, не расстраивай себя, — шепотом говорил Сергей Модестович. — Надо покоряться судьбе.

— Она встанет, — упрямо повторила Серафима Александровна, остановившимися глазами глядя на мертвую девочку.

Сергей Модестович опасливо оглянулся: он боялся неприличного и смешного.

— Сима, не расстраивай себя, — опять заговорил он. — Это было бы чудо, а чудес в девятнадцатом веке не бывает.

Сказав эти слова, Сергей Модестович смутно почувствовал их несоответствие с тем, что совершилось. Ему стало неловко и досадно. Он взял жену под руку и осторожно отвел от гроба. Серафима Александровна не сопротивлялась.

Ее лицо казалось спокойным, и глаза были сухи. Она пошла в детскую и стала ходить по ней, заглядывая в те места, где прежде пряталась Лелечка. Кругом всей комнаты обошла она, нагибаясь, чтобы заглянуть под стол или под кроватку, и веселым голосом приговаривала:

— Где моя деточка? Где моя Лелечка?

Обойдя комнату вокруг, она снова начала свои поиски. Федосья неподвижно, с унылым лицом сидела в углу, испуганно смотрела на барыню, потом вдруг зарыдала и завопила в голос:

— Пряталась, пряталась Лелечка, ангельская душенька!

Серафима Александровна вздрогнула, остановилась, в недоумении посмотрела на Федосью, заплакала и тихо пошла из детской.

VIII

Сергей Модестович торопил похороны. Его беспокоило женино положение. Он понимал, что Серафима

Александровна чрезмерно потрясена внезапным горем и, опасаясь за ее разум, думал, что Лелечку надо поскорее похоронить, чтобы мать развлеклась и утешилась.

Утром Серафима Александровна оделась особенно тщательно — для Лелечки. Когда она пришла в зал, между нею и Лелечкою было много людей, ходили священник и дьякон, плавал синий дым и пахло ладаном. С тупою тяжестью в голове Серафима Александровна подошла к Лелечке. Лелечка лежала тихая и бледная и жалостливо улыбалась. Серафима Александровна положила голову щекой на край Лелечкина гроба и шепнула:

— Тю-тю, деточка!

Деточка не отвечала. Вокруг Серафимы Александровны произошло какое-то движение, суматоха, — чужие, ненужные лица наклонились к ней, кто-то поддержал ее, — а Лелечку куда-то понесли.

Серафима Александровна выпрямилась, растерянно ахнула, улыбнулась и громко сказала:

— Лелечка!

Лелечку уносили, — мать бросилась за гробом с отчаянным воплем, — ее удержали. Она метнулась за дверь, через которую несли Лелечку, села там на пол и, глядя в щель, крикнула:

— Лелечка, тю-тю!

Потом она высунула голову из-за двери и засмеялась.

Лелечку торопливо уносили от матери, и шествие похоже стало на бегство.

Дворник

I

Герасим пришел в Москву в самое глухое время для местов - в филипповки, потому перед праздниками и на плохом месте всякий держится - подарков дожидается. И не нападал Герасим на должность недели с три.

Все время прожил он у родственников да у земляков, и хотя нужды большой и не видал, а все-таки скучненько приходилось иногда: человек молодой, здоровый, а ходит без дела.

Герасим жил в Москве с малолетства. Мальчиком жил он на пивном заводе, бутылки промывал; а как вырос, по дворницкой части пошел. За последнее время он выжил у купца одного два года и расчелся только потому, что в деревню н солдатчине натребовали. В солдаты ему жребий не вышел, а в деревне с непривычки показалось скучно, и решился он лучше в Москве тумбы считать, чем в деревне жить.

Однако ему надоело мостовые гранить, рад бы он хоть куда-нибудь пристроиться. Просился он чуть не у каждого встречного на место, и земляки хлопотали и знакомые его, да не выходило нигде никакой должности.

Стало совестно Герасиму и землякам-то надоедать. Которым и неприятно было, что он ходит н ним, а которые и сами выговоры за него от хозяев получали. Нечего делать парнию - иной раз и целый день не евши проходит.

II

Зашел раз Герасим к земляку на самую окраину Москвы близ Сокольников. Жил там земляк его в кучерах у купца Шарова и много лет уже выжил. Подделался он к хозяину так, что во всем верил ему хозяин и отличал примерно. А заслужил он почет такой у хозяина все больше языком. Наг говаривал он хозяину на людей, про все дела их доносил; отличал его за то хозяин.

Приходит к земляку Герасим, поздоровался. Принял его земляк как следует, чаем напоил, накормил, стал парня про дела спрашивать.

- Плохи мои дела, Егор Данилыч,- говорит Герасим.- Вот уже которую неделю без места хожу.

- А у старого хозяина был, где раньше-то служил?

- Был.

- Не взял, стало быть?

- Не взял: у него уже есть па моем месте.

- Вот то-то и оно-то! Все вы молодцы такие: служите у хозяев кой-как да кое-как. А как разочтетесь, так и дорожку к ним загадите. А вы служите так чтобы хозяева-то дорожили вами, чтобы, как другой раз пришел, не отказал бы, а расчел бы того, кто на твоем месте.

- Где уж нам так-то... Нонче и хозяев-то нет таких, да и нашего брата не хвали...

- Толкуй, нету ... Да я про себя скажу: уйди я за чем ни на есть в деревню аль куда да опять приди - так не только что, а ни слова не говоря, опять возьмет ... да с радостью.

Потупился Герасим. Видит - хвастает земляк, и захотелось ему поддакнуть. И говорит парень:

- Да таких-то людей как ты, Егор Данилыч, ведь не скоро и найдешь. Коли бы ты плох-то был - не держал бы тебя хозяин двенадцать годов кряду.

Улыбнулся Егор, - Понравилась ему похвала.

- Вот то-то и есть! - говорит.- Если бы вы жили так, как, мы живем да служим, не приходилось бы по месяцам без места шататься.

Помолчал Герасим. А тут позвали Егора к хозяину. Обернулся Егор к парню да и говорит:

- Ты погодь маленько - я сейчас.

- Ладно,- говорит Герасим.

III

Вернулся Егор, говорит:

- Через полчаса велел лошадь закладывать - в город ехать.

Закурил Егор трубочку, прошелся раза два по кучерской, остановился перед Герасимом и говорит:

- Вот что, парень! Хочешь - Я попрошу хозяина, чтобы к нам в дворники тебя взял?

- Разве нет у нет дворника ?

- Есть-то есть, да больно плох - стар уже стал, должность,

свою пополам с грехом справляет. Хорошо еще, что место у нас глухое, не очень чистоту полиция спрашивает, а то бы не справиться ему.

- Коли можно, Егор Данилыч, похлопочи, пожалуйста. Век за тебя буду бога молить. Невмоготу уж стало … без места-то.

- Ладно, попрошу. Ты наведайся-ка завтра, а пока- вот тебе гривенник, пригодится.

- Спасибо, Егор Данилыч! Так ты ж… того… похлопочи, сделай милость.

- Да уж ладно, постараюсь.

Ушел Герасим; пошел Егор лошадей закладывать. Заложил, оделся, подкатил к крыльцу.

Вышел хозяин, сел в сани - поехали. Объездили все места, какие надобились, и поехали домой. Видит Егор: хозяин веселы!! - и говорит ему:

- Егор Федорыч! Хотел было я вас об одном деле попросить.

- Говори, что такое?

- У меня есть тут земляк один, парень хороший, а без должности ходит.

- Ну, так что?

- Не возьмете ли вы его к себе?

- Куда же его взять-то?

- А в дворники.

- В дворники? А Поликарпыч-то как же?

- Поликарпыч - какой дворник? Его бы и расчесть пора.

- Неловко, брат! Служил-служил - да расчесть без всякой причины.

- Что ж, что служил? Служил, чай, не задаром: небось под старость сберег копейку.

- Какой сберег! Где сберечь-то? Он ведь не один, жена на квартире, тоже пить-есть надо.

- Жена обрабатывала себя: она на поденщицу ходила.

- Ну, много она там зарабатывала! На квас разве!

- А вам-то какая забота? Поликарпыч, надо прямо говорить, работник плохой, что ж ему задаром деньги платить? Ни снег он вовремя не счистит, ни что; а с дежурства раз десять уходит,- холодно, вишь, ему. Дождетесь того, что полиция беспокоить будет; того и гляди, околоточный нагрянет. Приятно вам будет отвечать за него?

- Все-таки неловко. Пятнадцать лет у меня выжил, а на старость и обижать … грех ведь…

- Какой грех, Егор Федорыч? Чем вы его обидите? Он все ровно прокормится: он в богадельню пойдет, ему же лучше -на старости на покой.

Подумал-подумал хозяин.

- Ну, ладно,- говорит.- Приведи земляка своего. Я погляжу там.

- Уж, пожалуйста, Егор Федорыч, поместите. Больно жалко парня: человек хороший, а без места. Он, я знаю, вам заслужит. Солдатчина оторвала его от места, а то бы с ним старый хозяин не расстался.

IV

Пришел на другой день Герасим к вечеру и спрашивает:

- у, что, Егор Данилыч, как дела-то?

- Дела-то, кажись, хорошие. Вот попьем чайку да сходим к хозяину.

Герасиму и чай не мил стал: поскорее хотелось ему о деле узнать. Однако через силу, а выпил два стакана. И пошли они к хозяину.

Расспросил хозяин Герасима, где жил, что умеет делать, и согласился взять его к себе, велел завтра перебираться.

Идет Герасим от хозяина, ног под сбой не слышит: обрадовался месту. Вошел в кучерскую, и говорит ему Егор:

- Ну, смотри, парень, служи хорошенько, чтобы мне не стыдно за тебя было. А то знаешь, какие хозяева бывают: не угодишь раз чем-нибудь - так они попреками-то и спокою не дадут.

- Уж будь покоен, Егор Данилыч!

- То-то!

Простился Герасим с Егором, вышел из кучерской. Пошсл парень через двор, подошел к воротам; У самых у ворот сторожка, в окошке огонек светится; хотел было Герасим взглянуть на свое новое жилище, да стекло морозом запушило - ничего не видать. Слышит Герасим - идет в сторожке разговор. Остановился, стал прислушиваться.

Говорит женский голос:

- Что же теперь делать-то будем?

- И сам не придумаю,- говорит другой, должно Поликарпыч.- одно остается - по миру идти.

- И впрямь по миру,- говорит женщина.- Эх ты, жизнь-то

наша горемычная! Живи-живи, служи-служи, а как: состарился - вон.

- Что ж ты будешь делать? Хозяин - не свой брат: с ним много разговаривать не станешь. Свою тоже пользу соблюдает.

- Все они такие скареды, хозяева-то: только о себе и думают. А того не понимают, что служат им честно, благородно сколько годов, измаялись на их работе, а они боятся год-другой подержать, пока сила есть. Ну, а там, когда мочи нет, и сам бы ушел.

- Хозяин не виноват: его кучер сбивает, Егор Горюнок хочет земляка своего поместить.

- Вот тоже аспид! Только и знает, что языком виляет. Подожди ты, мохнатая морда, я до тебя доберусь! Все в глаза выскажу, как он его надувает. И как овес ворует, и как сеном обманывает - все распишу, - попомнит он, как кляузничать.

- Будет, старуха! Не греши.

- Что не греши? Не правда, что ли? Я все знаю, все и расскажу: пускай похлопает глазами. Ведь сам посуди, что нам делать, Куда деваться? Ведь обездолил нас совсем.

Не вытерпела старуха, заплакала.

Услыхал Герасим,- как: ножом кольнуло его. Видит он, какое горе делает старикам, и заныла в нем душа - жалко стало. Постоял-постоял он, подумал да и вернулся назад в кучерскую.

- Аль забыл что? - спрашивает Егор.

Замялся Герасим.

- Нет,- говорит,- Егор Данилыч, я вот что ... покорно благодарю тебя за хлопоты и привет твой ... только ... я не пойду к хозяину вашему на эту должность.

- Что так,?

- Так, не пойду ... поищу другого места.

Осерчал Егор:

- Аль ты смеяться вздумал надо мной, дурак ты этакий! То ныл: похлопочи-похлопочи, а то отказываешься. Эх ты, баранья твоя голова! Только меня-то остыдил.

Молчит Герасим, не знает, что сказать. Покраснел как рак, потупился.

Ничего не сказал Егор, только отвернулся. Надел шапку Герасим, пошел из кучерской, потом за ворота, и легко пошел он по улице. Легко и радостно было на душе у него.

Однажды Осенью

...Однажды осенью мне привелось стать в очень неприятное и неудобное положение, в городе, куда я только что приехал и где у меня не было ни одного знакомого человека, — я очутился без гроша в кармане и без квартиры.

Продав в первые дни всё то из костюма, без чего можно было обойтись, я ушёл из города в местность, называемую Устье, где стояли пароходные пристани и в навигационное время кипела бойкая трудовая жизнь, а теперь было пустынно и тихо, — дело происходило в последних числах октября.

Шлёпая ногами по сырому песку и упорно разглядывая его с желанием открыть в нём какие-нибудь остатки питательных веществ, я бродил одиноко среди пустынных зданий и торговых ларей и думал о том, как хорошо быть сытым...

При данном состоянии культуры голод души можно удовлетворить скорее, чем голод тела. Вы бродите по улицам, вас окружают здания, недурные по внешности и — можно безошибочно сказать — недурно обставленные внутри: это может возбудить у вас отрадные мысли об архитектуре, о гигиене и ещё о многом другом, мудром и высоком; вам встречаются удобно и тепло одетые люди, — они вежливы, всегда сторонятся от вас, деликатно не желая замечать печального факта вашего существования. Ей-богу, душа голодного человека всегда питается лучше и здоровее души сытого, — вот положение, из которого можно сделать очень остроумный вывод в пользу сытых!..

...Наступал вечер, шёл дождь, с севера порывисто дул ветер. Он свистел в пустых ларях и лавчонках, бил в заколоченные досками окна гостиниц, и волны реки от его ударов пенились, шумно плескались на песок берега, высоко взмётывая свои белые хребты, неслись одна за другой в мутную даль, стремительно прыгая друг через друга... Казалось, что река чувствовала близость зимы и в страхе бежала куда-то от оков льда, которые мог в эту же ночь набросить на неё северный ветер. Небо тяжело и мрачно, с него неустанно сыпались еле видные глазом капельки дождя; печальную элегию в природе вокруг меня подчёркивали две обломанные и уродливые ветлы и опрокинутая вверх дном лодка у их корней.

Опрокинутый чёлн с проломленным дном и ограбленные

холодным ветром деревья, жалкие и старые... Всё кругом разрушено, бесплодно и мертво, а небо точит неиссякаемые слёзы. Пустынно и мрачно было вокруг — казалось, всё умирает, скоро останусь в живых я один, и меня тоже ждёт холодная смерть.

А мне тогда было семнадцать лет — хорошая пора!

Я ходил, ходил по холодному и сырому песку, выбивая зубами трели в честь голода и холода, и вдруг, в тщетных поисках съестного, зайдя за один из ларей, — увидал за ним скорченную на земле фигуру в женском платье, мокром от дождя и плотно приставшем к склонённым плечам. Остановившись над ней, я присмотрелся, что она делала. Оказалось, она роет руками яму в песке, подкапываясь под один из ларей.

— Это зачем тебе? — спросил я, присаживаясь на корточки около неё.

Она тихо вскрикнула и быстро вскочила на ноги. Теперь, когда она стояла и смотрела на меня широко раскрытыми серыми глазами, полными боязни, — я видел, что это девушка моих лет, с очень миловидным личиком, к сожалению, украшенным тремя большими синяками. Это его портило, хотя синяки были расположены с замечательной пропорциональностью — по одному, равной величины, под глазами и один — побольше — на лбу, как раз над переносицей. В этой симметрии была видна работа артиста, очень изощрившегося в деле порчи человеческих физиономий.

Девушка смотрела на меня, и боязнь в её глазах постепенно гасла... Вот она отряхнула руки от песка, поправила ситцевый платок на голове, поёжилась и сказала:

— Ты, чай, тоже есть хочешь?.. Ну-ка, рой, у меня руки устали. Там, — она кивнула головой на ларь, — наверно хлеб есть... Этот ларь торгует ещё...

Я стал рыть. Она же, немного подождав и посмотрев на меня, присела рядом и стала помогать мне...

Мы работали молча. Я не могу сказать теперь, помнил ли я в этот момент об уголовном кодексе, о морали, собственности и прочих вещах, о которых, по мнению сведущих людей, следует помнить во все моменты жизни. Желая быть возможно ближе к истине, я должен признаться, — кажется, я был настолько углублён в дело подкопа под ларь, что совершенно позабыл о всём прочем, кроме того, что могло оказаться в этом ларе...

Вечерело. Тьма — сырая, мозглая, холодная — всё более сгущалась вокруг нас. Волны шумели как будто глуше, чем раньше, а дождь барабанил о доски ларя всё звучнее и чаще... Где-то уж продребезжала трещётка ночного сторожа...

— Есть у него пол или нет? — тихо спросила моя помощница.

Я не понял, о чём она говорит, и промолчал.

— Я говорю — есть пол у ларя? Коли есть, так мы напрасно ломаемся. Подроем яму, — а там, может, толстые доски ещё... Как их отдерёшь? Лучше замок сломать... замок-то плохонький...

Хорошие идеи редко посещают головы женщин; но, как вы видите, они всё-таки посещают их... Я всегда ценил хорошие идеи и всегда старался пользоваться ими по мере возможности.

Найдя замок, я дёрнул его и вырвал вместе с кольцами... Моя соучастница мгновенно изогнулась и змеёй вильнула в открывшееся четырёхугольное отверстие ларя. Оттуда раздался её одобрительный возглас:

— Молодец!

Одна маленькая похвала женщины для меня дороже целого дифирамба со стороны мужчины, будь мужчина сей красноречив, как все древние ораторы, взятые вместе. Но тогда я был настроен менее любезно, чем теперь, и, не обратив внимания на комплимент девушки, кратко и со страхом спросил её:

— Есть что-нибудь?

Она монотонно принялась перечислять мне свои открытия:

— Корзина с бутылками... Мешки пустые... Зонтик... Ведро железное.

Всё это было несъедобно. Я почувствовал, что мои надежды гаснут... Но вдруг она оживлённо крикнула.

— Ага! вот он...

— Кто?

— Хлеб... Каравай... Только мокрый... Держи!

К ногам моим выкатился каравай и за ним она, моя доблестная соучастница. Я уже отломил кусочек, засунул его в рот и жевал...

— Ну-ка, дай мне... Да отсюда надо и уходить. Куда бы нам идти? — Она пытливо посмотрела во тьму на все четыре стороны... Было темно, мокро, шумно... — Вон там лодка опрокинута... айда-ка туда?

— Идём! — И мы пошли, обламывая на ходу нашу добычу и набивая ею рты... Дождь усиливался, река ревела, откуда-то доносился протяжный насмешливый свисток, — точно некто большой и никого не боящийся освистывал все земные порядки, и этот скверный осенний вечер, и нас, двух его героев... Сердце болезненно ныло от этого свиста: тем не менее я жадно ел, в чём мне не уступала и девушка, шедшая с левой стороны от меня.

— Как тебя зовут? — зачем-то спросил я её.

— Наташа! — отвечала она, звучно чавкая.

Я посмотрел на неё — у меня больно сжалось сердце, я посмотрел во тьму впереди меня и — мне показалось, что ироническая рожа моей судьбы улыбается мне загадочно и холодно...

...По дереву лодки неугомонно стучал дождь, мягкий шум его наводил на грустные мысли, и ветер свистел, влетая в проломленное дно — в щель, где билась какая-то щепочка, билась и трещала беспокойным и жалобным звуком. Волны реки плескались о берег, они звучали так монотонно и безнадёжно, точно рассказывали о чём-то невыносимо скучном и тяжёлом, надоевшем им до отвращения, о чём-то таком, от чего им хотелось бы убежать и о чём всё-таки необходимо говорить. Шум дождя сливался с их плеском, и над опрокинутой лодкой плавал протяжный, тяжёлый вздох земли, обиженной и утомлённой этими вечными сменами яркого и тёплого лета — осенью холодной, туманной и сырой. Ветер носился над пустынным берегом и вспенённой рекой, носился и пел унылые песни...

Помещение под лодкой было лишено комфорта: в нём было тесно, сыро, в пробитое дно сыпались мелкие, холодные капли дождя, врывались струи ветра ...Мы сидели молча и дрожали от холода. Мне хотелось спать, помню Наташа прислонилась спиной к борту лодки, скорчившись в маленький комок. Обняв руками колени и положив на них подбородок, она упорно смотрела на реку, широко раскрыв свои глаза, — на белом пятне её лица они казались громадными от синяков под ними. Она не двигалась, эта неподвижность и молчание — я чувствовал — постепенно родит во мне страх перед моей соседкой... Мне хотелось заговорить с ней, но я не знал, с чего начать.

Она заговорила сама.

— Экая окаянная жизнь!.. — внятно, раздельно, с глубоким убеждением в тоне произнесла она.

Но это не была жалоба. В этих словах было слишком много равнодушия для жалобы. Просто человек подумал, как умел, подумал и пришёл к известному выводу, который и высказал вслух и на который я не мог возразить, не противореча себе. Поэтому я молчал. А она, как бы не замечая меня, продолжала сидеть неподвижно.

— Хоть бы сдохнуть, что ли... — снова проговорила Наташа, на этот раз тихо и задумчиво. И снова в её словах не звучало ни одной ноты жалобы. Видно было, что человек, подумав про жизнь, посмотрел на себя и спокойно пришёл к убеждению, что для охранения себя от издевательств жизни он не в состоянии сделать что-либо другое, кроме того, как именно — "сдохнуть".

Мне стало невыразимо тошно от такой ясности мышления, и я чувствовал, что если буду молчать ещё, то наверное заплачу... А это было бы стыдно пред женщиной, тем более, что вот — она не плакала. Я решил заговорить с ней.

— Кто это тебя избил? — спросил я, не придумав ничего умнее.

— Да всё Пашка же... — ровно и громко ответила она.

— А он кто?

— Любовник... Булочник один...

— Часто он тебя бьёт?..

— Как напьётся, так и бьёт...

И вдруг, придвинувшись ко мне, она начала рассказывать о себе, Пашке и существующих между ними отношениях. Она — "девица из гуляющих, которые...", а он — булочник с рыжими усами и очень хорошо играет на гармонике. Ходил он к ней в "заведение" и ей очень понравился, потому что человек он весёлый и одевается чисто. Поддёвка в пятнадцать рублей и сапоги с "набором" у него... По этим причинам она в него влюбилась, и он стал её "кредитным". А когда он стал её "кредитным", то занялся тем, что отбирал у неё те деньги, которые ей давали другие гости на конфеты, и, напиваясь на эти деньги, стал бить её,— это бы ещё ничего,— а стал "путаться" с другими девицами на её глазах...

— Али это мне не обидно? Я не хуже других прочих... Значит, это он издевается надо мной, подлец. Третьего дня я вот отпросилась у хозяйки гулять, пришла к нему, а у него Дунька пьяная сидит. И он тоже под шефе. Я говорю ему: "Подлец ты, подлец! Жулик ты!" Он избил меня всю. И пинками и за волосы — всячески... Это бы ещё ничего! А вот порвал всю... это как теперь? Как я к хозяйке явлюсь? Всё порвал: и платье и кофточку — новенькая ещё совсем... и платок сдёрнул с головы... Господи! Как мне теперь быть? — вдруг взвыла она тоскующим, надорванным голосом.

И ветер выл, становясь всё крепче и холоднее. У меня снова зубы принялись танцевать. А она тоже ёжилась от холода, придвинувшись настолько близко ко мне, что я уже видел сквозь тьму блеск её глаз..

— Какие все вы мерзавцы, мужчины! Растоптала бы я вас всех, изувечила. Издыхай который из вас... плюнула бы в морду ему, а не пожалела! Подлые хари! Канючите, канючите, виляете хвостом, как подлые собаки, а поддастся вам дура, и готово дело! Сейчас вы её и под ноги себе... Шематоны паршивые...

Ругалась она очень разнообразно, но в ругательствах её не было силы: ни злобы, ни ненависти к "паршивым шематонам" не слышал я в них. Вообще тон её речи был несоответственно содержанию спокоен и голос грустно беден тонами.

Но всё это действовало на меня сильнее самых красноречивых и убедительных пессимистических книг и речей, которые я слышал немало и раньше, и позднее, и по сей день слышу и читаю. И это потому, видите ли, что агония умирающего всегда гораздо естественнее и сильнее самых точных и художественных описаний смерти.

Мне было скверно — наверное, больше от холода, чем от речей моей соседки по квартире. Я тихонько застонал и заскрипел зубами.

И почти в то же мгновение ощутил на себе две холодные маленькие руки, — одна из них коснулась моей шеи, другая легла мне на лицо, и вместе с тем прозвучал тревожный, тихий, ласковый вопрос:

— Ты что?

Я готов был подумать, что это спрашивает меня кто-то другой, а не Наташа, только что заявившая, что все мужчины мерзавцы, и желавшая всем им гибели. Но она заговорила уже быстро и торопливо...

— Что ты? а? Холодно, что ли? Смерзаешь? Ах ты какой!

Сидит и молчит... как сыч! Да ты бы давно сказал мне, что холодно, мол... Ну... ложись на землю... протягивайся... и я лягу... вот! Теперь обнимай меня руками... крепче... Ну вот, и должно быть тебе тепло теперь... А потом — спинами друг к другу ляжем... Как-нибудь скоротаем ночь-то... Ты что, запил, что ли? С места прогнали?.. Ничего!..

Она меня утешала... Она меня ободряла...

Будь я трижды проклят! Сколько было иронии надо мной в этом факте! Подумайте! Ведь я в то время был серьёзно озабочен судьбами человечества, мечтал о реорганизации социального строя, о политических переворотах, читал разные дьявольски мудрые книги, глубина мысли которых, наверное, недосягаема была даже для авторов их, — я в то время всячески старался приготовить из себя "крупную активную силу". И меня-то согревала своим телом продажная женщина, несчастное, избитое, загнанное существо, которому нет места в жизни и нет цены и которому я не догадался помочь раньше, чем она мне помогла, а если б и догадался, то едва ли бы сумел помочь ей чем-либо.

Ах, я готов был подумать, что всё это происходит со мной во сне, в нелепом сне, в тяжёлом сне...

Но, увы! мне нельзя было этого подумать, ибо на меня сыпались холодные капли дождя, крепко к моей груди прижималась грудь женщины, в лицо мне веяло её тёплое дыхание, хотя и с легоньким букетом водки... но — такое живительное... Выл и стонал ветер, стучал дождь о лодку, плескались волны, и оба мы, крепко сжимая друг друга, всё-таки дрожали от холода. Всё это было вполне реально, и я уверен, никто не видал такого тяжёлого и скверного сна, как эта действительность,

А Наташа всё говорила о чём-то, говорила так ласково и участливо, как только женщины могут говорить. Под влиянием её речей, наивных и ласковых, внутри меня тихо затеплился некий огонёк, и от него что-то растаяло в моём сердце.

Тогда из моих глаз градом полились слёзы, смывшие с сердца моего много злобы, тоски, глупости и грязи, накипевшей на нём пред этой ночью... Наташа уже уговаривала меня:

— Ну, полно, миленький, не реви! Полно! Бог даст, поправишься, опять на место поступишь... и всё такое...

И всё целовала меня. Много, без счёта, горячо...

Это были первые женские поцелуи, преподнесённые мне жизнью, и это были лучшие поцелуи, ибо все последующие страшно дорого стоили и почти ничего не давали мне.

— Ну, не реви же, чудак! Я тебя завтра устрою, коли тебе некуда деваться... — как сквозь сон слышал я тихий убедительный шёпот...

...До рассвета мы лежали в объятиях друг друга...

А когда рассвело, вылезли из-под лодки и пошли в город... Потом дружески простились и более не встречались никогда, хотя я с полгода разыскивал по всем трущобам эту милую Наташу, с которой провёл описанную мною ночь, однажды осенью...

Если она уже умерла — как это хорошо для неё! — в мире да почиет! А если жива — мир душе её! Да не проснётся в душе её сознание падения... ибо это было бы страданием излишним и бесплодным для жизни...

Болесь

Один знакомый вот что рассказал мне: «Когда я был в Москве студентом, мне довелось жить рядом с одной из «этих», — знаешь? Она была полька, звали её Тереза. Высокая такая, сильная брюнетка, с чёрными, сросшимися бровями и с лицом большим, грубым, и точно вырубленным топором, — она приводила меня в ужас животным блеском своих тёмных глаз, густым, басовитым голосом, извозчичьими ухватками, всей своей громадной, мускулистой фигурой рыночной торговки... Я жил на чердаке, и её дверь была против моей. Я, бывало, никогда не отворял моей двери, если знал, что она дома. Но это, конечно, случалось редко. Иногда мне приходилось встречаться с ней на лестнице, на дворе, и она улыбалась мне улыбкой, которую я считал хищной и циничной. Не раз я видел её пьяной, с осовелыми глазами, растрёпанной, улыбающейся как-то особенно безобразно... В таких случаях она говорила мне:

- Бывайте здоровы, пане студент! — и глупо хохотала, увеличивая моё отвращение к себе. Я бы съехал с квартиры, чтоб избавиться от таких встреч и приветствий, но у меня была такая миленькая комнатка, с широким видом из окна, и так тихо было в этой улице... Я терпел.

И вдруг, однажды утром лежу я на койке, стараясь найти какие-либо основания для того, чтоб не идти на лекции, — отворяется дверь, и эта отвратительная Тереза возглашает с порога басом:

— Бывайте здоровы, пане студент!

— Что вам угодно? — говорю. Вижу — лицо у неё смущённое, просительное... Необычное для неё лицо.

— Видите ли, пане, буду я вас просить об одном деле... уж вы сделайте мне его!

Я лежу, молчу и думаю:

«Подвох! Покушение на мою чистоту, ни больше ни меньше. Крепись, Егор!»

- Нужно бы мне, видите, письмо послать на родину, — говорит она, и так умоляюще, тихо, робко.

«Э, думаю, чёрт с тобой, изволь!» Встал, сел к столу, взял бумагу и говорю:

— Проходите сюда, садитесь и диктуйте...

Она проходит, осторожно садится на стул и виновато смотрит на меня.

— Ну-с, кому письмо?

- По Варшавской дороге, в город Свенцяны, Болеславу Кашпуту...

Что писать?.. Говорите...

— Милый мой Болесь... сердце моё... Мой верный возлюбленный... Да сохранит тебя матерь божия! Золотое моё сердце... почему ты так давно не писал своей тоскующей голубке Терезе...

Я чуть-чуть не расхохотался. «Тоскующая голубка» двенадцати вершков роста, с пудовым кулачищем и с такой чёрной рожей, как будто голубка всю жизнь трубы чистила и ни разу не умывалась! Сдержался кое-как, спрашиваю:

— Он — кто, этот Болесть?

— Болесь, пане студент, — как будто обиделась она на меня за то, что я исковеркал имя. — Он жених мой...

— Жених?!?

- А чего же пан так удивился? Разве ж у меня, у девушки, не может быть жениха?

У нее, у девушки?!

- О, почему же! Всё бывает... А давно он ваш жених?..

— Шестой год...

«Ого-го!» — думаю я. Ну, написали мы письмо. Такое, я вам скажу, нежное и любовное, что я бы сам, пожалуй, поменялся местом с этим Болесем, если б корреспонденткой была не Тереза, а что-нибудь другое, поменьше её.

- Вот, спасибо вам, пане, за услугу! — говорит мне Тереза, кланяясь. — Может, и я могу вам чем послужить?

- Нет, покорно благодарю!

- А может, у пана рубаха или штаны в дырках?

Чувствую, что этот мастодонт в юбке вогнал меня в краску, и довольно резко заявляю, что не нуждаюсь в её услугах.

Ушла.

Прошло недели две... Вечер. Сижу под окном и свищу, думая, чем бы мне отвлечь себя от себя? Скучно, а погода скверная, идти никуда не хочется, и от скуки я занимался самоанализом, помню. Это тоже довольно-таки скучно, но больше ничего делать не хотелось. Отворяется дверь — слава богу! — кто-то пришёл...

— А что, пан студент не займуется никаким спешным делом?

Тереза! Гм...

- Нет... а что?

- Хотела бы попросить пана ещё письмо написать...

- Извольте... К Болесю?..

- Нет, теперь уж от него...

- Что-о?

- О, глупая женщина! Не так я, пане, сказала, простите! Теперь уж, видите ли, нужно не мне, а одной подруге... то есть, не подруге, а... одному знакомому... Он сам не пишет... а у него есть невеста, как я же вот... Тереза... Так вот, может быть, пан напишет письмо к той Терезе?

Смотрю я на неё — рожа у неё смущённая, пальцы дрожат, путается чего-то — и... догадываюсь!

— Вот что, сударыня, — говорю, — никаких Болесей и Терез у вас нет, и всё это вы врёте. А около меня вам не обрыбиться, и в знакомство вступать я с вами не хочу... Поняли?

Она вдруг как-то странно испугалась, растерялась, начала топтаться на одном месте и стала смешно шлёпать губами, желая что-то сказать и ничего не говоря. Я жду, что из всего этого воспоследует, и вижу, и чувствую, что, кажется, немного ошибся, заподозрив её в желании совратить меня с путей благочестия. Тут как будто бы что-то другое.

— Пан студент, — начала она, и вдруг, махнув рукой, круто повернулась к двери и ушла. Я остался с очень скверным чувством на душе, слышу — у неё хлопнула дверь, громко так — рассердилась, видно, бабища... Подумал и решил — пойду к ней и, позвав её сюда, напишу ей всё, что там надо.

Вхожу в её комнату — вижу, она сидит у стола, облокотилась на него и голову сжала руками.

— Послушайте, — говорю...

...Всегда вот, когда я рассказываю эту историю и дойду до этого места, ужасно нелепо чувствую себя... такая глупость! Да-а...

— Послушайте, — говорю...

Она вскакивает с места, идёт на меня, сверкая глазами, и начинает, положив мне руки на плечи, шептать — вернее, гудеть своим басом...

— Ну, что ж? Ну? Так! Нет никакого Болеся, нет... И Терезы тоже нет! А вам что? Вам трудно поводить пером по бумаге, да?. Эх, вы! А ещё такой... беленький! Никого нет, ни Болеся, ни Терезы, только я одна есть! Ну, что ж! ну?

— Позвольте, — говорю я, ошеломлённый этим приёмом, — в чем дело? Болеся нет?

— Да, нет! Так что ж?

— А Терезы — тоже нет?

— И Терезы — нет! Я — Тереза!

Ничего не понимаю! Таращу на неё глаза, пытаясь определить, кто из нас сошёл с ума? А она ушла опять к столу, порылась там, идёт ко мне и обиженно говорит:

— Если вам уж так трудно было написать Болесю, то вот оно, ваше писанье, возьмите! А мне и другие напишут...

Вижу — в руке у меня письмо к Болесю. Ф-фу!

— Слушайте, Тереза! Что всё это значит? Зачем вам нужно, чтобы писали другие, если я вот написал, а вы его не послали?

— Куда?

- А к этому... к Болесю?

- Да его же нет!

Решительно ничего не понимаю! Оставалось только плюнуть и уйти. Но она объяснилась.

- Что же? - обиженно заговорила она. — Нет его, так и нет! – И развела руками, как бы не понимая — почему же это его нет?

— А мне хочется, чтоб он был... Разве ж я не человек, как все? Конечно, я... я знаю... ......Но ведь никому нет вреда от того, что я пишу ему...

- Позвольте - кому?

- Да Болесю ж!

- Да ведь его нет?

Ах, Иезус-Мария! Ну что же, что нет,— ну? Нет, а будто бы есть!.. Я пишу к нему, ну, и выходит, как бы он есть... А Тереза – это я, и он мне отвечает, а я опять ему...

Я понял... Мне стало так больно, так скверно, так стыдно чего-то. Рядом со мной, в трёх шагах от меня живёт человек, у которого нет на земле никого, кто бы мог отнестись к нему любовно, сердечно, и этот человек выдумывает себе друга!

- Вот вы мне написали письмо к Болесю, а я его дала другому прочитать, и когда мне читают, я слушаю и думаю, что Болесь есть! И прошу написать письмо от Болеся к Терезе... ко мне. Когда такое письмо мне напишут да читают, я уж совсем думаю, что Болесь есть. А от этого мне легче живётся...

...Да-с... Чёрт возьми!.. Ну, я с той поры аккуратно стал два раза в неделю писать письма к Болесю и ответ от Болеся - Терезе... Хорошо я писал эти ответы... Она, бывало, слушает их и ревёт... басом этаким ревела. И за то, что я вызывал у неё письмами к ней от воображаемого Болеся слёзы, она мне бесплатно чинила все дырки на носках, рубахах и прочем... Потом, месяца через три после этой истории, её посадили за что-то в тюрьму. А теперь она, наверное, умерла».

...Мой знакомый сдунул пепел с папиросы, задумчиво посмотрел в небо и закончил:

«Н-да-с... Чем больше человек вкусил горького, тем свирепее жаждет он сладкого. А мы этого не понимаем, облечённые в наши ветхие добродетели и глядя друг на друга сквозь дымку самомнения и убеждения в нашей всяческой непогрешимости.

Выходит довольно глупо и... очень жестоко. Дескать, падшие люди... А что такое падшие люди? Прежде всего — люди, та же самая кость, кровь, то же мясо и те же нервы, как и у нас. Говорят нам об этом целые века изо дня в день. А мы слушаем и... чёрт знает как это всё нелепо! В сущности, сами-то мы тоже падшие и, пожалуй, очень даже глубоко падшие... в пропасть всяческого самомнения и убеждения в превосходстве наших нервов и мозгов над мозгами и нервами тех людей, которые только менее хитры, чем мы, хуже умеют притворяться хорошими, чем мы притворяемся... А впрочем, будет об этом. Так всё это старо... что даже совестно говорить...»

Елеазар

I

Когда Елеазар вышел из могилы, где три дня и три ночи находился он под загадочною властию смерти, и живым возвратился в свое жилище, в нем долго не замечали тех зловещих странностей, которые со временем сделали страшным самое имя его. Радуясь светлой радостью о возвращенном к жизни, друзья и близкие ласкали его непрестанно и в заботах о пище и питье и о новой одежде утоляли жадное внимание свое. И одели его пышно в яркие цвета надежды и смеха, и когда он, подобно жениху в брачном одеянии, снова сидел среди них за столом, и снова ел, и снова пил, они плакали от умиления и звали соседей, чтобы взглянуть на чудесно воскресшего. Приходили соседи и радовались умиленно; приходили незнакомые люди из дальних городов и селений и в бурных восклицаниях выражали свое поклонение чуду — точно пчелы гудели над домом Марии и Марфы.

И то, что появилось нового в лице Елеазара и движениях его, объясняли естественно, как следы тяжелой болезни и пережитых потрясений. Очевидно, разрушительная работа смерти над трупом была только остановлена чудесной властью, но не уничтожена совсем; и то, что смерть уже успела сделать с лицом и телом Елеазара, было как неоконченный рисунок художника под тонким стеклом. На висках Елеазара, под его глазами и во впадинах щек лежала густая землистая синева; так же землисто-сини были длинные пальцы рук, и у выросших в могиле ногтей синева становилась багровой и темной. Кое-где на губах и на теле лопнула кожа, вздувшаяся в могиле, и на этих местах оставались тонкие, красноватые трещинки, блестящие, точно покрытые прозрачной слюдой. И тучен он стал. Раздутое в могиле тело сохранило эти чудовищные размеры, эти страшные выпуклости, за которыми чувствуется зловонная влага разложения. Но трупный, тяжелый запах, которым были пропитаны погребальные одежды Елеазара и, казалось, самое тело его, вскоре исчез совершенно, а через некоторое время смягчилась синева рук и лица и загладились красноватые трещинки кожи, хотя совсем они никогда не исчезли. С таким лицом предстал он людям во второй своей жизни; но оно казалось естественным тем, кто видел его погребенным.

Кроме лица, изменился как будто нрав Елеазара, но и это никого не удивило и не обратило на себя должного внимания. До смерти своей Елеазар был постоянно весел и беззаботен, любил смех и безобидную шутку. За эту приятную и ровную веселость, лишенную злобы и мрака, так и возлюбил его Учитель. Теперь же он был серьезен и молчалив; сам не шутил и на чужую шутку не отвечал смехом; и те слова, которые он изредка произносил, были самые простые, обыкновенные и необходимые слова, столь же лишенные содержания и глубины, как те звуки, которыми животное выражает боль и удовольствие, жажду и голод. Такие слова всю жизнь может говорить человек, и никто никогда не узнает, чем болела и радовалась его глубокая душа.

Так с лицом трупа, над которым три дня властвовала во мраке смерть, — в пышных брачных одеждах, сверкающих желтым золотом и кровавым пурпуром, тяжелый и молчаливый, уже до ужаса другой и особенный, но еще не признанный никем, — сидел он за столом пиршества среди друзей и близких. Широкими волнами, то нежными, то бурливо-звонкими, ходило вокруг него ликование; и теплые взгляды любви тянулись к его лицу, еще сохранившему холод могилы; и горячая рука друга ласкала его синюю, тяжелую руку. И музыка играла. Призвали музыкантов, и они весело играли: тимпан и свирель, цитра и гусли. Точно пчелы гудели — точно цикады трещали — точно птицы пели над счастливым домом Марии и Марфы.

II

Кто-то неосторожный приподнял покрывало. Кто-то неосторожным одним дуновением брошенного слова разрушил светлые чары и в безобразной наготе открыл истину. Еще мысль не стала ясной в голове его, когда уста, улыбаясь, спросили:

— Отчего ты не расскажешь нам, Елеазар, что было там?

И все замолчали, пораженные вопросом. Как будто сейчас только догадались они, что три дня был мертв Елеазар, и с любопытством смотрели, ожидая ответа. Но Елеазар молчал.

— Ты не хочешь нам рассказать, — удивился вопрошавший. — Разве так страшно там?

И опять мысль его шла позади слова; если бы она шла впереди, не предложил бы он вопроса, от которого в то же мгновение нестерпимым страхом сжалось его собственное сердце. И всем стало беспокойно, и уже с тоскою ожидали они слов Елеазара, а он молчал холодно и строго, и глаза его были опущены долу. И тут снова, как бы впервые заметили и страшную синеву лица, и отвратительную тучность; на столе, словно позабытая Елеазаром, лежала сине-багровая рука его, — и все взоры неподвижно и безвольно приковались к ней, точно от нее ждали желанного ответа. А музыканты еще играли; но вот и до них дошло молчание, и как вода заливает разбросанный уголь, так и оно погасило веселые звуки. Умолкла свирель; умолкли и звонкий тимпан, и журчащие гусли; и точно струна оборвалась, точно сама песнь умерла — дрожащим, оборванным звуком откликнулась цитра. И стало тихо.

— Ты не хочешь? — повторил вопрошавший, бессильный удержать свой болтливый язык. Было тихо, и неподвижно лежала сине-багровая рука. Вот она слегка шевельнулась, и все вздохнули облегченно и подняли глаза: прямо на них, все охватывая одним взором, тяжело и страшно смотрел воскресший Елеазар.

Это было на третий день после того, как Елеазар вышел из могилы. С тех пор многие испытали губительную силу его взора, но ни те, кто был ею сломлен навсегда, ни те, кто в самых первоисточниках жизни столь же таинственной, как и смерть, нашел волю к сопротивлению, — никогда не могли объяснить ужасного, что недвижимо лежало в глубине черных зрачков его. Смотрел Елеазар спокойно и просто, без желания что-либо скрыть, но и без намерения что-либо сказать — даже холодно смотрел он, как тот, кто бесконечно равнодушен к живому. И многие беззаботные люди сталкивались с ним близко и не замечали его, а потом с удивлением и страхом узнавали, кто был этот тучный, спокойный, задевший их краем своих пышных и ярких одежд. Не переставало светить солнце, когда он смотрел, не переставал звучать фонтан, и таким же безоблачно-синим оставалось родное небо, но человек, подпавший под его загадочный взор, уже не чувствовал солнца, уже не слышал фонтана и не узнавал родного неба. Иногда человек плакал горько; иногда в отчаянии рвал волосы на голове и безумно звал других людей на помощь, но чаще случалось так, что равнодушно и спокойно он начинал умирать, и умирал долгими годами, умирал на глазах у всех, умирал бесцветный, вялый и скучный, как дерево, молчаливо засыхающее на каменистой почве. И первые, те, кто кричал и безумствовал, иногда возвращались к жизни, а вторые — никогда.

— Так ты не хочешь рассказать нам, Елеазар, что видел ты там? — в третий раз повторил вопрошавший. Но теперь голос его был равнодушен и тускл, и мертвая, серая скука тупо смотрела из глаз. И все лица покрыла, как пыль, та же мертвая серая скука, и с тупым удивлением гости озирали друг друга и не понимали, зачем собрались они сюда и сидят за богатым столом. Перестали говорить. Равнодушно думали, что надо, вероятно, идти домой, но не могли преодолеть вязкой и ленивой скуки, обессиливавшей мышцы, и продолжали сидеть, все оторванные друг от друга, как тусклые огоньки, разбросанные по ночному полю.

Но музыкантам платили за то, чтобы они играли, и снова взялись они за инструменты, и снова полились и запрыгали заученно веселые, заученно печальные звуки. Все та же привычная гармония развертывалась в них, но удивленно внимали гости: они не знали, зачем это нужно и почему это хорошо, когда люди дергают за струны, надувая щеки, свистят в тонкие дудки и производят странный, разноголосый шум.

— Как они плохо играют! — сказал кто-то.

Музыканты обиделись и ушли. За ними, один по одному, ушли гости, ибо наступила уже ночь. И когда со всех сторон их охватила спокойная тьма, и уже легче становилось дышать, — вдруг перед каждым из них в грозном сиянии встал образ Елеазара: синее лицо мертвеца, одежды жениха, пышные и яркие, и холодный взгляд, в глубине которого неподвижно застыло ужасное. Точно превращенные в камень, стояли они в разных концах, и тьма их окружала, и во тьме все ярче разгоралось ужасное видение, сверхъестественный образ того, кто три дня находился под загадочной властью смерти. Три дня он был мертв: трижды всходило и заходило солнце, а он был мертв; дети играли, журчала по камням вода, горячая пыль вздымалась на проезжей дороге, — а он был мертв. И теперь он снова среди людей — касается их — смотрит на них — смотрит на них! — и сквозь черные кружки его зрачков, как сквозь темные стекла, смотрит на людей само непостижимое Там.

III

 Никто не заботился об Елеазаре, не осталось у него близких и друзей, и великая пустыня, обнимавшая святой город, приблизилась к самому порогу жилища его. И в дом его вошла, и на ложе его раскинулась, как жена, и огни погасила. Никто не заботился об Елеазаре. Одна за другою ушли сестры его — Мария и Марфа, — долго не хотела покидать его Марфа, ибо не знала, кто будет его кормить, и жалеть его, плакала и молилась. Но в одну ночь, когда ветер носился в пустыне и со свистом сгибались кипарисы над кровлей, она тихо оделась и тихо ушла. Вероятно, слышал Елеазар, как хлопнула дверь, как, не запертая плотно, она хлопалась о косяки под порывами ветра, — но не поднялся он, не вышел, не посмотрел. И всю ночь до утра свистели над его головою кипарисы, и жалобно постукивала дверь, впуская в жилище холодную, жадно рыскающую пустыню. Как прокаженного, избегали его все, и, как прокаженному, хотели на шею ему надеть колокольчик, чтобы избегать во время встречи. Но кто-то, побледнев, сказал, что будет очень страшно, если ночью под окнами послышится звон Елеазарова колокольца, — и все, бледнея, согласились с ним.
 И так как и сам он не заботился о себе, то, быть может, умер бы он от голода, если бы соседи, чего-то боясь, не ставили ему пищу. Приносили ее дети; они не боялись Елеазара, но и не смеялись над ним, как с невинной жестокостью смеются они над несчастными. Были равнодушны к нему, и таким же равнодушием платил Елеазар: не было у него желания приласкать черную головку и заглянуть в наивные, сияющие глазки. Отданный во власть времени и пустыне, разрушался его дом, и давно разбежались по соседям голодные, блеющие козы. И обветшали брачные одежды его. Как надел он их в тот счастливый день, когда играли музыканты, так и носил, не меняя, точно не видел разницы между новым и старым, между рваным и крепким. Яркие цвета выгорели и поблекли; злые городские собаки и острый терн пустыни в лохмотья

превратили нежную ткань.

Днем, когда беспощадное солнце становилось убийцей всего живого и даже скорпионы забивались под камни и там корчились от безумного желания жалить, он неподвижно сидел под лучами, подняв кверху синее лицо и косматую, дикую бороду.

Когда с ним еще говорили, его спросили однажды:

— Бедный Елеазар! Тебе приятно сидеть и смотреть на солнце?

И он ответил:

— Да, приятно.

Так, вероятно, силен был холод трехдневной могилы, так глубока тьма ее, что не было на земле ни такого жара, ни такого света, который мог бы согреть Елеазара и осветить мрак его очей, — подумали вопрошавшие и со вздохом отошли.

А когда багрово-красный, расплющенный шар опускался к земле, Елеазар уходил в пустыню и шел прямо на солнце, как будто стремился настигнуть его. Всегда прямо на солнце шел он, и те, кто пытались проследить путь его и узнать, что делает он ночью в пустыне, неизгладимо запечатлели в памяти черный силуэт высокого, тучного человека на красном фоне огромного сжатого диска. Ночь прогнала их страхами своими, и так не узнали они, что делает в пустыне Елеазар, но образ черного на красном выжегся в мозгу и не уходил. Как зверь, засоривший глаза, яростно трет лапами морду, так глупо терли и они глаза свои, но то, что давал Елеазар, было неизгладимо и забывалось, быть может, только со смертью.

Но были люди, жившие далеко, которые никогда не видали Елеазара и только слыхали о нем. С дерзновенным любопытством, которое сильнее страха и питается страхом, с затаенной насмешкой в душе, они приходили к сидящему под солнцем и вступали в беседу. В это время вид Елеазара уже изменился к лучшему и не был так страшен; и в первую минуту они щелкали пальцами и неодобрительно думали о глупости жителей святого города. А когда короткий разговор кончался и они уходили домой, они имели такой вид, что жители святого города сразу узнавали их и говорили:

— Вот еще идет безумец, на которого посмотрел Елеазар, — и с сожалением цмокали и поднимали руки.

Приходили, бряцая оружием, храбрые воины, не знавшие страха; приходили со смехом и песнями счастливые юноши; и озабоченные дельцы, позвякивая деньгами, забегали на минуту; и надменные служители храма ставили свои посохи у дверей Елеазара, — и никто не возвращался, каким приходил. Одна и та же страшная тень опускалась на души и новый вид давала старому знакомому миру.

Так передавали чувства свои те, которые еще имели охоту говорить.

Все предметы, видимые глазом и осязаемые руками, становились пусты, легки и прозрачны — подобны светлым теням во мраке ночи становились они; ибо та великая тьма, что объемлет все мироздание, не рассеивалась ни солнцем, ни луною, ни звездами, а безграничным черным покровом одевала землю, как мать, обнимала ее; во все тела проникала она, в железо и камень, и одиноки становились частицы тела, потерявшие связь; и в глубину частиц проникала она, и одиноки становились частицы частиц; ибо та великая пустота, что объемлет мироздание, не наполнялась видимым, ни солнцем, ни луною, ни звездами, а царила безбрежно, всюду проникая, все отъединяя: тело от тела, частицы от частиц; в пустоте расстилали свои корни деревья и сами были пусты; в пустоте, грозя призрачным падением, высились храмы, дворцы и дома, и сами были пусты; и в пустоте двигался беспокойно человек, и сам был пуст и легок, как тень; ибо не стало времени, и сблизилось начало каждой вещи с концом ее: еще только строилось здание, и строители еще стучали молотками, а уж виделись развалины его и пустота на месте развалин; еще только рождался человек, а над головою его зажигались погребальные свечи, и уже тухли они, и уже пустота становилась на месте человека и погребальных свечей; и, объятый пустотою и мраком, безнадежно трепетал человек перед ужасом бесконечного.

Так говорили те, кто еще имел охоту говорить. Но, вероятно, еще больше могли бы сказать те, которые не хотели говорить и молча умирали.

IV

В это время жил в Риме один знаменитый скульптор. Из глины, мрамора и бронзы он создавал тела богов и людей, и такова была их божественная красота, что люди называли ее бессмертною. Но сам он был недоволен и утверждал, что есть еще нечто, поистине красивейшее, чего не может он закрепить ни в мраморе, ни в бронзе. «Еще лунного сияния не собрал я, — говорил он, — еще солнечным светом не упился я — и нет в моем мраморе души, нет жизни в моей красивой бронзе». И когда в лунные ночи он медленно брел по дороге, пересекая черные тени кипарисов, мелькая белым хитоном под луною, встречные дружески смеялись и говорили:

— Не лунный ли свет идешь ты собирать, Аврелий! Почему не взял ты с собою корзин?

И так, смеясь, он показывал на свои глаза:

— Вот мои корзины, куда собираю я свет луны и сияние солнца.

И это была правда: светилась луна в его глазах, и солнце сверкало в них. Но не мог он перевести их в мрамор, и в этом было светлое страдание его жизни.

Происходил он из древнего рода патрициев, имел добрую жену и детей и ни в чем не терпел недостатка.

Когда дошел до него темный слух об Елеазаре, он посоветовался с женою и друзьями и предпринял далекое путешествие в Иудею, чтобы взглянуть на чудесно воскресшего. Было ему немного скучно в эти дни, и надеялся он дорогою обострить утомленное внимание свое. То, что рассказывали ему о воскресшем, не пугало его: он много размышлял о смерти, не любил ее, но не любил и тех, кто смешивает ее с жизнью. По эту сторону — прекрасная жизнь, по ту сторону — загадочная смерть, размышлял он, и ничего лучшего не может придумать человек, как живя радоваться жизни и красоте живого. И имел он даже некоторое тщеславное желание: убедить Елеазара в истине своего взгляда и вернуть к жизни его душу, как было возвращено его тело. Тем более легко это казалось, что слухи о воскресшем, пугливые и странные, не передавали всей правды о нем и только смутно предостерегали против чего-то ужасного.

Уже поднимался Елеазар с камня, чтобы идти вслед за уходящим в пустыню солнцем, когда приблизился к нему богатый римлянин, сопровождаемый вооруженным рабом, и звонко окликнул его:

— Елеазар!

И увидел Елеазар прекрасное гордое лицо, осиянное славой,

и светлые одежды, и драгоценные камни, сверкающие под солнцем. Красноватые лучи придавали голове и лицу сходство с тускло блистающей бронзой — и это увидел Елеазар. Послушно сел он на свое место и утомленно опустил глаза.

— Да, ты некрасив, мой бедный Елеазар, — говорил спокойно римлянин, играя золотою цепью, — ты даже страшен, мой бедный друг; и смерть не была ленивой в тот день, когда ты так неосторожно попал в ее руки. Но ты толст, как бочка, а толстые люди не бывают злы, говорил великий Цезарь, и я не понимаю, почему так боятся тебя люди. Ты позволишь мне переночевать у тебя? Уже поздно, а у меня нет приюта.

Еще никто не просил Елеазара провести у него ночь.

— У меня нет ложа, — сказал он.

— Я немного воин и могу спать сидя, — ответил римлянин. — Мы зажжем огонь…

— У меня нет огня.

— Тогда в темноте, как два друга, мы поведем беседу. Я думаю, у тебя найдется немного вина…

— У меня нет вина.

Римлянин засмеялся.

— Теперь я понимаю, почему так мрачен ты и не любишь своей второй жизни. Нет вина! Ну что же, останемся и так: ведь есть речи, которые кружат голову не хуже фалернского.

Движением руки он отпустил раба, и они остались вдвоем. И снова заговорил скульптор, но будто вместе с уходящим солнцем уходила жизнь из его слов, и становились они бледные и пустые, будто шатались они на нетвердых ногах, будто скользили и падали они, упившись вином тоски и отчаяния. И черные провалы между ними появились — как далекие намеки на великую пустоту и великий мрак.

— Теперь я твой гость, и ты не обидишь меня, Елеазар! — говорил он. — Гостеприимство обязательно даже для тех, кто три дня был мертв. Ведь три дня, говорили мне, ты пробыл в могиле. Там холодно, должно быть… и оттуда ты вынес эту скверную привычку обходиться без огня и вина. А я люблю огонь, здесь так быстро темнеет… У тебя очень интересные линии бровей и лба: точно занесенные пеплом развалины каких-то дворцов после землетрясения. Но почему ты в такой странной и некрасивой одежде? Я видел женихов в вашей стране, и они носят такое платье — такое смешное платье —

такое страшное платье… Но разве ты жених?

Уже скрылось солнце, черная гигантская тень побежала с востока — точно босые, огромные ноги зашуршали по песку, и дуновение быстрого бега обвеяло холодом спину.

— В темноте ты кажешься еще больше, Елеазар, ты точно растолстел за эти минуты. Уже не кормишься ли ты тьмою?.. А я бы хотел огня — хоть маленький огонь, хоть маленький огонь. И мне холодно немного, у вас такие варварски холодные ночи… Если бы не было так темно, я сказал бы, что ты смотришь на меня, Елеазар. Да, кажется, ты смотришь… Ведь ты смотришь на меня, я чувствую, — ну вот ты улыбнулся.

Ночь пришла, и тяжелой чернотою налился воздух.

— Вот будет хорошо, когда завтра снова взойдет солнце… Ведь ты знаешь, что я великий скульптор — так зовут меня друзья. Я творю, да, это называется творить… но для этого нужен день. Холодному мрамору я даю жизнь, я плавлю на огне звенящую бронзу, на ярком, горячем огне… Зачем ты тронул меня рукой!

— Пойдем, — сказал Елеазар. — Ты мой гость.

И они пошли в дом. И долгая ночь легла на землю. Раб не дождался господина и пришел за ним, когда уже высоко стояло солнце. И увидел: прямо под палящими лучами его сидели рядом Елеазар и его господин, смотрели вверх и молчали. Заплакал раб и громко закричал:

— Господин, что с тобою? Господин!

В тот же день он уехал в Рим. Всю дорогу Аврелий был задумчив и молчал, внимательно оглядывал все — людей, корабль и море, и точно старался что запомнить. В море застигла их сильная буря, и во все время ее Аврелий находился на палубе и жадно вглядывался в надвигающиеся и падавшие валы. Дома испугались страшной перемене, которая произошла со скульптором, но он успокоил домашних, многозначительно сказав:

— Я нашел.

И в той же грязной одежде, которую не менял он всю дорогу, он взялся за работу, и мрамор покорно зазвенел под гулкими ударами молотка. Долго и жадно работал он, никого не впуская, и наконец в одно утро сказал, что произведение готово, и повелел созвать друзей, строгих ценителей и знатоков искусства. И, ожидая их, оделся пышно в яркие праздничные одежды, сверкавшие желтым золотом, красневшие пурпуром виссона.

— Вот что я создал, — сказал он задумчиво.

Взглянули друзья его, и тень глубокой скорби покрыла их лица. Это было нечто чудовищное, не имевшее в себе ни одной из знакомых глазу форм, но не лишенное намека на какой-то новый, неведомый образ. На тоненькой, кривой веточке, или уродливом подобии ее, криво и странно лежала слепая, безобразная, раскоряченная груда чего-то ввернутого внутрь, чего-то вывернутого наружу, каких-то диких обрывков, бессильно стремящихся уйти от самих себя. И случайно, под одним из дико кричащих выступов, заметили дивно изваянную бабочку, с прозрачными крылышками, точно трепетавшими от бессильного желания лететь.

— Зачем эта дивная бабочка, Аврелий? — нерешительно спросил кто-то.

— Не знаю, — ответил скульптор.

Но нужно было сказать правду, и один из друзей, тот, что больше любил Аврелия, твердо сказал:

— Это безобразно, мой бедный друг. Это надо уничтожить. Дай молоток.

И двумя ударами он разрушил чудовищную груду, оставив только дивно изваянную бабочку.

С тех пор Аврелий больше ничего не создал. С глубоким равнодушием он смотрел на мрамор и на бронзу и на свои прежние божественные создания, на которых почила бессмертная красота. Думая вдохнуть в него старый жар к работе, разбудить его омертвевшую душу, его водили смотреть чужие прекрасные произведения, — но все так же равнодушен оставался он, и улыбка не согревала его сомкнутых уст. И только, когда много и долго ему говорили о красоте, он возражал утомленно и вяло:

— Но ведь все это ложь.

А днем, когда светило солнце, он выходил в свой богатый, искусно устроенный сад и, найдя место, где не было тени, отдавал непокрытую голову и тусклые очи свои сверканию и зною. Порхали красные и белые бабочки; в мраморный водоем сбегала, плескаясь, вода из искривленных уст блаженно-пьяного сатира, а он сидел неподвижно — как бледное отражение того, кто в глубокой дали, у самых врат каменной пустыни, так же неподвижно сидел под огненным солнцем.

V

И вот призвал к себе Елеазара сам великий, божественный Август.

Одели Елеазара пышно, в торжественные брачные одежды — как будто время узаконило их и до самой своей смерти он должен был оставаться женихом неведомой невесты. Похоже было на то, как будто на старый, гниющий, уже начавший разваливаться гроб навели новую позолоту и привесили новые, веселые кисти. И торжественно повезли его, все нарядные и яркие, как будто и вправду двигался свадебный поезд, и передовые громко трубили в трубы, чтобы давали дорогу посланцам императора. Но пустынны были пути Елеазара: вся родная страна уже проклинала ненавистное имя чудесно воскресшего, и разбегался народ при одной вести о страшном приближении его. Одиноко трубили медные трубы, и только пустыня отвечала протяжным эхом своим.

Потом повезли его морем. И это был самый нарядный и самый печальный корабль, который отражался когда-либо в лазурных волнах Серединного моря. Много людей на нем находилось, но, как гробница, был он безмолвен и тих, и словно плакала безнадежная вода, огибая крутой, красиво изогнутый нос. Одиноко сидел там Елеазар, подставляя непокрытую голову солнцу, слушал журчание струй и молчал, а вдали смутной толпою тоскующих теней бессильно и вяло лежали, сидели моряки и посланцы. Если бы в это время ударил гром, ветер рванул красные паруса, корабль, вероятно, погиб бы, так как ни у кого из бывших на нем не было ни сил, ни охоты бороться за жизнь. С последним усилием некоторые подходили к борту и жадно вглядывались в голубую, прозрачную бездну: не мелькнет ли в волнах розовым плечом наяда, не промчится ль, взбивая копытами брызги, безумно-веселый и пьяный кентавр. Но пустынно было море, и морская бездна была нема и пустынна.

Равнодушно ступил Елеазар на улицы Вечного города. Словно все богатство его, все величие зданий, возведенных гигантами, весь блеск, и красота, и музыка утонченной жизни были лишь отзвуком ветра в пустыне, отблеском мертвых зыбучих песков. Мчались колесницы, двигались толпы сильных, красивых, надменных людей, строителей Вечного города и гордых участников жизни его; звучала песня — смеялись фонтаны и женщины своим жемчужным смехом — философствовали пьяные — с улыбкой слушали их трезвые — и подковы стучали, подковы стучали о камень настилок. И, охваченный со всех сторон веселым шумом, холодным пятном безмолвия двигался среди города тучный, тяжелый человек и сеял на пути своем досаду, гнев и смутную, сосущую тоску. «Кто смеет быть печальным в Риме?» — негодовали граждане и хмурились, а через два дня уже весь быстроязычный Рим знал о чудесно воскресшем и пугливо сторонился от него.

Но были и здесь многие смелые люди, желавшие испытать силу свою, и на их неосмысленный зов послушно приходил Елеазар. Занятый делами государства, император медлил с приемом, и целых семь дней ходил по людям чудесно воскресший.

Вот пришел Елеазар к веселому пьянице, и пьяница смехом красных губ встретил его.

— Пей, Елеазар, пей! — кричал он. — Вот посмеется Август, когда увидит тебя пьяным!

И смеялись обнаженные, пьяные женщины, и лепестки роз ложились на синие руки Елеазара. Но взглянул пьяница в глаза его — и навсегда кончилась его радость. На всю жизнь остался он пьяным; уже не пил ничего, но оставался пьяным, — но, вместо радостных грез, что дает вино, страшные сны осенили несчастную голову его. Страшные сны стали единственной пищей его пораженного духа. Страшные сны и днем и ночью держали его в чаду своих чудовищных созданий, и сама смерть не была страшнее того, чем явили себя ее свирепые предтечи.

Вот пришел Елеазар к юноше и девушке, которые любили друг друга и были прекрасны в своей любви. Гордо и крепко обнимая рукою свою возлюбленную, юноша сказал с тихим сожалением:

— Взгляни на нас, Елеазар, и порадуйся с нами. Разве есть что-нибудь сильнее любви?

И взглянул Елеазар. И всю жизнь продолжали они любить друг друга, но печальной и сумрачной стала их любовь, как те надмогильные кипарисы, что корни свои питают тлением гробниц и остротою черных вершин своих тщетно ищут неба в тихий вечерний час. Бросаемые неведомою силою жизни в объятия друг друга, поцелуи они смешивали со слезами, наслаждение — с болью, и дважды рабами чувствовали себя: покорными рабами требовательной жизни и безответными слугами грозно молчащего Ничто. Вечно соединяемые, вечно разъединяемые, они вспыхивали, как искры, и, как искры, гасли в безграничной темноте.

Вот пришел Елеазар к гордому мудрецу, и мудрец сказал ему:

— Я уже знаю все, что ты можешь сказать ужасного, Елеазар. Чем еще ты можешь ужаснуть меня?

Но немного прошло времени, и уже почувствовал мудрец, что знание ужасного — не есть еще ужасное, и что видение смерти — не есть еще смерть. И почувствовал он, что мудрость и глупость одинаково равны перед лицом Бесконечного, ибо не знает их Бесконечное. И исчезла грань между ведением и неведением, между правдой и ложью, между верхом и низом, и в пустоте повисла его бесформенная мысль. Тогда схватил он себя за седую голову и закричал исступленно:

— Я не могу думать! Я не могу думать! Так погибало под равнодушным взором чудесно воскресшего все, что служит к утверждению жизни, смысла ирадостей ее. И стали говорить, что опасно пускать его к императору, что лучше убить его и, схоронив тайно, сказать, что скрылся он неизвестно куда. Уже мечи точились и преданные благу народа юноши самоотверженно готовили себя в убийцы, когда Август потребовал, чтобы наутро явился к нему Елеазар, и тем расстроил жестокие планы.

Если нельзя было совсем устранить Елеазара, то желали хоть немного смягчить то тяжелое впечатление, какое производило лицо его. И с этой целью собрали искусных художников, цирюльников и артистов, и всю ночь трудились над головою Елеазара. Подстригли бороду, завили ее и придали ей опрятный и красивый вид. Неприятна была мертвецкая синева его рук и лица, и красками удалили ее: набелили руки и нарумянили щеки. Отвратительны были морщины страданий, которые бороздили старое лицо, и их замазали, закрасили, загладили совсем, а по чистому фону тонкими кисточками искусно провели морщины добродушного смеха и приятной, беззлобной веселости.

Равнодушно подчинялся Елеазар всему, что делали с ним, и

вскоре превратился в естественно-толстого, красивого старика, спокойного и добродушного деда многочисленных внуков. Еще не сошла с уст его улыбка, с какой рассказывал он смешные сказки, еще таилась в углу глаз стариковская тихая нежность — таким казался он. Но брачной одежды снять они не посмели, но глаз его они изменить не могли — темных и страшных стекол, сквозь которые смотрело на людей само непостижимое Там.

VI

Не тронуло Елеазара великолепие императорских чертогов. Как будто не видел он разницы между своим развалившимся домом, к которому подошла пустыня, и каменным, крепким, красивым дворцом, — так равнодушно смотрел и не смотрел он, проходя. И твердый мрамор полов под его ногами становился подобным зыбучему песку пустыни, и множество прекрасно одетых надменных людей становилось подобно пустоте воздуха под взорами его. В лицо его не глядели, когда он проходил, опасаясь подвергнуться страшному влиянию его глаз; но, когда по звуку тяжелых шагов догадывались, что он миновал стоящих, — поднимали головы и с боязливым любопытством рассматривали фигуру тучного, высокого, слегка согбенного старика, медленно углублявшегося в самое сердце императорского дворца. Если бы сама смерть проходила, не более пугались бы ее люди, ибо до сих пор было так, что смерть знал только мертвый, а живой знал только жизнь — и не было моста между ними. А этот, необыкновенный, знал смерть, и было загадочно и страшно проклятое знание его. «Убьет он нашего великого, божественного Августа», — думали со страхом люди и посылали бессильные проклятия вслед Елеазару, медленно и равнодушно входившему все дальше и дальше, все глубже и глубже.

Уже знал и Цезарь о том, кто такой Елеазар, и приготовился к встрече. Но был он мужественный человек, чувствовал огромную, непобедимую силу свою и в роковом поединке с чудесно воскресшим не пожелал опереться на слабую помощь людей. Один на один, лицом к лицу сошелся он с Елеазаром.

— Не поднимай на меня взоров твоих, Елеазар, — приказал он вошедшему. — Слыхал я, что голова твоя подобна голове

Медузы и превращает в камень каждого, на кого ты взглянешь. А я хочу рассмотреть тебя и поговорить с тобою, прежде чем превращусь в камень, — добавил он с царственной шутливостью, не лишенной страха.

Подойдя близко, он внимательно рассмотрел лицо Елеазара и его странную праздничную одежду. И был обманут искусной подделкой, хотя взор имел острый и зоркий.

— Так. На вид ты не страшен, почтенный старичок. Но тем хуже для людей, когда страшное принимает такой почтенный и приятный вид. Теперь поговорим.

Август сел и, допрашивая взором столько же, как и словами, начал беседу:

— Почему ты не приветствовал меня, когда входил? Елеазар равнодушно ответил:

— Я не знал, что это нужно.

— Ты христианин?

— Нет.

Август одобрительно кивнул головой.

— Это хорошо. Я не люблю христиан. Они трясут дерево жизни, не дав ему покрыться плодами, и по ветру рассеивают его благоуханный цвет. Но кто же ты?

С некоторым усилием Елеазар ответил:

— Я был мертвым.

— Я слыхал об этом. Но кто же ты теперь?

Елеазар медлил с ответом и наконец повторил равнодушно и тускло:

— Я был мертвым.

— Послушай меня, неведомый, — сказал император, раздельно и строго говоря то, о чем уже думал он раньше, — мое царство — царство живых, мой народ — народ живых, а не мертвых. И ты лишний здесь. Я нс знаю, кто ты, я не знаю, что ты видел там, — но если ты лжешь, я ненавижу ложь твою, но если ты говоришь правду — я ненавижу твою правду. В моей груди я чувствую трепет жизни; в моих руках я чувствую мощь — и гордые мысли мои, как орлы, облетают пространство. А там, за моей спиною, под охраной моей власти, под сенью мною созданных законов живут, и трудятся, и радуются люди. Ты слышишь эту дивную гармонию жизни? Ты слышишь этот воинственный клич, который бросают люди в лицо грядущему, зовя его на бой?

Август молитвенно простер руки и торжественно

воскликнул:

— Будь благословенна, великая, божественная жизнь!

Но Елеазар молчал, и с увеличенной строгостью продолжал император:

— Ты лишний здесь. Ты, жалкий остаток, не доеденный смертью, внушаешь людям тоску и отвращение к жизни; ты, как гусеница на полях, объедаешь тучный колос радости и извергаешь слизь отчаяния и скорби. Твоя правда подобна ржавому мечу в руках ночного убийцы, — и, как убийцу, я предам тебя казни. Но раньше я хочу взглянуть в твои глаза. Быть может, только трусы боятся их, а в храбром они будят жажду борьбы и победы: тогда не казни, а награды достоин ты... Взгляни же на меня, Елеазар.

И в первое мгновение показалось божественному Августу, что друг смотрит на него, — так мягок, так нежночарующ был взор Елеазара. Не ужас, а тихий покой обещал он, и нежной любовницей, сострадательною сестрою, матерью казалось Бесконечное. Но все крепче становились нежные объятия его, и уже дыхание перехватывал алчный до поцелуев рот, и уже сквозь мягкую ткань тела проступало железо костей, сомкнувшихся железным кругом, — и чьи-то тупые, холодные когти коснулись сердца и вяло погрузились в него.

— Мне больно, — сказал божественный Август, бледнея. — Но смотри, Елеазар, смотри!

Точно медленно расходились какие-то тяжелые, извека закрытые врата, и в растущую щель холодно и спокойно вливался грозный ужас Бесконечного. Вот двумя тенями вошли необъятная пустота и необъятный мрак и погасили солнце, у ног отняли землю, и кровлю отняли у головы. И перестало болеть леденеющее сердце.

— Смотри, смотри, Елеазар! — приказал Август, шатаясь.

Остановилось время, и страшно сблизилось начало всякой вещи с концом ее. Только что воздвигнутый, уже разрушился трон Августа, и пустота уже была на месте трона и Августа. Бесшумно разрушился Рим, и новый город стал на месте его и был поглощен пустотою. Как призрачные великаны, быстро падали и исчезали в пустоте города, государства и страны, и равнодушно глотала их, не насыщаясь, черная утроба Бесконечного.

— Остановись, — приказал император. Уже равнодушие звучало в голосе его, и бессильно обвисали руки, и в тщетной борьбе с надвигающимся мраком загорались и гасли его орлиные глаза.

— Убил ты меня, Елеазар, — сказал он тускло и вяло.

И эти слова безнадежности спасли его. Он вспомнил о народе, щитом которого он призван быть, и острой, спасительной болью пронизалось его омертвевшее сердце. «Обреченные на гибель», — с тоской подумал он. «Светлые тени во мраке Бесконечного», — с ужасом подумал он. «Хрупкие сосуды с живой, волнующей кровью, с сердцем, знающим скорбь и великую радость», — с нежностью подумал он.

И так, размышляя и чувствуя, склоняя весы то на сторону жизни, то на сторону смерти, он медленно вернулся к жизни, чтобы в страданиях и радости ее найти защиту против мрака пустоты и ужаса бесконечного.

— Нет, не убил ты меня, Елеазар, — сказал он твердо, — но я убью тебя. Ступай!

В тот вечер с особенной радостью вкушал пищу и питие божественный Август. Но минутами застывала в воздухе поднятая рука и тусклый блеск заменял яркое сияние его орлиных глаз — то ужас ледяной волною пробегал у ног его. Побежденный, но не убитый, холодно ожидающий своего часа, он черною тенью на всю жизнь стал у изголовья его, владея ночами и послушно уступая светлые дни скорбям и радостям жизни.

На другой день по приказу императора каленым железом выжгли Елеазару глаза и на родину отправили его. Умертвить его не решился божественный Август.

Вернулся Елеазар в пустыню, и приняла его пустыня свистящим дыханием ветра и зноем раскаленного солнца. Снова сидел он на камне, подняв кверху лохматую, дикую бороду, и две черные ямы на месте выжженных глаз тупо и страшно смотрели на небо. Вдали беспокойно шумел и двигался святой город, а вблизи было безлюдно и немо: никто не приближался к месту, где доживал дни свои чудесно воскресший, и уже соседи давно покинули дома свои. Загнанное каленым железом в глубину черепа, проклятое знание его таилось там точно в засаде; точно из засады впивалось оно тысячью невидимых глаз в человека, — и уже никто не смел взглянуть на Елеазара.

А вечером, когда, краснея и ширясь, солнце клонилось к

закату, за ним медленно двигался слепой Елеазар. Натыкался на камни и падал, тучный и слабый, тяжело поднимался и снова шел; и на красном пологе зари его черное туловище и распростертые руки давали чудовищное подобие креста.

Случилось, пошел он однажды и больше не вернулся. Так, видимо, закончилась вторая жизнь Елеазара, три дня пробывшего под загадочной властию смерти и чудесно воскресшего.

Революционер

I

Учитель Людвиг Андерсен вышел на школьный огород и решил пройти погулять к дальней роще, которая, как легкое синеватое кружево, отчетливо синела на белом снегу в поле, версты за две от деревни.

День был белый, светлый. От чистого белого снега и мокрых черных жердей ограды создавалась веселая чистая пестрота, и воздух был так легок и прозрачен, как бывает только в самом начале весны.

«Еще одна весна моей жизни!» — глубоко и легко вздохнув, подумал Людвиг Андерсен, наклонный к сентиментальной поэзии.

И, взглянув через очки на небо, он заложил руки за спину, поиграл там тростью и шагнул вперед.

И как раз в эту минуту он увидел на дороге, за изгородью в конце огорода, целую кучу людей и лошадей.

Это были солдаты. На белом снегу серели их однообразные шинели, блестели ружья и лошадиная шерсть, и видно было, как они двигались, неловко ступая по снегу своими кривыми кавалерийскими ногами. В первую минуту Людвиг Андерсен не понял, что они делают, но сразу, как-то не умом, а сердцем, почувствовал, что делают они что-то необыкновенное и страшное. И так же инстинктивно он почувствовал еще, что надо спрятаться и не попадаться им на глаза.

Поспешно, но не опуская рук, заложенных за спину, Людвиг Андерсен подвинулся влево и, сразу утонув по колени в мягком, талом, хрупком снегу, стал за невысокий стог прошлогоднего сена. Оттуда, вытянув шею, он ясно видел, что именно делали солдаты.

Их было человек двадцать и среди них один офицер, молодой, коренастый, в серой шинели, красиво перехваченной серебряной перевязью. Лицо у него было так красно, что через весь огород Людвиг Андерсен видел, как странно блестели на нем светлые торчащие усы и брови. Он что-то говорил, и голос его, резкий и отрывистый, ясно достигал ушей Людвига Андерсена. Учитель прислушался.

— Я сам знаю, что мне делать! — кричал офицер,

подбоченившись и глядя на кого-то вниз в кучке спешенных солдат. — Я вам покажу, как бунтовать... Сволочь проклятая!..

Смутная тревога сжала сердце Андерсена. «Боже мой! Неужели...» пронеслось в его мозгу, и какой-то холод охватил его голову.

— Господин офицер, — ответил очень тихо, но внятно чей-то сдержанный голос из кучки солдат, вы не имеете никакого права... для этого есть суд... вы не судья... это будет просто убийство, а не...

— Молчать! — взмахнув белой перчаткой, крикнул офицер, и слышно было, как он захлебнулся от злости. — Я вам дам суд!.. Иванов, делай!..

Он тронул лошадь и отъехал. И Людвиг Андерсен машинально обратил внимание, как чутко и осторожно пряла ушами легко переступающая с ноги на ногу, точно танцующая, лошадь. В эту минуту между солдатами произошла короткая судорожная суетливая возня, и они раздвинулись, оставив перед собою пустое место. А на этом месте остались три человека в черном — два высокие, а один очень низенький и щуплый. Людвигу Андерсену была видна его совсем белая голова с торчащими розовыми ушами.

Он уже понял, в чем дело, что он сейчас увидит, но это было так неожиданно и ужасно, что Людвиг Андерсен думал, что он бредит.

«Так светло... хорошо... снег, поле, небо... весной пахнет... сейчас будут убивать людей... что такое?.. не может быть!..» — нестройно пронеслось у него в голове, и было такое чувство, как при внезапном помешательстве, когда вдруг человек замечает, что он видит, слышит и чувствует совсем не то, что привык, что должен был бы видеть, слышать и чувствовать.

Три черных человека стояли в ряд у самой изгороди. Два близко друг к другу, третий, маленький, — немного поодаль.

— Господин офицер! — отчаянно заговорил один из них, и не видно было который. — Бог нас видит!.. Господин офицер!..

Восемь солдат поспешно слезали с коней, неловко цепляясь шпорами и шашками. Они видимо торопились, точно делали воровское дело.

Прошло несколько секунд в молчании, пока солдаты поспешно выстраивались в нескольких шагах перед черными людьми и торопливо снимали с плеч ружья. Один сбил перевязью с себя фуражку, и она покатилась по снегу. Он так и надел ее, белую от мокрого снега.

Лошадь под офицером все тихонько танцевала на одном месте и пряла ушами, а другие лошади, чутко подняв острые уши, неподвижно смотрели на черных людей, уставив в ряд свои длинные умные морды.

— Помилуйте хоть мальчонку-то! — визгливо закричал вдруг другой голос. — Что ж детскую душу губить, подлецы!.. Он-то чем виноват!

— Иванов, я тебе сказал! заглушая его, закричал офицер. Его лицо так налилось кровью, что казалось сделанным из кумача.

И вдруг произошло что-то дикое, омерзительно ужасное: маленький черный человечек с белыми волосами и торчащими розовыми ушами дико закричал детским пронзительным голосом и метнулся в сторону, его (разу схватили два или три солдата, но он начал рваться так, что на помощь подбежало еще двое.

— Ай-ай-ай!.. — кричал мальчик. — Пустите, пустите!.. Ай-ай!..

Голос его визжал и резал, как визг недорезанного поросенка, и был ужасен. Кто-то, должно быть, ударил его, потому что он внезапно замолчал, и воцарилась жуткая неожиданная тишина. Чьи-то руки толкнули белоголового мальчика вперед, и вдруг раздался такой оглушительный и резкий залп, что грудь вздрогнула у Людвига Андерсена. Он отчетливо и в то же время смутно, как во сне, видел, как падали черные люди, как сверкнули бледные огоньки, как легкий дымок поднялся в чистом светлом воздухе, как торопливо садились на лошадей солдаты, не оглядываясь на убитых, и как они тронулись по рыжей талой дороге, звеня оружием и шлепая копытами лошадей.

Это все он видел, уже стоя посреди дорожки, сам не зная, когда и почему он выскочил из-за своей копны. Людвиг Андерсен был бледен, как мертвый, все лицо его было покрыто липким потом и тело дрожало и билось в непонятной мучительной физической тоске. Эго было чувство, похожее на страшную тошноту, но гораздо тоньше и ужаснее.

Когда солдаты скрылись на повороте в роще, к месту казни откуда-то стал быстро собираться народ, хотя раньше нигде никого не было видно.

Расстрелянные лежали за изгородью, на краю дороги, где хрупкий чистый снег не был истоптан и белел чисто и весело. Их было трое — двое взрослых мужчин и мальчик с белой головой, подвернувшейся в снегу, на длинной мягкой шее. Лица другого не было видно, потому что он упал ничком в лужу красной крови, а третий, большой чернобородый человек с огромными мускулистыми руками, лежал, вытянувшись во весь свой огромный рост и далеко раскинув руки по белому окровавленному снегу.

День был белый, светлый. От белого снега и мокрых черных жердей изгороди, красных пятен на снегу и неподвижных черных фигур создавалась веселая яркая пестрота, и воздух был так чист и прозрачен, как бывает только в самом начале весны. Лесок синел невдалеке.

Расстрелянные лежали неподвижно, чернея на белом снегу, и издали нельзя было понять, что такое ужасное есть в их неподвижности на краю наезженной узкой дороги.

II

В эту ночь Людвиг Андерсен, придя домой в свою маленькую комнату при школе, не писал стихов, как он это обыкновенно делал, а стал у окна и, глядя на далекий бледный кружок луны в туманном синем небе, думал. И мысль его была спутанна, смутна и тяжела, точно на мозг его опустилось какое-то облако.

За окном, в смутном лунном сумраке, неясно чернели силуэты изгороди, деревьев, белел пустой, весь освещенный луной огород, и Людвигу Андерсену казалось, что он видит их, грех убитых людей двух взрослых и одного мальчика. Они лежат теперь там, на проезжей дороге, посреди пустого молчаливого поля, и так же, как его живые, смотрят на далекую, холодную луну их мертвые белые глаза.

«Будет когда-нибудь время, грустно и тяжело думал Людвиг Андерсен, когда будут совершенно невозможны убийства людей другими людьми... Будет и такое время, когда те самые солдаты и офицер, которые убили этих трех человек, поймут, что они сделали, и поймут, что то, за что погибли эти три человека, было так же нужно, важно и дорого им самим, солдатам и офицерам, как и этим убитым...»

— Да! громко и торжественно, с увлажнившимися от слез

глазами, проговорил Людвиг Андерсен. — Такое время будет!..
Они поймут!..

И бледный кружок луны в его глазах помутнел и расплылся.

Великая жалость к тем трем погибшим, глаза которых молчаливо и скорбно смотрят на луну и не видят уже ее, сжала сердце Людвига Андерсена, и под этою жалостью чувство острой злобы шевельнуло своим острием.

Но Людвиг Андерсен смирил свое сердце и, тихо прошептав: «Не ведают, что творят», в этой старой и готовой фразе почерпнул силу задавить скорбь и гнев.

III

Был такой же точно светлый, белый день, но весна была уже во всем: и в запахе мокрого навоза, и в чистой холодной воде, отовсюду бегущей из-под талого рыхлого снега, и в гибкости мокрых веток, и в ясности голубоватых далей.

Но ясность и радость этого светлого весеннего дня стояли где-то вне села — в полях, лесах и горах, где не было людей, а в селе было душно, тяжело и страшно, как в кошмаре.

Людвиг Андерсен стоял на улице села за толпой черных, мрачных и растерянных людей и, вытягивая шею, смотрел, как собирались пороть семерых крестьян их же села.

Они стояли тут же, на талом снегу, и Людвиг Андерсен не мог узнать в них давно знакомых, понятных ему людей. Ему казалось, что эго какие-то особенные люди и что тем, что должно позорное, страшное, несмываемое произойти с ними сейчас, они отделились от всего мира и так же не могут чувствовать того, что чувствует он, Людвиг Андерсен, как и он не может понять того, что чувствуют они. Солдаты стояли вокруг, уверенно и красиво возвышаясь на своих больших толстых лошадях, кивающих умными мордами; они медленно поворачивали из стороны в сторону свои рябые, деревянные лица, с презрением глядя на него, на Людвига Андерсена, который будет сейчас смотреть на этот ужас и омерзение и ничего не сделает им, не посмеет сделать. Так казалось Людвигу Андерсену, и невыносимое чувство холодного стыда сковало его, как в ледяную глыбу, из которой все видно, но нельзя ни пошевельнуться, ни закричать, ни застонать.

Первого взяли. Людвиг Андерсен видел его умоляющий, безнадежный и такой странный взгляд. Губы этого человека тихо шевелились, но ни одного звука не было слышно, а глаза его блуждали и блестели ярко и остро, как у помешанного. И было видно, что мозг его уже не может вместить того, что с ним делают.

И так было ужасно это лицо, полное разума и безумия одновременно, что легче стало, когда его положили лицом в снег и вместо воспаленных глаз голо, бессмысленно, стыдно и страшно заблестела задняя часть его тела.

Большой краснолицый солдат в красной шапке подвинулся к нему, посмотрел вниз на голое срамное тело, точно любуясь им, и вдруг громко и отчетливо произнес:

— Ну, Господи, благослови!

Казалось, что Людвиг Андерсен не видит ни солдата, ни неба, ни лошадей, ни толпы, не чувствует ни холода, ни страха, ни стыда, не слышит, как, взвиваясь, свистит нагайка и кто-то кричит диким воем боли и отчаяния, а видит только голую вспухшую заднюю часть человеческого тела, быстро и ровно покрывающуюся белыми и багровыми полосами. Она понемногу теряла вид человеческого тела, и вдруг пятнами, каплями и струйками брызнула кровь и потекла с нее на белый талый снег.

И ужас объял душу Людвига Андерсена в предвидении того момента, когда встанет этот человек и все увидят его лицо опять, после того, как при всех, на улице, его обнаженный зад бессмысленно и страшно превратили в кровавое месиво. Он закрыл глаза, а когда открыл, то увидел другого человека, которого силой валили в снег четыре рослых человека в шинелях и красных шапках и у которого уже так же голо, стыдно, страшно и нелепо до смешного ужаса блестела обнаженная задняя часть.

Потом третьего, четвертого и так до конца.

И Людвиг Андерсен, вытянув шею, дрожа и заикаясь, хотя он ничего не говорил, стоял в талом мокром снегу, дрожал, и пот, липкий и холодный, обливал его тело, и все существо было наполнено одним срамным, унизительным чувством: как бы его не увидели, как бы не обратили на него внимания, не схватили его, не оголили тут, на снегу, его, Людвига Андерсена.

Толпились солдаты, лошади кивали головами, свистела нагайка, и голое срамное тело человеческое вспухало, дергалось, обливалось кровью, извивалось, как гад. Визг, ругательства и дикие вопли висели над селом в белом весеннем чистом воздухе.

А у крыльца правления уже виднелось пять человеческих лиц, лиц тех людей, которые уже перенесли это. Один из них так и стоял с голыми ногами, худыми и окровавленными. И нельзя было на них смотреть.

Людвиг Андерсен думал, что он умирает.

IV

Солдат было человек пятнадцать, унтер-офицер и молоденький, совсем безусый офицер. Офицер этот лежал перед костром и напряженно смотрел в огонь. Солдаты что-то делали около составленных в козлы ружей, и их серые приземистые фигуры тихо ворошились на черной обтаявшей земле, изредка попадая в красное зарево костра.

Людвиг Андерсен, в очках, с палкой за спиною и в пальто, подошел к ним. Унтер-офицер, толстый усатый солдат, торопливо поднялся и, отстраняясь от огня, взглянул на него.

— Кто такой? Чего надо? — спросил он тревожно.

И по звуку его голоса было слышно, что они боятся всего в этом чужом, насквозь промученном ими крае.

— Ваше благородие, — сказал он офицеру, — незнаемый кто человек...

Офицер поднял голову и молча посмотрел. Тонким и напряженным голосом Людвиг Андерсен сказал:

— Господин офицер, я — здешний торговец Михельсон и иду в поселок по делам... Я очень боялся, чтобы меня нечаянно не приняли за кого-нибудь... вы...

— Так чего ж вы лезете? — сердито спросил офицер и отвернулся.

— Торговец! — передразнил солдат. — А обыскать бы этю торговца... чтоб по ночам не шлялся... да накостылять ему шею...

— Подозрительный человек, ваше благородие, — сказал унтер-офицер, пока что арестовать бы его, да...

— Оставь, — лениво отозвался офицер. — Надоели, черти!

Людвиг Андерсен стоял и молчал, и глаза его странно и тревожно блестели в темноте при свете костра. И было странно видеть его плотную маленькую фигурку, чистенькую и аккуратную, ночью в поле, среди солдат, в пальто, с тростью и очками, сверкающими при огне.

Солдаты оставили его и отошли. Людвиг Андерсен постоял и пошел, и скоро скрылся во тьме.

V

Ночь как будто шла к концу. В воздухе стало холодно, и верхушки кустов яснее выделялись в темноте. Людвиг Андерсен снова шел к месту военного поста. Но на этот раз он прятался за кустами, пригибаясь и приседая. За ним тихо и осторожно, огибая кусты, неслышные, как тени, шли люди. И рядом с Людвигом Андерсеном шел высокий и худой человек с револьвером в руке.

Фигура солдата на пригорке странно и неожиданно, не там, где ее ожидали, замаячила, чуть-чуть освещенная отблеском потухающею костра. Людвиг Андерсен узнал его: это был тот самый солдат, который предлагал обыскать его. И ничего не шевельнулось в душе Людвига Андерсена. Лицо у него было холодно и неподвижно, как у сонного. Вокруг костра спали врастяжку солдаты, и только унтер-офицер сидел, опустив голову на колени.

Высокий худой человек, который шел рядом с Людвигом Андерсеном, вытянул руку с револьверам и вдруг выстрелил. Страшно яркий огонь сверкнул и погас с оглушительным треском.

Людвиг Андерсен видел затем, как часовой взмахнул руками и сел на черную землю, схватившись за грудь. Со всех сторон засверкали короткие трескучие огоньки и слились в один сухой, раздирающий воздух треск. Унтер-офицер вскочил и сейчас же повалился прямо в огонь. Серые фигуры солдат, как призраки, метались во все стороны, размахивая руками и падая и корчась на черной земле. Мимо Людвига Андерсена, как какая-то странная испуганная птица, размахивая руками, пробежал молоденький офицер, и, как будто думая о чем-то другом, Людвиг Андерсен поднял свою палку и изо всей силы, с тупым противным стуком, ударил его по голове офицера. И офицер странно закружился, наткнулся на куст и сел после второго удара, закрывая обеими руками голову, как делают дети. Кто-то подбежал сбоку и выстрелил, как будто из-под самою локтя Людвига Андерсена. Офицер как-то странно порывисто осел и свалился наземь, точно его с силой бросили головой о землю, дернул ногами и мирно свернулся калачиком.

Выстрелы смолкали. Черные люди с белыми лицами, страшно и призрачно сереющими в темноте, суетились возле убитых солдат, отбирая оружие.

Людвиг Андерсен внимательно и холодно смотрел на все это. Когда все кончилось, он подошел и, взяв за ногу обгорелую тушу унтер-офицера, потащил ее с костра, не смог и бросил.

VI

Людвиг Андерсен неподвижно сидел на крылечке правленского дома и думал. Думал он о том, что он, Людвиг Андерсен, с его очками, тростью, пальто и стихами, лгал, предал пятнадцать человек, которых убили. Думал о том, что это страшно, и думал о том, что не ощущает в душе своей ни жалости, ни скорби и что если бы его выпустили, то все равно он, Людвиг Андерсен, с теми же очками и стихами, пойдет опять. Он старался разделить что-то в своей душе, но мысли были тяжелы и спутанны. И ему почему-то тяжелее было представить себе тех трех человек, которые лежали на снегу и смотрели на далекий кружок бледной луны невидящими мертвыми глазами, чем убитого офицера, которою с сухим противным стуком он ударил палкой по черепу. О собственной смерти он не думал, и ему казалось, что в нем самом все уже давно-давно кончилось. Что-то умерло, что-то опустело, и не надо было думать об этом.

И когда его взяли за плечо, и он встал, и его быстро повели куда-то через огород, где торчали сухие кочни капусты, Людвиг Андерсен не мог поймать в голове ни одной мысли.

Его вывели на дорогу и поставили у изгороди, спиной к столбику.

Людвиг Андерсен поправил очки, заложил руки за спину и стал, чистенький и толстенький, слегка наклонив голову набок.

В последнюю минуту он взглянул перед собой и увидел дула, направленные ему в голову, грудь и живот, и бледные, с трясущимися губами лица. Он отчетливо заметил, как одно дуло, глядевшее ему в лоб, вдруг опустилось.

Что-то странное и непонятное, как будто уже нездешнее, неземное, прошло в голове Людвига Андерсена. Он выпрямился во весь свой небольшой рост и закинул голову с наивной гордостью. Какое-то странное, но отчетливое сознание чистоты, силы и гордости наполнило его душу, а все и солнце, и небо, и люди, и поля, и смерть — показалось ему ничтожным, далеким и ненужным.

Пули хлопнули его в грудь, в левый глаз, в живот, пробив чистенькое, застегнутое на все пуговицы пальто... Он уронил очки, разбитые вдребезги, завизжал и, повернувшись кругом, упал лицом на твердую толстую жердь изгороди, таращя оставшийся глаз и царапая землю ногтями вытянутых рук, точно стараясь удержаться.

Позеленевший офицер бросился к нему и, бестолково тыкая его револьвером в затылок, выстрелил два раза. Людвиг Андерсен вытянулся.

Солдаты быстро ушли, отбивая шаг. А Людвиг Андерсен остался лежать, будто приплюснутый к земле. Его левая рука еще секунд десять шевелила указательным пальцем.

Обида

Истинное происшествие

Был июль, пять часов пополудни и страшная жара. Весь каменный огромный город дышал зноем, точно раскаленная печь. Белые стены домов сияли нестерпимо для глаз. Асфальтовые тротуары размягчились и жгли подошвы. Тени от акаций простерлись по плитяной мостовой, жалкие, измученные, и тоже казались горячими. Бледное от солнечных лучей море лежало неподвижно и тяжело, как мертвое. По улицам носилась белая пыль.

В это время в одном из частных театров, в фойе, заканчивала свою Очередную работу небольшая комиссия из местных адвокатов, которая взялась бесплатно вести дела жителей, пострадавших от последнего еврейского погрома. Их было девятнадцать человек, все помощники присяжных поверенных, люди молодые, передовые и добросовестные. Заседание не требовало никакой нарядности, и потому преобладали легкие, пикейные, фланелевые и люстриновые костюмчики. Сидели, где кому пришлось, по двое и по трое, за мраморными столиками, а председатель помещался за пустующим прилавком, где раньше, еще зимой, продавались конфеты.

Зной, лившийся в открытые окна вместе с ослепительным светом и уличным грохотом, совсем изморил молодых адвокатов. Заседание велось лениво и немного раздраженно.

Высокий молодой человек с белыми усами и редкими волосами на голове, председатель собрания, сладострастно мечтал о том, как он поедет сейчас на новом, только что купленном велосипеде на дачу и как он быстро разденется и, еще не остывший, потный, бросится в чистое, благоуханное, прохладное море. При этих мыслях все его тело расслабленно потягивалось и вздрагивало. В то же время, нетерпеливо передвигая перед собою бумаги, он говорил вялым голосом:

-- Итак, господа, дело Рубинчика ведет Иосиф Морицович. Может быть, у кого-нибудь есть еще заявления к порядку дня?

Самый младший товарищ-маленький, толстенький, очень черный и очень живой караим -- произнес вполголоса, но так, что его все услышали:

-- К порядку дня теперь самое лучшее квас со льдом...

Председатель взглянул на него строго, вбок, но сам не мог удержаться от улыбки. Он уже вздохнул и даже положил обе руки "а стол, чтобы подняться и объявить заседание закрытым, как театральный сторож, стоявший у дверей, вдруг отделился от них и сказал:

-- Ваше благородие... там пришли каких-то семь. Просют впустить.

Председатель нетерпеливо обежал глазами товарищей.

-- Господа, как? Послышались голоса:

-- К следующему заседанию. Баста.

-- Пусть изложат письменно...

-- Да ведь, если скоро. Решайте поскорее.

-- А ну их! Фу ты, господи, какое пекло!

-- Пустите их, -- раздраженно кивнул головой председатель. -- И потом, пожалуйста, принесите мне нарзану! Только холодного, будьте добры.

Сторож открыл дверь и сказал в коридор:

-- Пожалуйте. Разрешили.

И вот в фойе, один за другим, вошло семь самых неожиданных, самых неправдоподобных личностей. Сначала показался некто рослый, самоуверенный, в щегольской сюртучной паре цвета морского песка, в отличном белье -- розовом с белыми полосками, с пунцовой розой в петличке. Голова у него, глядя спереди, была похожа формой на стоячий боб, а сбоку -- на лежачий. Лицо украшалось крутыми, воинственными толстыми усами и остренькой модной бородкой. На носу темно-синее пенсне, на руках палевые перчатки, в левой руке черная с серебром трость, в правой -- голубой носовой платок.

Остальные шестеро производили странное, сумбурное и пестрое впечатление. Точно все они впопыхах перемешали не только одежды, но и руки, и ноги, и головы. Здесь, был человек с великолепным профилем римского сенатора, но облаченный почти в лохмотья. Другой носил на себе франтовской фрачный жилет, из-за круглого выреза которого пестрела грязная малорусская рубаха. Здесь были асимметричные лица арестантского типа, но глядевшие с непоколебимой самоуверенностью. И все эти люди, несмотря на видимую молодость, очевидно, обладали большим житейским опытом, развязностью, задором и каким-то скрытым подозрительным лукавством.

Барин в песочном костюме свободно и ловко поклонился, головой и сказал полувопросительно:

-- Господин председатель?

-- Да, это я,--ответил тот. -- Что вам угодно?

-- Мы, вот все, кого вы перед собою видите,-- начал барин спокойным тоном и, обернувшись назад, обвел рукой своих компаньонов, -- мы являемся делегатами от соединенной Ростовско-Харьковской и Одесса-Николаевской организации воров.

Юристы зашевелились на своих местах. Председатель откинулся назад и вытаращил глаза.

-- Организации кого-о? -- спросил он врастяжку.

-- Организации воров, -- повторил хладнокровно джентльмен в песочном костюме. -- Что касается до меня, то мои товарищи сделали мне высокую честь, избрав меня представителем делегации.

-- Очень... приятно, -- сказал председатель неуверенно.

-- Благодарю вас. Все мы семеро суть обыкновенные воры, конечно, разных специальностей. И вот организация уполномочила нас изложить перед вашим почтенным собранием,-- джентльмен опять сделал изящный поклон,-- нашу почтительную просьбу о помощи.

-- Я не понимаю, собственно говоря, какое отношение... -- развел руками председатель. -- Но, однако, прошу вас, продолжайте.

-- Дело, с которым мы имеем смелость и честь обратиться к вам, милостивые государи, -- дело очень ясное, очень простое и очень короткое. Оно займет не более шести-семи минут времени, о чем считаю долгом заранее предупредить ввиду позднего времени и тридцати семи градусов, которые показывает Реомюр в тени. -- Оратор слегка откашлялся и поглядел на отличные золотые часы. -- Видите ли: за последнее время в местных газетах, в отчетах о прискорбных и ужасных днях последнего погрома, довольно часто стали появляться указания на то, что в число погромщиков, науськанных и нанятых полицией, в это отребье общества, состоявшее из пропойц, босяков, сутенеров и окраинных хулиганов, входили также и воры. Сначала мы молчали, но, наконец, сочли себя вынужденными, протестовать пред лицом всего интеллигентного общества против такого несправедливого и тяжкого обвинения. Я хорошо знаю, что с законной точки зрения мы -- преступники и враги общества. Но вообразите себе хоть на одно мгновение, господа, положение этого врага общества, когда его обвиняют огулом и за то преступление, которого он "е только не совершал, но которому готов противиться всеми силами души. Несомненно, ведь несомненно, что обиду от такой несправедливости он почувствует гораздо острее, чем средний, благополучный, нормальный обыватель. Так вот, мы и заявляем, что обвинение, взведенное на нас, лишено всякой не .только фактической, но и логической подкладки. Это я и намерен доказать в двух словах, если почтенное собрание соблаговолит меня выслушать.

-- Говорите, -- сказал председатель.

-- Просим, просим, -- раздалось среди оживившихся адвокатов.

-- Приношу вам мою искреннюю благодарность от лица всех наших товарищей. Поверьте, вы никогда не раскаетесь в вашем внимании к представителям нашей./, ну, да, скажем, скользкой, но в то же время несчастной и нелегкой профессии. Итак, мы начинаем, как поет Джиральдони в прологе из "Паяцев".

Кстати, я попрошу у господина председателя позволения немного утолить жажду. Сторож, принеси-ка мне, братец, лимонаду и рюмку английской горькой! Не буду говорить, милостивые государи, о нравственной стороне нашего ремесла и о его социальном значении. Вам, без сомнения, лучше меня известен удивительный, блестящий парадокс Прудона: "Собственность-это воровство", парадокс, как хотите, а все-таки до сих пор не опрокинутый никакими причитаниями трусливых мещан и жирных попов. Пример. Отец -- энергичный и умный хищник -- скопил миллион и оставляет его сыну, рахитическому, бездеятельному и невежественному балбесу, вырождающемуся идиоту, безмозглому червю, истинному паразиту. Миллион рублей -- это в потенциале миллион рабочих дней, а стало быть, -- право ни с того ни с сего на труд, пот, кровь и жизнь страшной уймы людей. Зачем? За что? Почему? Совсем неизвестно. Итак, господа, отчего же не согласиться с тем положением, что наша профессия является до известной степени как бы поправкой к чрезмерному накоплению ценностей в одних руках, служит протестом против всех тягостей, мерзостей, произвола, насилия, пренебрежения к человеческой личности, против всех этих уродств, порожденных буржуазно-капиталистическим строем современного общества? Социальная революция рано или поздно все равно перевернет этот порядок. Собственность отойдет в область печальных воспоминаний, и тогда -- увы! --сами собой исчезнем с лица земного и мы -- les braves chevaliers dindustrje [здесь - крупные авантюристы - фр.].

Оратор остановился и, взяв из рук подошедшего сторожа поднос, поставил его около себя на столик.

-- Виноват. Одну минутку. Получи, братец, и кстати, когда отсюда выйдешь, то притвори за собою покрепче дверь.

-- Слушаю, ваше сиятельство! -- гаркнул радостно сторож.

Оратор отпил полстакана и продолжал:

-- Однако в сторону философскую, экономическую и социальную сторону вопроса. Не желая утруждать вашего внимания, я должен, однако, заявить, что наше занятие очень близко подходит к понятию того, что зовется искусством, потому что в него входят все элементы, составляющие искусство: призвание, вдохновение, фантазия, изобретательность, честолюбие и долгий, тяжкий искус науки. В нем -- увы! -- отсутствует только добродетель, о которой писал с такой блестящей и пламенной увлекательностью великий Карамзин.

Милостивые государи, я далек от мысли буффонить перед таким почтенным собранием или отнимать у вас драгоценное время бесцельными парадоксами. Но не могу не подтвердить хоть кратко мою мысль. Чужому уху нелепо, дико и смешно слышать о воровском призвании. Однако смею вас уверить, что такое призвание существует. Есть люди, которые, обладая особенной силой зрительной памяти, остротой и меткостью глаза, хладнокровием, ловкостью пальцев и в особенности тонким осязанием, как будто бы специально рождены на свет божий для того, чтобы быть прекрасными шулерами. Ремесло карманного вора требует необыкновенной юркости и подвижности, страшной точности движений, не говоря уже о находчивости, наблюдательности, напряженном внимании. У некоторых есть положительное призвание взламывать денежные кассы: от самого нежного детства их влекут к себе тайны всяческих сложных механизмов: велосипедов, швейных машин, заводных игрушек, часов. Наконец, господа юристы, есть люди с наследственной враждой собственности. Вы называете это явление вырождением -- как вам угодно. Но я скажу, что истинного вора, вора по призванию, не переманишь в будни честного прозябания никакими пряниками: ни хорошо обеспеченной службой, ни даровыми деньгами, ни женской любовью. Ибо здесь постоянная прелесть риска, увлекательная пропасть опасности, замирание сердца, буйный трепет жизни, восторг! Вы вооружены покровительством закона, замками, револьверами, телефонами, полицией, войсками, -- мы же только ловкостью, хитростью и смелостью. Мы -- лисы, а общество -- это курятник, охраняемый собаками. Известно ли вам, что в деревнях самые художественные, самые одаренные натуры идут в конокрады и в браконьеры-охотники? Что делать: жизнь до сих пор была так скудна, так плоска, так невыносимо скучна для пылких сердец!

Но я перехожу к вдохновению. Без сомнения, вам, милостивые государи, приходилось читать о сверхъестественных по своему замыслу и выполнению кражах? Их в газетах, в рубрике происшествий, обыкновенно озаглавливают: "грандиозное хищение", или "гениальная мошенническая проделка", или еще "ловкая проделка аферистов". В этих случаях буржуазные отцы семейства разводят руками и восклицают: "Какое печальное явление! Если бы изобретательность этих отщепенцев, их удивительное знание людской психологии, их самообладание и смелость, их несравненные актерские способности, -- если бы все это обратить в добрую сторону! Сколько пользы принесли бы эти люди отечеству!" Но давно известно, милостивые государи, что буржуазные отцы семейств созданы творцом небесным для того, чтобы говорить общие места и пошлости. Мне самому иногда приходится... -- что ж, сознаюсь, мы, воры, народ сентиментальный, -- приходится где-нибудь в Александровском парке или на морском берегу любоваться прекрасным закатом. И я всегда заранее уверен, что кто-нибудь непременно около меня скажет с апломбом: "А вот, поди, нарисуй так художник, -- никто никогда не поверит!" Тогда я оборачиваюсь и, конечно, вижу самодовольного, откормленного отца семейства, который, сказав чужую глупость, радуется на свою собственную. Что же касается до любезного отечества, то буржуазный отец семейства глядит на него, как на жареного индюка: урвал кусок послаще и ешь его потихоньку в укромном месте, и славь бога. Но, собственно, и не в нем дело. Ненависть к пошлости отвлекла меня, и я прошу прощения за лишние слова. Но дело в том, что гений и вдохновение, хотя бы они были обращены и не на пользу православной церкви, все-таки остаются редкими и прекрасными вещами. Все идет вперед, ив воровстве есть свое творчество.

Наконец наше ремесло вовсе не так уж легко и весело, как это кажется с первого взгляда. Оно требует долговременного опыта, постоянных упражнений, медленной и мучительной тренировки. Оно заключает в себе сотни гибких, осторожных приемов, недоступных самому ловкому фокуснику. Но, не желая быть голословным, я, милостивые государи, сейчас произведу перед вами несколько опытов. Прошу вас быть покойными за исполнителей. Все мы в настоящее время находимся на легальной свободе, и хотя за нами, по обыкновению, следят и нас знают наперечет в лицо, и наши фотографии украшают альбомы всех сыскных отделений, но покамест нам нет надобности скрываться ни от кого. Если же впоследствии вы узнаете кого-либо из нас при иных обстоятельствах, то, пожалуйста, мы вас об этом усиленно просим, поступайте всегда сообразно с тем, что вам велят профессиональный долг и обязанности гражданина. Мы же, в благодарность за ваше внимание, решили объявить вашу частную собственность неприкосновенной, облечь ее воровским табу. Однако к делу.

Обернувшись назад, оратор приказал:

-- Сысой Великий, прошу.

Огромный сутуловатый малый, с руками по колени, человек без лба и без шеи, похожий на заспанного ярмарочного геркулеса, выдвинулся вперед. О" тупо улы-. бался и от смущения почесывал левую бровь.

-- Та тут нема чого робить, -- сказал он сипло.

Но за него заговорил джентльмен в песочном костюме, обращаясь к собранию:

-- Милостивые государи. Перед вами один из почтенных членов нашей организации. По специальности он взламыватель сундуков, железных касс и других хранилищ денежных знаков. Иногда при своих вечерних занятиях он пользуется для расплавки металла электрическим током от осветительных, проводов. К сожалению, здесь ему не на чем показать лучшие номера своего искусства. Всякую дверь, с самым сложным замком, он отпирает безукоризненно. Кстати, вот эта дверь, должно быть, заперта?

Все обернулись назад к двери, на которой висел печатный плакат: "Вход за кулисы посторонним лицам строго воспрещен".

-- Да, эта дверь, по-видимому, заперта, -- подтвердил председатель.

-- И чудесно. Сысой Великий, будьте любезны.

-- Та це ж пустое дило, -- сказал великан лениво и пренебрежительно. Он подошел к двери, потряс ее сначала осторожно рукой, потом вытащил из кармана какой-то маленький блестящий инструмент, сделал им, нагнувшись к замку, несколько почти незаметных движений и вдруг, выпрямившись, распахнул дверь быстро и бесшумно. Председатель следил за ним с часами в руках: все дело заняло не более десяти секунд.

-- Благодарю вас, Сысой Великий, -- сказал вежливо джентльмен в песочном костюме. -- Вы можете идти на место.

Но председатель возразил с некоторой тревогой:

-- Виноват. Все это интересно и очень поучительно, но... скажите, входит ли в профессию вашего уважаемого коллеги также и искусство затворять двери?

-- Ah, mille pardons! [Ах, тысячу извинений! - фр.] -- торопливо поклонился джентльмен. - Я упустил это из виду. Сысой Великий, будьте добры...

Дверь была так же ловко и бесшумно заперта. Уважаемый коллега, переваливаясь и усмехаясь, возвратился к своим друзьям.

-- Теперь я буду иметь честь показать вам искусство одного нашего товарища, оперирующего по части карманных краж в театрах и на вокзалах, -- продолжал оратор. -- Он еще чрезвычайно молод, но по его тонкой работе вы можете до известной степени судить о том, что из него выйдет впоследствии при некотором прилежании. Яша!

Смуглый юноша в синей шелковой рубахе и лакированных сапогах, похожий на цыгана, развязно вышел вперед и остановился около оратора, поигрывая кистями пояса и весело щуря большие, с желтыми белками, наглые черные глаза.

Джентльмен в песочном костюме сказал искательно:

-- Господа... я принужден попросить... не согласится ли кто-нибудь... подвергнуть себя маленькому опыту. Уверяю вас, что это будет только пример, так сказать, игра...

Он обводил сидящих глазами. Маленький, толстенький черный, как жук, караим вышел из-за своего столика.

-- К вашим услугам, -- сказал он смешливо.

-- Яша! -- кивнул головой оратор.

Яша подошел вплотную к адвокату. Теперь на левой, согнутой руке висел у него блестящий, шелковый, узорчатый фуляр.

-- Ежели, примерно, в церкви, или, скажем, в буфете в театре, или тоже в цирке... -- начал он сладенькой скороговоркой, -- сейчас вижу, это идет фрейер... извините, господин, вот хоть бы вы... фрейер -- тут ничего нет обидного: просто богатый господин, который приличный и ничего не понимает. Первым долгом: какие могут быть предметы? Предметы самые разнообразные. Обыкновенно сначала часы с чепочкой. Опять-таки -- где? Некоторые носят в верхнем кармане жилеточки -- вот здесь, некоторые в нижнем -- вот тут. Портомонет же почти всегда лежит в брючных карманах. Разве уж какой совсем ёлод положит в пиджак. Затем -- порцыгар. Натурально, прежде- поглядишь, какой: золотой или серебряный с монограмом, а из кожаного кто же станет мараться, если себя уважаешь? Порцыгар может быть в семи карманах: здесь, здесь, здесь, вот здесь, здесь, там и тут. Не так ли-с? Сообразно с тем и оперируешь.

Говоря таким образом, молодой вор улыбался, блестел глазами прямо в глаза адвокату и быстрыми, ловкими движениями правой руки указывал на разные места в его одежде.

-- Опять-таки может обращать внимание и булавочка вот тут-с, в галстучке. Однако мы избегаем присвоять. Теперь такой народ пошел, что редко из мужчин носят настоящие камушки. И вот я подхожу-с. Сейчас обращаюсь по-благовоспитанному: господин, дозвольте прикуриться или еще что-нибудь, одно слово, завожу разговор. Первое дело что? Первым делом гляжу ему прямо в зеньки, вот так, а работают у меня только два пальца: вот этот-с и вот этот-с.

Яша поднял в уровень своего лица два пальца правой руки, указательный и средний, и пошевелил ими.

-- Видали? Вот этими двумя пальцами вся музыка и играет. И, главное, ничего тут нет удивительного: раз, два, три -- и готово! Всякий неглупый человек может весьма легко выучиться. Вот и все-с. Самое обыкновенное дело. Мое почтение-с.

Вор легко повернулся и пошел было на место.

-- Яша! -- веско и многозначительно произнес джентльмен в песочном костюме. -- Я-ша! -- повторил он строго.

Яша остановился. Он был спиной к адвокату, но, должно быть, о чем-то красноречиво упрашивал глазами своего представителя, потому что тот хмурил брови и отрицательно тряс головой.

-- Яша! -- в третий раз с выражением угрозы произнес он.

-- Эх! -- крякнул досадливо молодой вор и нехотя повернулся опять лицом к адвокату. -- А где же ваши часики-то, господин? -- произнес он тонким голосом.

-- Ах! -- схватился караим.

-- Вот видите, теперь -- ах! -- продолжал Яша укоризненно. -- Вы все время на мою правую ручку любовались, а я тем временем ваши часики левой ручкой соперировал-с. Вот именно этими двумя пальчиками. Из-под кашны-с. Для того и кашну носим. А как у вас чепка нестоящая, шнурок, должно быть, на память от какой мамзели, а часики золотые, то я чепку вам оставил в знак предмета памяти. Получайте-с, -- прибавил он со вздохом, протягивая часы.

-- Однако ловко! -- сказал смущенный адвокат. -- Я и не заметил.

--Тем торгуем, -- заметил Яша с гордостью.

Он развязно возвратился к своим товарищам. Оратор между тем отпил из стакана и продолжал:

-- Теперь, милостивые государи, следующий из наших сотрудников покажет вам несколько обыкновенных карточных вольтов, которые в ходу на ярмарках, на пароходах и на железных дорогах. С помощью трех карт, например, дамы, туза и шестерки, он весьма удобно… Впрочем, может быть, .господа, вас утомили эти опыты?

-- Нет, все это крайне интересно, -- любезно ответил председатель. -- Я бы хотел только спросить, -- если, конечно,--мой вопрос не покажется вам нескромным, -- ваша специальность?

-- Моя... гм... нет, отчего же нескромность?.. Я работаю в больших брильянтовых магазинах, а другое мое занятие -- банки, -- со скромной улыбкой ответил оратор. -- Нет, вы не думайте, что мое ремесло легче других. Достаточно того, что я знаю четыре европейских языка: немецкий, французский, английский и итальянский, не считая, понятно, польского, малорусского и еврейского. Так как же, господин председатель, производить ли дальнейшую демонстрацию?

Председатель взглянул на часы.

-- К сожалению, у нас слишком мало времени,-- сказал он. -- Не перейти ли нам лучше к самой сути вашего дела? Тем более что опыты, которых мы были только что свидетелями, в достаточной мере убеждают нас в ловкости ваших почтенных сочленов. Не правда ли, Исаак Абрамович?

-- О да, совершенно! -- подтвердил с готовностью адвокат-караим...

-- И прекрасно, -- любезно согласился джентльмен в песочном костюме. -- Графчик, -- обратился он к курчавому блондину, похожему на маркера в праздник, -- спрячьте вашу машинку, она не нужна больше. Мне осталось, господа, всего несколько слов. Теперь, когда вы удостоверились в том, что наше искусство хотя и не пользуется просвещенным покровительством высокопоставленных особ, но оно все-таки -- искусство; когда вы, может быть, согласились со мною, что это искусство требует многих личных качеств, кроме постоянного труда, опасностей и неприятных недоразумений, -- вы, надеюсь, поверите также, что к нашему искусству можно пристраститься и -- как это ни странно с первого взгляда -- любить и уважать его. Теперь представьте себе, что вдруг известному, талантливому поэту, легенды и поэмы которого украшают лучшие наши журналы, вдруг ему предлагают написать в стихах, по три копейки за строчку и притом за полной подписью, рекламу для папирос "Жасмин"? Или кого-нибудь из вас, блестящих и знаменитых адвокатов, вдруг оклеветали в том, что вы промышляете лжесвидетельством по бракоразводным делам, или пишете в кабаках прошения к градоначальнику для извозчиков? Конечно, ваши родные, друзья и знакомые не поверят этому, но слух уже отравил вас, и вы переживаете мучительные минуты. А теперь представьте себе, что такая позорная, неизвестно кем пущенная клевета грозит не только вашему доброму имени и спокойному пищеварению, но угрожает вашей свободе, вашему здоровью, даже вашей жизни?

В таком именно положении находимся мы, оклеветанные газетами воры. Я должен оговориться. Существует категория прохвостов -- passez moi le mot [Простите мне это слово - фр.],-- которых мы называем маменькиными сынками и с которыми нас -- увы! -- смешивают. Это люди без стыда и без совести, промотавшаяся шушера, именно маменькины оболтусы, ленивые и неуклюжие дармоеды, неумело проворовавшиеся приказчики. Ему ничего не стоит жить на счет своей любовницы-проститутки, подобно самцу рыбы макрели, которая плавает за самкой и питается ее извержениями; он способен обобрать и обидеть ребенка в темном переулке, чтобы отнять у него три копейки; он убьет спящего и будет пытать старуху. Эти люди -- язва нашего ремесла. Для них не существует ни прелестей, ни традиции искусства. Они следят за нами, за настоящими, ловкими ворами, как шакалы за львом. Положим, мне удалось сделать большое дело. Не говоря уже о том, что при продаже вещей или при промене билетов я оставляю в руках ростовщиков до двух третей всей суммы, не говоря даже об обычных подачках неподкупной полиции, -- я должен еще уделить некоторую часть каждому с из этих паразитов, который хоть мельком, случайно, понаслышке знает о моем деле. Мы их так и называем: мотиенты, от слова "мотя", что значит -- половина, испорченное- moitie... своеобразная филология. Я даю только за то, что он знает и может донести. И чаще всего бывает так, что, воспользовавшись своею частью, он все-таки мгновенно бежит в полицию и доносит на меня, чтобы заработать еще пять рублей. Мы, честные воры... да, да, смейтесь, господа, я все-таки говорю: мы, честные воры, презираем этих гадов. У нас есть для них еще одна кличка, позорная, как клеймо, но я не смею ее выговорить здесь из уважения к месту и людям. О да, они услужливо примут приглашение идти на погром; но одна мысль о том, что нас могут смешать с ними, в сто раз обиднее для нас, чем самое обвинение в погроме.

Милостивые государи! До сих пор, пока я говорил, я часто замечал на ваших лицах улыбки. Я понимаю вас: наше присутствие здесь, наше обращение к вашей помощи, наконец самая неожиданность такого явления, как систематическая воровская организация, с делегатами-ворами и уполномоченным от делегации -- вором-профессионалом, все это настолько оригинально, что не может не вызвать улыбки. Но теперь я буду говорить от глубины моего сердца. Сбросимте, господа, внешние оболочки. Люди говорят к людям.

Почти все мы грамотны и все любим чтение и читаем не только "Похождения Рокамболя", как пишут о нас наши бытописатели. Или, вы думаете, у нас не обливалось кровью сердце и не горели щеки, как от пощечин, от стыда за все время этой несчастной, позорной, проклятой, подлой войны? И неужели вы думаете, что у нас не пылают души от гнева, когда нашу родину полосуют нагайками, топчут каблуками, расстреливают и плюют на нее дикие, остервенелые люди? Неужели вы не поверите тому, что мы -- воры -- с трепетом восторга встречаем каждый шаг грядущего освобождения?

Каждый из нас понимает, -- разве немногим хуже, чем вы, господа адвокаты, -- истинную суть погромов. Каждый раз, после крупной подлости или постыдной неудачи, совершив ли казнь мученика в темном крепостном закоулке, передернув ли на народном доверии, кто-то скрытый, неуловимый пугается народного гнева и отводит его русло "а головы неповинных евреев. Какой дьявольский ум изобретает эти погромы -- эти гигантские кровесосные банки, эти каннибальские утехи для темных, звериных душ?

Но все мы отлично видим, что наступают последние судороги бюрократии. Простите, я расскажу образно. У одного народа был главный храм, и в нем за занавеской, охраняемой жрецами, обитало кровожадное божество. Ему приносились человеческие жертвы. Но вот однажды смелые руки сорвали завесу, и все тогда увидели, вместо бога, огромного, мохнатого, прожорливого паука, омерзительного спрута. Его бьют, в него стреляют, его уже расчленили на куски, но. он все-таки в бешенстве последней агонии простирает по всему, древнему храму свои гадкие, цепкие щупальцы. И жрецы, сами приговоренные к смерти, толкают в лапы чудовища всех, кого захватят их дрожащие от ужаса пальцы.

Простите. То, что я сказал, вероятно, несвязно и дико. Но я несколько взволнован. Простите. Я продолжаю. Нам, ворам по профессии, более чем кому-либо другому, известно, как делались эти погромы. Мы толкаемся повсюду: в кабаках, на базарах, в чайных, по ночлежкам, по площадям, в порту. Да, мы, именно мы, можем присягнуть перед богом, перед людьми, перед потомством, что мы видели, как грубо, ие стыдясь и почти не прячась, организовала полиция массовые избиения. Мы их всех знаем в лицо -- и одетых и переодетых. Они предлагали многим из нас принять участие, но никто из наших не был настолько подл, чтобы дать хоть ложное, хоть вынужденное трусостью согласие.

Вы знаете, конечно, как все слои русского общества относятся к полиции? Ее не уважают даже те, кто питается ее темными услугами. Но мы презираем и ненавидим ее втрое, в десять раз. И не за то, что многих из нас истязали в сыскных отделениях, в этих настоящих застенках, били смертным боем, били воловьими жилами и гуттаперчевыми палками, чтобы выпытать сознание или заставить предать товарища. Да, конечно, и за то. Но мы, воры, мы все, сидевшие в тюрьме, с безумной страстностью обожаем свободу. И потому-то именно мы и ненавидим тюремщиков всею ненавистью, на которую способно человеческое сердце. Я скажу про себя. Меня трижды истязали полицейские сыщики до полусмерти. У меня отбиты легкие и печень. По утрам я кашляю кровью, пока не отдышусь. Но, если мне скажут, что я, пожав руку самого главного генерала от полиции, предотвращу этим такое же четвертое избиение, -- я откажусь!

И вот газеты говорят, что из этих рук мы приняли деньги иудины, омоченные свежей человеческой кровью. Нет, господа, это -- клевета, колющая нас в самую душу с нестерпимой болью. Ни деньги, ни угрозы, ни обещания не сделают нас наемными братоубийцами или их пособниками.

-- Никогда! Нет, нет! -- глухо зароптали сзади оратора его товарищи.

-- Я скажу больше, -- продолжал вор. -- Многие из нас во время этого погрома защищали избиваемых. Наш товарищ, носящий кличку Сысой Великий, -- вы его только что видели, господа, -- квартировал в это время у еврея-шмуклера на Молдаванке. И он отстоял своего хозяина с кочергой в руках против целой орды убийц. Правда, Сысой Великий обладает страшной физической силой, и это хорошо известно многим из обитателей Молдаванки, но все-таки согласитесь, господа, разве Сысой Великий не глядел в эти минуты прямо в лицо смерти? Другой наш товарищ-Мартын Рудокоп -- вот этот самый, господа, -- оратор указал на державшегося сзади бледного бородатого мужчину с прекрасными темными глазами, -- он спас старую незнакомую еврейку, за которой гналась толпа этой рвани. Ему за это пробили голову железом, сломали в двух местах руку и перебили ребро. Он только что из больницы. Вот как поступили наиболее пылкие и сильные духом. Другие дрожали от злости и плакали от бессилия.

Никто из нас не забудет ужасов этих кровавых дней, этих ночей, озаренных пламенем пожаров, этих женских воплей, этих неубранных, истерзанных маленьких детских трупов. Но никто из нас зато и не думает, что полиция и чернь -- начало зла. Эти маленькие, глупые, омерзительные зверюшки -- они только бессмысленный кулак, управляемый подлым, расчетливым умом, возбуждаемый дьявольской волей...

-- Да, господа адвокаты, -- продолжал оратор, -- мы -- воры и заслужили ваше законное презрение. Но когда вам, лучшим людям, понадобятся на баррикадах ловкие, смелые, послушные молодчики, которые сумеют весело, с песней и шуткой встретить смерть ради лучшего слова в мире -- свобода, -- неужели вы из-за застарелой брезгливости оттолкнете, прогоните нас?

Черт возьми! Во время французской революции первой жертвой была проститутка. Она вскочила на баррикаду и, подобрав с шиком платье, крикнула: "Ну-ка, солдаты, кто из вас посмеет выстрелить в женщину?" Да, черт! -- воскликнул громко оратор и ударил кулаком по мраморной доске стола. -- Ее убили, но, ей-богу, ее жест был великолепен и ее слова бессмертно-прекрасны.

Если вы в великую минуту прогоните нас, мы скажем вам, о незапятнанные херувимы: "А что если человеческие мысли обладали бы способностью ранить, убивать, лишать людей чести и имущества, то кто из вас, о невинные голуби, не заслужил бы кнута и каторги?" И тогда мы уйдем от вас и построим свою собственную веселую, смешную, отчаянную воровскую баррикаду и умрем с таким дружным пением, что вы позавидуете нам, белоснежные!

Впрочем, я опять увлекся. Простите. Кончаю. Вы видите теперь, господа, какие чувства вызвала в нас газетная клевета. Верьте же нашей искренности и сделайте что-нибудь, чтобы снять с нас это кровавое и грязное пятно, так несправедливо нас заклеймившее, Я кончил.

Он отошел от стола и присоединился к своим товарищам. Адвокаты вполголоса о чем-то перешептывались, подобно тому, как это делают члены суда на заседаниях. Потом председатель встал и объявил:

-- Мы безусловно доверяем вам и приложим все усилия, чтобы очистить имя вашей корпорации от этого тяжелого обвинения. Вместе с тем мои товарищи уполномочили меня выразить вам, господа, наше глубокое уважение за ваши горячие гражданские чувства. Я же, лично с своей стороны, прошу у представителя делегации позволения пожать ему руку.

И эти два человека, оба высокие и серьезные, стиснули друг другу руки крепким, мужским пожатием.

Also available from JiaHu Books: